王强 著

圈子圈套 1

战局篇

白金纪念版

商圈如海，习水性者生
职场如局，明内幕者存

清华大学出版社
北　京

内 容 简 介

本书是作者"中国现代职场三部曲"的第一部。虽是一部文艺小说，但小说中所涉及的 IT 行业的残酷商战和外企圈子内幕均以真实事件为原型，基于作者深厚的生活积淀，生动描写了在华外企高层的各地各色人物，真实而深刻、生动而亲切。

本书以两个大型项目的销售商战为主线，环环相扣，机变迭出，计谋重重，故事精彩，情节扑朔迷离。更因基于真实案例，令人信服，完全可以称得上供各行业从业人员研读的职场"胜经"。

本书封面贴有清华大学出版社防伪标签，无标签者不得销售。
版权所有，侵权必究。举报：010-62782989，beiqinquan@tup.tsinghua.edu.cn

图书在版编目(CIP)数据

圈子圈套 1(战局篇)/ 王强 著 —北京：清华大学出版社，2010.10(2021.11 重印)
ISBN 978-7-302-23802-7
Ⅰ.圈… Ⅱ.王… Ⅲ.长篇小说—中国—当代 Ⅳ.I247.5

中国版本图书馆 CIP 数据核字(2010)第 173257 号

责任编辑：张立红　高晓晴
封面设计：王晓阳
版式设计：康　博
责任校对：胡雁翎
责任印制：杨　艳

出版发行：清华大学出版社
　　　网　　址：http://www.tup.com.cn, http://www.wqbook.com
　　　地　　址：北京清华大学学研大厦 A 座　　邮　编：100084
　　　社 总 机：010-62770175　　　　　　　　邮　购：010-62786544
　　　投稿与读者服务：010-62776969, c-service@tup.tsinghua.edu.cn
　　　质量反馈：010-62772015, zhiliang@tup.tsinghua.edu.cn
印 装 者：三河市铭诚印务有限公司
经　　销：全国新华书店
开　　本：180mm×250mm　　　印　张：16.25　　　字　数：258 千字
版　　次：2010 年 10 月第 1 版　　印　次：2021 年 11 月第 20 次印刷
定　　价：49.80 元

产品编号：039138-03

谨以此书献给

所有期望依靠智慧获取财富与成功的人们

本书中的人物、企业、项目、事件和场所
均以现实中的真实原型为基础

写完了,意犹未尽,总觉得还应该再写点儿什么。对了,应该有个序。我向来是不喜欢戴帽子的,可是,不戴帽子是不行的。又因为无人给写,所以只好来个自序。

刚动笔时,在 MSN 上与一个朋友聊天。我说,告诉你一个秘密,一般人我不告诉他。他说,股票要涨了?我说,我开始写小说了。

我为什么写这部小说

因为我有生活(包括各种生活)

我一出校门就做销售,在外企做了近 10 年,给美国公司做过,给德国公司做过。在有 150 多年历史的老牌巨头做过,也当过一家公司在中国的光杆司令从零开始过。从销售代表,而销售经理,继而高级经理,继而总经理,一路爬上去过。不用编,直接写出来,就这么容易,干吗不写?

因为我有时间

自打开始做九帮网,时间似乎比以前多了。九帮网就像一棵嫩苗,我尽力呵护，可也不能一天到晚蹲在旁边看着它长，也不能没事就给它浇水施肥，弄不好会把它弄死了，而且浇水施肥也是要钱的(地主家也没有余钱了)。既然不能拔苗助长，就干脆一边守着它，一边写点儿东西。据说夜深人静的时候在麦田里，能听见麦苗生长的声音，我就是在夜里九帮网的服务器自动做备份的时候，写的这些东西。

因为我有文笔

我的文笔好是有历史基础的。在小学，我就获得过班里作文比赛的一等奖(四十多人，才有十个一等奖呢)。在清华，导师对我的论文的评价也独具慧眼：学术上没什么价值，但是文字通顺。而且，我哥、我嫂子都从北大中文系毕了业，我的文笔比较好，与他们长期以来的影响是分不开的。当然，主要还是因为和外企那些老总们一比，才让我如此妄自尊大的，谁让他们大多已经除了 E-mail 啥也不会写了呢？

这部小说写出来给谁看

给在外企干着或干过的朋友们解闷用的。这写的不是那谁吗？这公司是不是其实就是某公司啊？这项目写的怎么像是某某公司的项目啊？对号入座，虽然没什么意义，解闷而已嘛。如果能在小说里发现某人的影子，甚至自己的影子，就请会心一笑罢了。

给做销售的、想做销售的切磋技艺用的。销售是门手艺，也是艺术，所以只可意会不可言传，靠什么？靠悟性，只可自己体会揣摩。小说里提到的那些雕虫小技、蝇营狗苟，如果不能带来某些顿悟，就权当反面教材罢了。

给刚出校门的新人们、给已在围城之中希冀突围而出的老手们当职场指南用的。大言不惭，见笑了。可没吃过猪肉，还没见过猪跑吗？毕竟我是老江湖了嘛。很多老江湖不都摆摊算命了吗？姑妄言之，姑妄听之罢了。

我写完了，我过瘾了。该您看了，该您过瘾了，呵呵。

目 录

第 一 章	1
第 二 章	15
第 三 章	29
第 四 章	43
第 五 章	57
第 六 章	71
第 七 章	83
第 八 章	97
第 九 章	111
第 十 章	125
第十一章	139
第十二章	153

第十三章 …………………………… 167

第十四章 …………………………… 181

第十五章 …………………………… 195

第十六章 …………………………… 209

第十七章 …………………………… 223

第十八章 …………………………… 237

《圈子圈套》中英文单词对照 …………… 251

第一章

车刚从光华路的路口拐上东三环,洪钧就知道糟了。东三环上自南向北的车道已经被堵成了停车场,半个小时之内无论如何是赶不到机场了。

司机小丁刚刚抓住车流中的一个空当,把车并到了里面的车道,就扭过头对洪钧说:"老板,看样子够呛啊,没准儿这次得让您的老板等咱们了。"

洪钧坐在后座上没说话,如何尽快赶到机场是小丁的事,他正有些懊恼地想着自己的事:刚才真不该去吃琳达的"快餐"。

洪钧做销售已经做了十多年,在现在的这家 ICE 公司做销售总监也已经将近三年,他很喜欢这家美国的软件公司,他感觉 ICE 让他有一种成就感,最近这些天他的成就感正经历着极大的满足。合智集团这个客户,终于要被盼来了,一百七十万美元的软件合同,就要瓜熟蒂落了!ICE 公司在中国还从来没有签过这么大的合同,在洪钧印象里这么大的合同在整个亚太区也是凤毛麟角。但是,洪钧心里清楚,他现在所体会到的这种成就感的巨大满足,并不只是因为合智集团这个合同。洪钧做了这么多年的销售,经历了太多的输赢,早已经在感觉上"疲"了、"淡"了,单单赢得一个合同并不会让他多么兴奋。而真正让洪钧有些按捺不住的是:他终于要被"扶正"了。

洪钧代理 ICE 中国区的首席代表已经将近一年,从最初的兴奋到想尽快做出成绩的急切,到最近已经开始变得有些焦虑了。每次都听说要把"代理"二字抹掉，每次又都只是风声而已，一吹而过。但这次不同，这次他是真要被扶正了。

洪钧的老板，ICE主管亚太区业务的副总裁皮特·布兰森就要到北京了。明天，就在明天，一切都已经安排就绪，首先是ICE和合智集团的正式签约仪式，然后就是皮特和洪钧一起出席一个新闻发布会，向媒体和业界宣布正式任命洪钧为ICE中国代表处的首席代表。

洪钧这些天一直在想合智的项目，总觉得有一个声音在他脑子里说："太顺了吧，会不会是……"洪钧以往每到项目的这种最后关头，常会听到脑子里的那个声音，只是这次的声音更强烈，而且更急迫。洪钧已经把合智这个项目从头到尾想了很多遍，他想不出有什么破绽，也想不出自己有什么遗漏掉的细节。他只好安慰自己，人就是这样，一直盼着愿望实现，可是当愿望真要实现的时候，又会想："真有这么好的事情吗？"然后强迫自己找出可能导致愿望终会落空的理由。

就在刚才，快到中午的时候，洪钧又在自己的办公室里听到了那个声音，他只好再一次陷入了苦思冥想，难道合智的项目真是万无一失了吗？忽然，他隔着落地玻璃上百叶窗帘间的缝隙，看见琳达熟悉的身影在外面大办公区的走廊上像云彩一样一掠而过，接着，就传来了轻轻的敲门声。

洪钧刚说了个"请"字，"进"字还没有出口，琳达已经推开门进来了，随手在身后把门掩上。琳达笑着，凑到洪钧的大班台前，摆弄着大班台上放着的名片架，问洪钧："一个人干嘛呢？都快吃饭了。"

洪钧随口说："没什么，想点事情。"

琳达的眼角和嘴角都翘翘的，说："那还不如想我呢。想好中午怎么安排了吗？"

洪钧心不在焉地回答："能有什么安排？等一下就该去接Peter了。"的确，洪钧今天的头等大事就是去机场接皮特。

琳达笑了，说："那还早着呢。哪儿能一直这么等着呀？要不，咱们现在去你家吧。"

洪钧一愣，看着琳达，她的别出心裁总能让洪钧获得新奇的体验。琳达脸上露出一丝诡秘的神情，柔柔地说："想你了嘛。我想犒劳你一下，你想不想要？"

洪钧脑子里又响起了那个奇怪的声音，怎么也挥之不去。洪钧觉得

第一章

自己不能再这样下去了,他需要彻底地放松。洪钧坐在自己的高背皮椅上,随着皮椅微微地左右摆动着,右手无意识地拨弄着大班台上黑色的IBM笔记本电脑的鼠标,他看着琳达的脸,琳达眼里的神情让他立刻忘掉了那个声音,他点了点头。

洪钧等琳达走出了办公室,一边站起身来收拾东西,一边拿起桌上的电话拨了司机小丁的手机号码,听到接通了就对小丁说:"丁啊,是我。我得回家拿些东西,你在楼下等我。"

洪钧住在东三环和东四环之间,这是几幢落成不到一年的高档公寓。洪钧自己有时候也想不明白当初为什么买了这套三房两厅两卫的房子,反正就是典型的"炒房炒成了房东",而且他这个房东同时又是唯一的房客,结果一个人在里面住着感觉很是别扭。他有时候分析,认为自己以闪电般的速度泡上琳达就是这套大房子惹的祸。有时候他自己也会想得糊涂了,究竟是自己把琳达勾上了手,还是自己被琳达钓上了钩。

洪钧从床边走到落地窗前,看着外面的景色。八月的北京,简直就是一个火炉,盼了好多天的雨,一直像是在和人们逗着玩儿。每次好不容易终于盼来了黑云压城,一派山雨欲来风满楼的样子,可是老天爷好像和所有洗车铺的老板是亲戚一样,每次都只撒下那么一阵雨点儿,除了把车打上一层泥点,什么效果也没有。有的时候更干脆,风吹得稍微大了些,把自己刚送来的云彩又给刮得无影无踪了,连那层泥点都没留下。

夏天盼雨,就像洪钧以往盼着客户和他签合同一样。这客户也像是雨,一直盼着它来,也好几次都好像是真要来了,却又没了消息。还好,合智集团这个客户终于真的来了,绝不会再被什么风给刮跑了。洪钧脑子里又闪过那个念头,不会最后关头再出什么变故吧?他立刻烦躁起来,琳达作为迷幻剂的效用现在已经越来越差了,只能让他片刻逃离那种不安和焦虑。

洪钧听到身后有动静,回头一看,琳达已经从床上下来,走到沙发上去拿她的内衣,洪钧就问:"急什么?"

琳达抱着衣服回到床边,一边穿着一边说:"您是老大,天高皇帝远,谁能管你。可我是小白领,得回去上班呀,下午还有个 meeting 呢,不然你请来的那个 Susan 又要找我麻烦。"

洪钧已经有些厌烦了琳达对苏珊的抱怨，懒懒地说："Susan 是 Marketing Manager，做 marketing 的就你们两个人还闹别扭，你们女人就是同性相斥。"琳达噘了嘴不作声。

洪钧忽然想起了什么，问道："你有没有想过换个工作？"

琳达听了立刻眼睛一亮，穿衣服的动作也下意识地停了下来，反问道："我把 Susan 替掉？怎么不想啊？Susan 什么本事都没有，真不知道你当初怎么面试她的。"

洪钧听了哭笑不得，他也顾不上会不会让琳达觉得尴尬，就说："我不是指这个，我觉得，咱俩现在这样，你还留在 ICE 不太好。"

琳达像是被一棒子打懵了，愣在那里，脸也一下子红了，过了一会儿她才委屈地说："凭什么呀？你没结婚我没嫁人，为什么我不能留在 ICE？你开始的时候还不许我用公司的 E-mail 给你发 message 呢，现在你自己在 E-mail 里什么都敢写。"

洪钧只好连哄带解释："那不一样啊，当初我是不想让其他人知道，现在反正大家已经都知道了，再想保密也就没什么意义。但是正因为现在大家都知道了，我才觉得你最好换家公司。"

琳达反驳说："这是什么道理呀？难道一个公司里就不能有一男一女在一起的吗？人家还有开夫妻店的呢。"

洪钧一下子被她逗乐了，笑着说："你这话算说到点子上了，外企最怕的就是有人开夫妻店。像 Peter 他们这些老外们最不希望在我这儿发生 office romance，等我当了正式的首席代表以后，他们肯定对这些更敏感。"

琳达气呼呼地坐在床沿上，一声不吭。洪钧便接着说："咱们就拿 Susan 来说吧，她是你老板，我又是她老板，她夹在你和我中间，肯定觉得难受，这样在一起共事大家都会觉得别扭。"然后，他口气一转，说："不过，这事不急，我只是说咱们应该从现在开始留意，如果有好的公司你就不用非留在 ICE 不可，我也会想办法帮你找合适的机会。"

琳达听洪钧这么说，脸色才平和下来，白了洪钧一眼，说："这还差不多。"

洪钧好像又进入了一种状态，他确信自己肯定忘记了什么，但就是怎么想也想不起来究竟忘记的是什么，他知道这种时候不能再硬想下去的，否则简直会发疯。他离开落地窗，自言自语地说："我怎么好像有什

第一章

么事？可就是想不起来了。"

琳达转过身，冲洪钧笑着说："别想了，就想着我，你是老大，我是老大的老婆。"

洪钧豁然开朗，他想起来了，双手使劲拍了一下说："老大？我的老大要到了！就是这个想不起来了。"洪钧开始忙着穿衣服。

琳达也在往身上套着裙子，嘴里问："Peter 是要来了，这么大的事你会忘？"

"当然不是忘了这个，是我得回公司取些 file。我原想从家直接去机场接他的，这才想起来，我要给他看的文件都放在公司了。现在得先回公司再去机场，搞不好就要来不及了。"

琳达一听就笑了："真逗，那急什么，接他到了 office 再看呗，今天来不及明天再看不一样？"

洪钧现在放松了很多，一边打着领带一边解释："你不懂了吧？这个 Peter 有个毛病，好像非要把分分秒秒都利用上似的，从机场接上他，就得在路上给他做 briefing，而且不能凭空谈，必须拿着 file 什么的指指点点才算 report。所以我每次接他送他都得拿些书面文件对付他。"

琳达已经穿戴好，过来搂着洪钧的腰说："我算知道你是凭什么爬得这么快了。你说，你是宁肯接老板的时候迟到好呢，还是宁肯忘带 file 好呢？"

洪钧把琳达推开，一边拿起手机给小丁打电话，一边不耐烦地说："当然是宁可迟到。迟到了还可以赖到 traffic 上面，自己忘带 file 可没的解释。"

琳达露出一脸坏相，说："要不要我跟小丁说，说咱俩刚'那个'完了，他可以来接你了？"

洪钧坐在桑塔纳 2000 的后座上，心不在焉地翻着刚回公司取来准备应付皮特的文件，觉得有些头晕脑涨、腰酸腿疼。"真是一次不如一次！"洪钧在脑子里总结着刚才和琳达那次短暂的"交火"，看来随叫随到的"快餐"的确不如精心烹制的"大餐"。洪钧在饮食上的确以吃大餐为主，因为他很少有一个人吃饭的时候，一起吃饭的客户、合作伙伴或者下属都不会让他用快餐便饭轻易打发的。相反，在女人上，洪钧一直是吃这种"快餐"，虽然他一直憧憬着一顿大餐的来临。每次他和一个女人开始的时候，他都曾想把对方享用一生，可是每次都沦为了"快餐"体验，只是快餐的种类和档次有所不同，琳达嘛，算是快餐中的上品了吧，有些西式味道，就像必胜客。说来洪钧自己也奇怪，他的脑海里从来没有浮现出过琳达的容貌，做梦也从来没梦到过她，他也从来不注意琳达穿的是什么衣服。在他的脑海里能浮现出来的，只是一些碎片，她的声音、她的皮肤、她的姿态和她的味道，但这些碎片却一直拼不到一起。

小丁忽然长出了一口气："终于熬过来啦。"洪钧一怔，晃了下脑袋，转头向右一看，发现已经过了三元桥边的南银大厦，开上了机场高速。小丁这句话真是一语双关，正是洪钧这时候想嚷出来的话。是啊，毕业出来做学徒，跟在别人屁股后面打杂，学着做销售，十多年了，吃了多少苦，受了多少罪，只有自己知道，到现在，终于熬出来了。洪钧觉得怎样犒劳自己都不过分，该是可以放纵一下自己的时候了。

洪钧回想着这几年和皮特的一次次会面，已经想不起来这是第几次去机场接他了。洪钧接触过不少外国老板，美国人、德国人、英国人、澳大利亚人，等等，深入地打过交道之后，洪钧觉得好像英国人最有全球观念。可能因为当年的那个大英帝国的缘故，英国人大多都能意识到英伦三岛只不过是泱泱世界的小小一隅，大多领略过英国以外的世界与英国的不同。让洪钧得出这一结论的原因可能还因为：皮特是个英国人。洪钧觉得在这些老板当中，皮特是和自己相处得最融洽、合作得最顺畅的一个。皮特四十出头，长相一般，有人说英国人是欧洲人中最难看的一群，这么说来皮特在英国人中应该还算好看的了，但皮特的风度和仪表很好，有时候某个动作、某个姿势会让洪钧想起皮尔斯·布鲁斯南。洪钧曾经对下属讲过，皮特是他见过的最善于倾听的人，皮特不自以为他了解中国，他希望洪钧给他介绍中国的事情、分析中国的业务并提出建议，他认真地听、认真地记，而且一般都接受了洪钧的建议。

洪钧不喜欢和娶了中国女人的外国男人打交道，更不希望遇到这样的老板。凡是娶了中国女人的外国男人，大多以为自己已经成了中国通，其实他充其量只是了解了一个或几个中国女人而已。而且，这种外国男人常常基于他们对中国女人的了解来对付中国男人，而这最让洪钧受不了。皮特也很喜欢中国女人，不过他常住新加坡，在新加坡有个英国女人和他同住。

小丁终于把车开到了首都机场的地下停车场，洪钧等车刚停稳就从

第一章

车里跳出来，向到港大厅大步走去。他走过停车场门口的时候，停住看了一眼航班信息显示屏，从香港飞来的港龙航空公司 KA908 航班在二十分钟之前就降落了。皮特这次是巡视整个北亚地区，先从新加坡去汉城，再从汉城到台北，再到香港，从香港来北京只住两个晚上然后就回香港，再从香港返回新加坡。皮特自然是坐头等舱，所以可以很快走出机舱经廊桥进入机场通道，而不必像后排的经济舱乘客要等半天才能离开机舱。他只在北京停留一天半，所以可能不会带什么需要托运的行李，即使他手提行李较多，港龙的空姐也一定会帮他找到地方放好，而不会要求他托运，这也是皮特喜欢坐国泰和港龙航空的一个原因。皮特应该可以在大队乘客到来之前就办好入境手续，又没有托运行李，他现在肯定已经在到港大厅等着洪钧了。洪钧想到这些，步子迈得更大了。小丁在后面跑上来跟着，他总不能跑到洪钧的前面去。

刚一走进到港大厅，洪钧的脑袋立刻就大了，眼前黑压压的全是人。洪钧不想打皮特的手机，因为皮特很可能根本听不见手机响，而且，洪钧下了决心要亲自找到他。洪钧了解皮特，皮特最不愿意和很多人挤在一起，洪钧曾引用英语中的一句话来和皮特开玩笑，就是"Outstanding people always stand out"（出众的人自然是要站出众人之外的）。洪钧的眼睛只扫视那些人流稀少的地方，果然，洪钧向右边望去，在大厅远远的一端是男女卫生间，两个卫生间的门中间隔了一段距离，在这段距离的中点位置，站着一个人，正是皮特。皮特站在离墙不远的地方，但他永远不会靠着墙，一身藏蓝色西装，白色的衬衫没有系领带，很休闲的样子，右手插在裤兜里，左手撑在拉杆箱的拉杆上，左腿直立，右边的小腿弯着从左腿前面勾过来，右脚的鞋尖顶在左脚的外侧，如果他左手拄着的是一支手杖或雨伞，简直就是一副典型的英国绅士的样子。皮特似乎没有一丝焦急的神情，他也没准备用手机给洪钧打电话，他就那样站着等着，因为找到他是洪钧的责任，而他自己不需要做什么。

洪钧大步走过去，当看到皮特的目光向自己这边移过来时，向皮特挥了挥右手。皮特看到了洪钧，脸上露出笑容，但并没有挪动脚步。洪钧走到皮特面前，皮特已经伸出了右手，两人的手握在一起，洪钧用流利的英语打着招呼："嗨，Peter，你好吗？非常非常地抱歉。"

皮特左手拍了拍洪钧的肩膀说："嗨，Jim，没关系，这肯定是你头一次盼着我的航班晚点吧？"Jim 是洪钧给自己起的英文名字，因为很多老外都把他的中文名字"钧"念成英语里的"六月"（June）。

小丁赶紧凑上来接过了皮特的拉杆箱，皮特满脸笑容地用他仅会的几句汉语对小丁说："丁，你好，谢谢。"

小丁红着脸，向皮特缩了一下脖子算是点头致意，说着他仅会的一句英语："哈喽，哈喽。"就转身快步走在前面，向停车场走去。

上车后，洪钧问皮特："我们是先去公司还是直接去嘉里中心酒店？"

皮特坐在洪钧的右边，挪着身子让自己坐得更舒服些，说："我在北京的时候一切听你安排，你是老板。"

洪钧笑着说："那我们先去公司，路上我们先谈谈。"

皮特一边把脱下的西装上衣搭好，一边问："有什么东西要给我看吗？先看好消息还是先看坏消息？"

"当然有东西要给你看，只是恐怕我这次不能让你完全满意，因为我这里没有什么坏消息可以给你。"洪钧说着就把带来的那些文件递给皮特，心里又想到了刚才和琳达在一起的情景，嘴角禁不住翘上去，露出一丝笑意，他马上回过神来，快速但是自然地收敛了。

皮特开心地笑了，接过洪钧递过来的文件，并没有注意到洪钧的表情。洪钧说："先看一下明天签约仪式的日程安排。"

皮特随意地浏览着，问道："我的导演，明天你需要我做些什么？"

洪钧有条不紊地回答："握手、落座、起立、致词、干杯、合影，就这些，你肯定会演得很出色。"

"你要我说什么吗？"皮特问。

洪钧指着文件上的一段内容，对皮特说："最后这页上就是我想到的几点：感谢合智集团给我们机会，让我们的产品可以为他们管理水平的提升提供推动力，赞赏合智集团的决策者明智地选择了我们作为他们的合作伙伴，表达我们一定会不遗余力地支持这个项目，确保他们可以尽早从我们的产品和服务中取得收益，最后预祝双方合作成功。"

皮特显然早已对这些套话耳熟能详，根本没有加以留意，而是接着问："我要不要邀请他们访问我们在旧金山的总部？"

洪钧回答："一定要邀请，但不必在致词中提到，可以在接下来的午宴中直接向合智的老板发出邀请，这样显得更亲切自然一些。"

皮特点了点头，又把文件翻回到第一页看了看，问："合智集团的头号人物会来吗？"

第一章

"合智集团的董事会主席明天不会出席,他们的二号人物陈总裁会出席,代表合智方面致词、签字的都是他。"洪钧说着,观察着皮特的脸色,他知道皮特一定希望合智由头号人物出面,这样更能满足他的虚荣心。

还好,皮特只是又点了点头,转而看另一份文件,没有流露出任何失望或不满的表情。他的腿尽可能地向前伸,上身往后顶,可是桑塔纳2000里面的空间显然很难让他非常舒服地伸展开。洪钧注意到了,心想,看来需要尽快换车了,也可以换车了。洪钧这时候比皮特更不舒服,他的上身一直没有完全靠在座椅靠背上,而是微微向前倾着,用腰来支撑着上身,这样显得谦恭一些,只是行驶中的车子总在轻微地颠簸晃动,保持这种姿势的确让洪钧的腰感到了少许的力不从心。洪钧更后悔中午和琳达的那场交火,他暗暗告诫自己以后要慎重使用自己的腰了,是啊,男人的腰简直就是不可再生的资源,挣钱的时候要用,花钱的时候也要用,必须要讲求资源的使用效率了。

皮特又问洪钧:"合同内容还会有任何变化吗?"

洪钧笑着说:"你开玩笑吗?到现在不会再修改合同的任何内容了,除非他们想取消合同。"洪钧说完最后半句话就有些后悔了,真不应该说这种不吉利的话。

皮特却并不在意,看来英国人似乎并不忌讳"乌鸦嘴",他顺着自己的思路问:"合智现在的业务怎么样?好还是不好?"

洪钧很高兴他换了话题,回答说:"他们现在的日子不轻松,事实上,他们的家电业务很艰难。家电产品的价格越来越低,华南的那些企业可以做出非常便宜的产品,他们的销售价甚至比合智的成本都低,合智想推出新产品的难度也很大。"

皮特来了兴趣,说:"那我们的软件正好可以帮助合智降低他们的成本,让他们的价格更有竞争力,这样合智就可以很快看到使用我们软件后带来的效益了。"

洪钧沉吟了一下,摇了摇头:"恐怕我们最好不要让合智对我们有这样的期望值。合智的产量和华南顺德市的一家厂商差不多,可在合智领工资的人数是那家厂商的两倍,合智有太多的人在领退休金和报销医药费,我们的软件恐怕改变不了这种状况。在和合智的陈总裁谈时,陈总裁也说,其实他知道现在更能改变合智状况的不是我们的软件,而是他们想要争取到的新政策。"

皮特的眉头皱了起来,把胳膊放在脑后,头向后仰了仰,说:"听起来,合智不会是一个很成功的样板项目?我还想半年后再来参加他们宣布成功使用我们软件的发布会呢。"

洪钧微笑了一下,他越来越佩服自己和老板沟通的本事了。他搞不懂为什么有人那么怕和老板在一起,那么怕向老板汇报。在洪钧看来,向老板汇报的过程,就是一个引导老板提出问题,好把自己想说的话变成老板想听的话,再通过老板的耳朵放到老板心里的过程。

洪钧平静地接着解释:"我对陈总裁说,恰恰因为合智现在应该做好准备,所以应该尽早买软件。一旦新政策下来允许把很多人、很多负担转出合智,一旦合智一直要做的新产品被批准,我们的软件就可以保证合智在很短的时间内完成这些改变,所以合智应该现在就开始我们的软件项目,而不是等到以后再做。"

皮特满意地看了一眼洪钧,点着头说:"显然陈总裁接受了你的建议。对了,我们的那两家老对手怎么样?"

"在合智集团这个项目上,我们的主要对手是维西尔公司,科曼公司在合智项目上没有机会。因为科曼公司的软件最好安装在运行 UNIX 操作系统的服务器上,而合智集团的服务器都是运行微软的视窗系列操作系统的,我们和维西尔的软件都是既可以在 UNIX 也可以在微软视窗的环境里运行,所以合智是在我们和维西尔两家之中选择。维西尔公司的销售团队能力不行,到现在都没能和合智的高层建立密切的联系。所以在合智这个项目上,我们的对手一直是合智本身,其余两家都不是对手。"洪钧看到皮特扬起眉毛,似乎在等洪钧进一步说明,就接着说:"我担心的是合智根本不买软件或者拖到以后再买,而不担心他们会买别人的软件。我一直在努力说服合智尽早购买软件,只要他们决定买,就一定会买我们的,因为他们的硬件系统运行科曼软件的效果不会好,而维西尔虽然产品还不错但是他们的人不行。"

皮特舒了一口气,欣慰地看着洪钧说:"赢了合智集团的合同,我们今年的业绩就非常出色了。"

洪钧笑着对皮特说:"这还远远不是全部,我已经开始重点跟踪另一个大项目,很可能是比合智集团更大的项目,就是普发集团,我争取在今年年底前再给你一个惊喜。"

第一章

车子的速度慢了下来，已经到了三元桥，正从机场高速拐上东三环。皮特很开心，他惬意地用手指弹着前排座椅的靠背，眼睛转过来盯着洪钧说："所以，最重要的是人。Jim，我有你，ICE 有你，而维西尔和科曼都没有，我很幸运。"

洪钧矜持地笑笑，没有立刻说什么，他知道这个时候自己如何反应十分关键。有不少人能扛得住老板的批评甚至斥责，却扛不住老板的表扬和赞许，结果白白葬送了大好形势。就好像老板在你面前立了一根杆子，有的人想都不想就往上爬，结果滑下来摔得很难看；也有人痴痴地看着杆子不知所措，最后竟转身离开，结果杆子就倒下来正好砸到他脑袋。洪钧自然是要顺着杆子往上爬的，但他会让老板一只手扶着杆子，一只手扶着他，帮他往上爬。

洪钧看着皮特的眼睛，把他早已准备好的话，一字一顿地说了出来："你和我，我们是梦之队。"

车子开过了昆仑饭店和长城饭店，正要扎进农展馆前面的那段像隧道一样的桥洞，洪钧的手机响了。洪钧悠闲地拿起手机，他根本想不到，这个电话，让他的人生正像他坐着的车子一样，进入了一段漆黑的隧道。

洪钧在车子进入桥洞之前的一霎那，看了一眼手机上的来电显示，是一串八位数字，而没有显示什么人的名字，看来对方的号码没被存进自己的手机号码簿里。他觉得这个号码有些眼熟，在按下接听键的同时，洪钧想起来了，这个电话应该是从合智集团的一个电话分机打过来的。

洪钧首先向对方问候："喂，你好，我是洪钧。"

手机里立刻传来很热情的声音："洪总吗？你好啊。我是合智的赵平凡啊。"

洪钧听赵平凡称呼自己洪总，而不是像平常那样称呼老洪，介绍他自己时也没有直截了当地说"我是平凡"，就知道赵平凡旁边一定还有其他人在场，而且他打这个电话很可能就是给旁边的人听的。

洪钧似乎有一种不太舒服的感觉，但还是非常自然地答道："赵助总，你好，有什么事吗？"

赵平凡的声音很急切，急切得有点夸张："洪总，我急着找你啊。出了个很不巧的事，得赶紧告诉你，看看下一步怎么办啊。"

洪钧感觉更不舒服了，而且已经很明确地有了一种不祥的预感，以前赵平凡一直也是这样拖着长音说话，可洪钧今天开始觉得有些反感了，但他还是尽量让自己显得一如平常的沉稳："赵助总，什么事情呢？"

赵平凡大声说着，一副天塌下来的架势："我们陈总突然有很紧急的安排啊，临时去了香港。我也是刚知道的。你看这可怎么好啊？咱们明天的事都安排好了啊。"

洪钧感觉自己所有的内脏器官好像都坠了下去。他感觉周围漆黑一片，这个桥洞真黑啊，他想。他稳定了一下自己的情绪，因为他知道，危机已经来临了，面对危机，他必须让自己保持镇定。他的声音和口气没有任何变化，仍然沉稳而平静，甚至更亲和了一些："赵助总，这可真是突然啊。那你们的意思是怎么安排呢？我们这边都已经准备好了，我刚接到大老板，他已经到北京了，明天的媒体活动也都确认了。陈总什么时候回来？徐董事长在家吗？明天他能出席吗？"

赵平凡的声音好像都带了些哭腔："洪总啊，陈总走的太急，都没交代给我们，我也不知道他什么时候回来啊。刚才打他手机没开机，肯定在飞机上呢。徐董事长嘛，我倒是可以问一下，但我估计就算他在北京、就算他明天没安排，他也不太可能会出席的，因为你知道咱们这项目他一直是让陈总负责的啊。"

洪钧干脆反问，因为他知道赵平凡已经准备好了："赵助总，那合智的意见是明天的活动怎么办呢？"

"洪总，真是不好意思啊，看来可能不能按计划搞了。你看是不是先推迟一下，啊？"赵平凡很诚恳地说。

洪钧真想问他可不可以见面谈一下，但还是按捺住了，赵平凡不用手机而用桌上的固定电话，而且显然旁边有其他人，就意味着这不是他们之间的一次私人通话，而是合智集团正式向ICE公司发出的通知。如果他急着提出要面谈，赵平凡不仅不会答应，还会觉得他洪钧怎么这么没有水平。

洪钧只好接着说，声音中没有流露出一丝的失望和无奈："那也好，我就马上通知那些媒体明天的活动改期了。这样吧，麻烦你还是试着联络一下陈总，问问陈总的意见，我老板计划后天就要离开北京了，我总得和他解释一下，而且他肯定会问要改到什么时候再拜访陈总。"

"那好啊，洪总，咱们明天的活动先推迟。对不起啊，麻烦你们了，真不好意思啊。再见啊洪总。"赵平凡忙不迭地客气着。

洪钧也说了一声再见，在听到赵平凡挂上电话后才按下手机，把手

第一章

机顶在下巴上想着什么。他想到了那个这些天来一直回荡在脑子里的声音，那一定是自己的第六感在向自己预警呢，虽然洪钧仍然想不明白问题究竟出在哪里，但他已经开始懊悔，他一定是过早地得意忘形了。

他忽然意识到右边的皮特一直在等着，忙恢复了常态，转过脸来看着皮特。皮特用右手像刚才那样敲着前排座椅的靠背，微笑着看着洪钧，看来他没有从洪钧的脸上或声音中察觉到有什么不对。

"是合智集团的总裁助理赵先生，说他们的陈总裁突然有急事去了香港，明天不能参加咱们的仪式了，他们希望把明天的活动推迟。"洪钧尽量平淡地说，想让皮特不要太感到意外和震惊。

皮特怔住了，右手的手指也停住了敲打，眼睛和嘴巴都张大了，看着洪钧，足有半分钟之后才说话："呃哦，坏消息。合智集团的头号人物能来吗？陈只是二号人物嘛。合同能马上签吗？"

洪钧的脑子里很乱，但还是对皮特解释道："看来合智集团的徐董事长已经让陈总裁全权负责这个项目，我们只能和陈总裁打交道。赵在电话里没有提到合同，我也没有问，我觉得合同的签署、你和陈总裁的会面还有新闻发布会都要推迟了。"

"我明白了，"皮特的目光看着车窗外的天空，喃喃地说，"看来刚才我在天上和陈总裁擦肩而过了，如果他是真的飞去了香港。嗯，你打算怎么办？"

洪钧咬着嘴唇说："得先弄清楚究竟是怎么回事。现在就是要搜集各种信息，从各个渠道来了解内部消息，争取拼出一幅完整的画来。"

皮特没有看洪钧，嘴里挤出一句话："我希望你能尽快搞清楚是怎么回事。"洪钧望着皮特的侧影，不知道是因为车里的空调太强还是别的什么原因，他开始感觉有些冷。

第二章

赵平凡和洪钧通完电话,抬起头,看着在他办公室里站着的几个人说:"好了,我已经通知 ICE 公司了。从现在开始,啊,咱们必须统一口径,他们一定会私下和你们联系,急着想打听究竟是怎么回事。我刚才向你们交待的,什么是不能说的,什么是能说的,能说的应该怎么说,啊,都清楚了吗?"

几个人都连忙点着头,房间里响起他们各自答应的声音:"清楚了"、"好"、"OK",一片此起彼伏。

赵平凡便接着说,语气更重了些:"以前你们和 ICE 的人,包括和他们的洪总,啊,还有那个销售经理小谭,有的联系多些,有的关系近些,都是过去的事了,啊,无所谓。但是,从现在开始,他们从咱们合智的人嘴里只能听到一种说法。"

有人问了一句:"要不要和下面的一些人也都打一下招呼?万一小谭去问我的信息中心底下的人呢?"

赵平凡开始有些不耐烦,他皱起了眉头,说:"我就猜到你们可能会这么想。除了这间屋子里你们这几个人以外,啊,其他人都不能知道。你去向他们打什么招呼?啊?他们什么都不知道,小谭去问他们,他们正好回答什么都不知道。懂不懂?"

看看似乎不会有人再想说什么,当然主要是因为赵平凡自己不想说什么了,他摆手让这帮人离开了自己的办公室。等到办公室的门轻轻地但是严实地掩上了，赵平凡禁不住用脚蹬了一下地板，让转椅带着自己原地转了一个圈，他有些兴奋，更有一种成就感，他感觉自己就像是指挥所里的统帅，刚刚下达了总攻的指令，一场精心策划的大戏，开演了。

赵平凡努力让自己的心情平静下来，然后又拿起了电话，他现在的任务就是连着打几个电话。

俞威左手的手腕勾着沉沉的电脑包，手指间捏着一张入境卡，右手握着笔在入境卡上歪七扭八地填着，两只脚还轮换着把放在地上的提包踢着往前挪。就在他以这种持重悬臂的姿势正忙着的时候，兜里的手机连震带响地闹了起来。俞威嘴里咕哝着骂了一声，把右手的笔挪到左手，用右手来掏左侧裤兜里的手机，手机还没掏出来呢，笔却忽然从左手的指缝滑到了地上，黑色的笔身重重地摔在地面上，发出清脆响亮的声音，摔得笔帽从笔身上甩出去，在几米开外的地面上转圈儿。俞威更恼了，干脆把左手的电脑包和没填完的入境卡都扔在提包的旁边，一边掏手机，一边走过去把笔捡起来。他按了手机的通话键，就把手机夹在左耳和左边肩膀之间，两只手摆弄着他心爱的万宝龙签字笔查看着，嘴上粗声大嗓地说："喂，我是俞威，哪位啊？"

手机里传来熟悉的声音："老俞，我是平凡啊，到香港了吗？"

俞威的脸上立刻堆起了笑容，好像电话那边的赵平凡能看见他的表情似的，忙说："刚下飞机，这不正排队过海关呢嘛。"

赵平凡的声音里带着一股喜气，甚至有些幸灾乐祸："哦。啊，我已经给ICE的洪钧打了电话，告诉他明天签不成合同了。他好像刚接到他老板，这会儿大概正向他老板解释呢吧。"

俞威现在根本不关心洪钧在做什么，赵平凡这个纯粹是报喜邀功的电话没给他带来任何有价值的信息，他现在觉得比刚才更烦了，可他不会让赵平凡察觉出一丝一毫，而是敷衍着："是吗？那好啊。"俞威停了一下，接着问："他们知道陈总是来香港和我们签合同的吗？"

赵平凡的口气不像刚才那样兴致盎然了："现在应该还不知道，不过我想洪钧很快就会知道我们陈总是和你们谈合同去了。"

俞威听到赵平凡特意说的是"谈"合同而不是"签"合同，似乎在有意提醒俞威：别得意，你们还没拿到合同呢。俞威脸上露出一丝不易察觉的微笑，他没有理会赵平凡的忸怩作态，而是顺着自己的思路，希

第二章

望尽快结束这次通话,他说:"那好,有什么情况咱们随时沟通。"

赵平凡那边似乎没有尽兴,"哦"了一声,停了一下,又说:"好的啊,我还要给陈总打个电话呢,先挂了啊。"

俞威抬眼看了一下旁边排着的那条队,看到马上该轮到陈总办入境手续了,俞威赶紧在赵平凡即将挂上电话之前冲着手机说:"喂,老赵,老赵,要不你过几分钟再打,陈总正要过海关呢。"

俞威听到赵平凡连声说:"好的好的。"就挂断了手机,他注意到赵平凡最后的语调中流露出一丝感激。

轮到俞威办理入境手续了。他把港澳通行证、入境卡和往返机票放到柜台上,看着柜台里面的工作人员把这些证件收了进去。他无聊之中四下张望,最后把眼睛落在了柜台里坐着的人的胸牌上,发现这个工作人员叫Jacky,他心想:香港人真逗,成龙叫Jacky,就都跟着也管自己叫Jacky?想到这里,又抬眼仔细地看了一下胸牌的主人,俞威一下子情不自禁地笑了起来,那是一个瘦小枯干的男人,稀疏的头发倒向一边。冷不防Jacky忽然抬头看了一眼俞威,俞威立刻止住笑,正容以对。其实Jacky只是对照着又看了一下俞威证件上的照片,就低下头去了。俞威不再胡思乱想,他看到陈总已经办好手续向行李提取处走了过去,他开始着急了。

终于,柜台里的Jacky站了起来,俞威伸手去接证件,却发现Jacky的手里并没有拿着自己的证件。俞威正在诧异,Jacky说话了,典型的香港普通话:"这位先生请你先在这边站一下,你要多等一下。"

俞威下意识地按Jacky手指的方向挪到了一边,看见Jacky已经在挥手招呼下一名旅客来办手续,把自己晾在一旁了,他才反应过来,立刻急了,冲Jacky说:"喂,怎么回事?有什么问题啊?"

Jacky一边接过下一名旅客递上来的证件,一边回答:"没什么事情,只是你要多等一下。"

俞威更急了,可又不能发作,只好忍着,眼睁睁地看着后面的几个人陆续办好手续走了过去。

又过了难熬的几分钟,一个从肩章上看得出来级别高些的人走了过来,对Jacky嘀咕了几句,然后离开了。Jacky又站了起来,这次他手里拿着俞威的证件并递了过来,微笑着说:"对不起,让你久等了,可以了。"

俞威接过证件翻看着,问道:"怎么回事?"

17

Jacky 仍然微笑着说:"有人和你的名字一样,我们需要仔细查一下。"

俞威愣了一下,和自己重名,哪有这么巧?他忽然明白了,大声对 Jacky 说:"喂,你们是查的英文吧?我的这两个中国字,没几个重名的啊,你们查英文,那不连什么'于卫'、'余伟'全都成了我的重名啦?"

Jacky 收起了笑容,公事公办地说:"已经查好了,没有问题,你可以过去了。"说完就坐下,开始办理下一名旅客的手续。俞威气哼哼地拖着电脑包和提包向外走,从柜台前面绕到柜台的侧面时,冷不丁地对 Jacky 说:"好好学学普通话,大家都是中国人啦。"

Jacky 腾地一下蹦了起来,转身正要对俞威说什么,俞威已经头也不回地大步走了过去。

俞威没有托运的行李,他直接走过等着提取行李的人围着的那一条条传送带,没有看到陈总,心想陈总一定已经出去了。俞威更加快步向外走,终于在门口看到了陈总,陈总正和围在身旁的几个人说话,看来是在等他。

陈总瞥见俞威走了过来,就停止了交谈向这边看,其他几个人也都意识到了,顺着陈总注视的方向看过来。俞威人高马大的,上身穿一件米黄色的 T 恤衫,下面是条宽松的棕色全棉的休闲裤,脚上是 CLARK 牌子的休闲皮鞋,衣服的颜色衬得他本来就不白的肤色更黑了些,加上他大步赶上来弄得一头汗,好像刚在球场上打完十八个洞的样子。等俞威走到眼前,陈总首先介绍说:"这位是俞总,科曼公司的销售总监,我这次就是来和他们在香港谈个合同。这位是薛总,我们合智香港的老总,这位是老吴,这位是黄生,这位是阿峰。"

俞威满面热情但却是机械地逐个和陈总旁边的这些生面孔握手,在心里暗暗地抓着每个人的特征,努力地用这种办法在一瞬间把他们记在心里。

陈总等大家握完了手,冲着俞威说:"小俞啊,他们过来接我,我们去合智的办公室办些事,就不和你一道进市区了。咱们晚上见吧。"

俞威稍微有些意外,他以为陈总会和他一起直接去酒店呢,但他马上答应着:"没问题,好的好的。您不用管我,我自己安排。晚上我在酒店等您。"他又和其他几个人互相挥着手告别,嘴上还嘱咐着:"替我照顾好陈总啊,别让陈总一下飞机就这么忙啊。"

第二章

当他确信他们中不会有任何一个再回头的时候,才把举在半空中的手放了下来。俞威忽然觉得自己最后说的那句话太夸张了,夸张到了可笑的地步,好像自己和陈总的关系比人家和陈总的关系还要亲密无间。做销售的确常常需要自作多情的,很多人面对客户都不说"你们公司如何如何",而是说"咱们公司如何如何",但俞威没想到自己居然和初级水平的销售是一个层次的,他自嘲地笑了,摇了摇头,自言自语地说了一句:"有点儿过了。"然后,他拎起提包,向机场快线的自动售票机走去。

俞威坐在机场快线的车厢里,下意识地把包里的笔记本电脑拿出来,但还没有打开,就又放了回去,因为他忽然意识到从机场到中环不过二十多分钟,难道他离开了电脑就连这二十多分钟都熬不过去?!职业病啊!俞威在心里叹了一声。他干脆闭上眼睛,想养养神,整理一下晚上谈判的思路。他没想到,首先蹦到他脑子里的,居然是洪钧。这也难怪,俞威第一次坐机场快线从赤腊角机场进市区,就是和洪钧同行。

转眼快三年了,一切好像都没变,一切又好像都一去不复返了。一样的季节,一样的天气,窗外的景色似乎也一样,一样的车厢,就连刚走过去的穿着漂亮制服的服务小姐好像都是同一个女孩儿……

……俞威愣愣地看着窗外,洪钧正兴趣十足地摆弄着前排座椅背后的小电视,最后停在了一个正播广告的频道上。

洪钧用胳膊肘碰了一下俞威:"嘿,别装忧郁了啊。梁朝伟刚过去。"

俞威一听便转过头,向车厢前部的方向张望,又调头向后,问道:"哪儿呢?他能也坐这个?"

洪钧笑了,看着小小的电视屏幕说:"他跳车了,连他都受不了您那忧郁的样子。"

俞威嘴里骂了一句,把身子坐正了,闭上眼睛,像是在问洪钧,又像是在问自己,说了一句:"这公司也够有病的,明明知道咱俩肯定都是要走的人了,还让咱俩跑香港开这破会。"

洪钧没好气地说:"废话,你也不想想,这公司除了咱俩还有能开会的人吗?让 reception 来?让 cashier 来?是来玩儿啊还是来选美啊?"

俞威眼睛仍然闭着,可嘴上笑出了声:"让她们来,选丑还差不多。"

洪钧也笑了:"没准儿就是因为公司有这么二位人才,别人才都熬不下去逃了。哎,真是啊,这么一想就全想明白了,reception 难看,你说这客户还能愿意来吗？cashier难看，这客户还能愿意来付款吗？这生意没法儿火。"

俞威止住了笑，还是闭着眼睛："我才不操那心呢，爱火不火。"

洪钧埋怨了一句："就是，来歇两天，买点儿东西，不是挺好吗？你玩儿什么深沉啊？"

俞威晃着脑袋："不是这个。"就不再出声了。洪钧也不理他，接着看电视。

俞威忽然睁开眼，猛地坐直身子，转过身盯着洪钧，洪钧吓了一跳，冲着俞威骂道："你有病啊？！"

俞威当没听见，脸上笑着说："哎，你看我这主意怎么样？咱俩一块去科曼公司，他们要么把咱俩都要了，要么一个也别想要。"

洪钧想了想，撇了撇嘴说："恐怕不现实吧？就算人家真是想一下子招两个sales，就算人家对咱们两个都满意，你这么一要求，不把人家吓死？谁愿意自己手底下有两个是铁哥们儿的？再说，科曼是一帮香港人当头儿，我不想去。"

俞威的眼神黯淡了下来，身子慢慢地回到靠背上，又把头转向了窗外。

洪钧又拿胳膊碰了一下俞威，接着说："我还是想去ICE，我不是告诉过你我的原则吗？要么，老板是真说中国话的，要么，老板是真不说中国话的。"

俞威转过头，哭丧着脸说："可我的英语不行啊，碰上真不说中国话的，我跟他说什么呀？"

洪钧似乎意识到了什么，他开始明白俞威一直心神不定的原因了。洪钧看着俞威，一字一句地说："我看呀，你就去科曼，我去ICE，你是不是担心到时候咱俩打起来？这有什么可担心的？各为其主，但咱们照样是哥们儿。诸葛亮和司马懿还是朋友呢，管鲍之交，懂不懂？"说完，洪钧又无忧无虑地看上电视了。

俞威可一点儿都没轻松起来，他根本顾不上追究诸葛亮到底什么时候和司马懿成了朋友，也不想搞清楚姓管的和姓鲍的又是怎么回事，而是忙着凑过来，顺着洪钧的话头说："那孙权后来还把关羽给杀了呢？当初他们可一块儿打曹操来着。"

洪钧觉得又好气又好笑，用手指着俞威的鼻子说："你要是担心咱们将来做不成朋友，我可以保证，不在一家公司做，照样是朋友。你要是

第二章

担心咱俩将来打起来谁输谁赢，我可没办法说，肯定是有输有赢，那么多项目呢，还不够咱们分的？"

俞威立刻说："哎，要不咱们这样，来个君子协定，退避三舍。"

洪钧乐了："怎么退避三舍？你退三十里？还是我退三十里？还是一起都退三十里？那倒省事儿，谁也碰不着谁了。"

俞威没笑，他认真地说："你听我说，这么着，你和我碰上的头三个项目，每个项目谁先去见了客户，另一个人就不争这个项目了，谁先到谁先得。三个项目以后就没这规定了，以后即使我一直做的项目，你也可以插进来把它抢过去。"

洪钧痛痛快快地说："行，没问题。反正你眼勤腿勤，肯定你先找到的项目多，我都不去抢。"

俞威满意地在座椅上舒舒服服地调整着姿势，这下他踏实了。忽然他又像想起了什么，刚要对洪钧再叮嘱一句，车厢里的音响响了起来，原来是在轮流用三种语言广播，青衣站到了。俞威听着广播里传出的女子清晰柔和的声音，他忽然大声冲洪钧喊着："她们怎么这样？！怎么把英语放在中国话前面？！先用鸟语也就算了，然后应该是用普通话，怎么能是英语呢？"

洪钧注意听了一下，不以为然地说："那是你没听清，她们是三种语言轮着播的，转着圈儿，你怎么能分清谁先谁后？我就觉得是普通话在前面，然后是广东话，最后是英语。"……

……车厢里的音响又响了起来，青衣站到了，俞威回过神来，看看四周，空空的，哪有洪钧的影子。他又仔细听了一下广播里那女性柔和的声音，他也糊涂了，是英语在前还是普通话在前呢？分不清了。俞威不禁笑了一下。洪钧呢？洪钧现在正做什么？恐怕正像热锅上的蚂蚁在办公室里转呢吧。俞威又一想，不会，洪钧办公室里的主人现在应该是他的那个英国老板，洪钧现在应该正站着不动，挨骂呢吧，他英语好，肯定能一字不差地把骂他的话听进心里。哈哈，俞威咧着嘴，大声地笑了起来。

洪钧在前面引领着，皮特跟在后面，两人进了公司。坐在前台里的简马上站了起来，皮特微笑着向她打招呼。洪钧的办公室在最里面，他俩顺着两列隔断之间的过道，穿过外面开放式的办公区。洪钧不时得停下来等一下皮特，因为皮特在向办公室里的员工逐一问候，即使有的正在打着电话，皮特也会去拍一下肩膀做个鬼脸。皮特可以叫出每个员工的名字，这让洪钧不得不佩服，因为他很清楚，老外记中国人短短的名字一点不比中国人记老外长长的名字来得容易，即使有些员工有英文名字。

到了自己的办公室门口，洪钧推开门，把皮特先让了进去。洪钧伸手邀请皮特坐他的大班台后面的高背皮椅，皮特摇了摇头，将西装随手搭在沙发上，把大班台前面的两把普通办公椅的一把往外拉了拉，坐了下来。洪钧只好走过去坐在自己的皮椅上。

简跟了进来，问皮特想喝点什么。皮特笑容可掬地对简说："这是北京，我喝茶，谢谢。"

简又走到洪钧的桌旁伸手来拿洪钧的茶杯，洪钧摆了摆手，简转身走到门口，正好小丁提着皮特的行李进来。皮特嘴上说着谢谢，接过小丁双手递过来的电脑包，取出笔记本电脑，开了机，自己忙了起来。

洪钧坐在自己的椅子上，一点都不自在。他不能像平时那样向后仰着舒舒服服地靠在椅背上，而是身子前倾，屁股只坐了椅子的前半部，虽然两个胳膊肘放在大班台上，可也不能把全身重量压上去，还是得靠腰部的力量把上身挺着。洪钧看到皮特没有要和自己讨论什么的意思，觉得这么坐着实在别扭，所以只随意地摆弄了几下电脑，便站起来对皮特说了声失陪，皮特摆了下手，洪钧便走到门口，一拉门，把正端着茶具要敲门的简吓了一跳。

洪钧走到大厦的电梯间，拿出手机拨了销售经理小谭的号码，叫着小谭的英文名字："喂，David，一直等你电话呢，有什么消息？"

手机里传出小谭急切的声音："Jim，现在还不很清楚，可是感觉不好。陈总的确是去了香港，中午的飞机走的。赵平凡那儿什么也不肯多说。"

"你不要再找他了，他不会告诉咱们什么的。你要从其他的 channel 尽可能打听，关键是要搞清楚，陈总去香港，究竟是有其他紧急的事情，还是和咱们的 case 有关。"洪钧尽力克制着，不让自己的焦虑流露出来。

小谭显得有些慌乱地说："Jim，我说感觉不好，就是因为我感觉合智的人全都怪怪的，如果陈总真是有别的事急着去了香港，他们也不用对我躲躲闪闪的啊？会不会是维西尔搞的鬼啊？"

洪钧又有了那种感觉，五脏六腑好像都坠了下去，这一次连脖子到后背都感到嗖嗖的凉气。他喃喃地说："恐怕不是维西尔，维西尔中国和

第二章

维西尔香港是两个实体，相互独立，没什么关系。我担心的是科曼，科曼大中国区的那帮人都在香港。釜底抽薪，也就俞威有这本事。"

洪钧挂了电话，走进公司，简和其他人都看出了洪钧脸色的异常，让在一旁不知所措。洪钧闷着头走了过去，回到自己办公室的门口，他转过头向琳达的座位看了一眼，琳达正坐在椅子上目不转睛地盯着他，洪钧的手在精致的铜门把手上停了一下，推门走了进去。

香港维多利亚湾的南岸，有一大片围海造田堆出来的庞然大物，全然是钢铁构架和玻璃幕墙的混合体，这一带就是鼎鼎大名的香港国际会展中心，见证了九七年香港回归的所有历史性时刻，据说它东面的紫荆花雕像，简直成了内地到香港的所有游客必来驻足留影之地。和国际会展中心连为一体的还有两家酒店，西面的那家就是极豪华的君悦酒店。

君悦酒店里大大小小的商务设施中，有一间能容纳二十人左右的会议室，朝北的落地窗能看到维多利亚湾的夜景和对面九龙岸边高大的霓虹灯广告牌，只是现在落地窗被厚厚的帷幔严严实实地遮挡住了，会议室里的人谁也没有心思看外面的风景。

偌大的会议室空空荡荡的，巨大的长条型会议桌两旁，分别只坐了三个人。俞威穿着非常正式的蓝黑色西装，白色牛津纺的衬衫，系着一条鲜艳的红底条纹领带，还特意在衬衫的袖口上配了显眼的镀金纽扣。俞威在心里盘算过，这一身行头，就花了他一万多块钱，对了，还没有包括他左手腕上的瑞士帝舵手表，不然就得加倍了。俞威的左边，坐着他的老板，科曼公司大中国区的总经理，托尼·蔡。托尼是香港人，瘦瘦的，是在香港人中少见的高个子，只是太瘦了，尤其是骨架太窄小，所有的衣服穿在他身上都让人担心会随时从肩膀上滑落下来。托尼的左边，是个瘦小的女孩子，是他的助理。

托尼和俞威都笑容可掬地望着桌子另一边的陈总、老吴和黄生，心里却是各怀心思。俞威一走进这间会议室，就在心里骂托尼这帮人根本没脑子。这房间太大了，桌子也太大了，让人产生强烈的距离感，两边的人一坐过去，不自觉地就会变成了两军对垒，长条桌就像一条鸿沟，一丝一毫的亲切气氛都没有了。像这种双方各自只有三个人的高层会晤，一定要找一间小会议室，哪怕显得拥挤局促些都没关系，最好是围着一张圆桌，或者也可以是那种成直角摆放的沙发，中间放一张轻巧的茶几就好，这样就能营造出像一家人一样的亲热气氛。

托尼琢磨的却是陈总。陈总是房间里唯一没有穿正装的人，实际上还是他下午飞来香港时穿的那身，根本没换。浅蓝色的衬衫，袖子挽到肘部，没系领带，下面好像是条咔叽布的裤子，应该不会是牛仔裤吧？托尼在想。陈总的个子比俞威和托尼都矮一些，当然他旁边一左一右坐着的两个就更矮了。托尼本来安排的不是在这里谈合同，科曼公司就在湾仔，而且就在君悦酒店对面、港湾道上的瑞安中心里面，可是陈总不同意去科曼公司的会议室，他要求在酒店谈，因为这是第三方的地方。

刚见面时的客套寒暄已经过去，实际上，现在会议室里的气氛几乎可以用一个"僵"字来形容。

陈总沉默了一会儿，觉得再不说话就是不礼貌了，才淡淡地说："蔡先生刚才说你们这边又有些新情况，有些新东西要提一下，那不妨请蔡先生说说看，我先听一下。"

托尼拿起桌上的玻璃杯，喝了一口里面的冰水，咽了下去。俞威从侧面可以清晰地看见托尼突出的喉结先是提了起来又落了下去，俞威好像都听到了这口水落进托尼肚子里的声音。他低头看着自己面前的记事本，不敢去看对面的陈总他们，他相信他们一定也看到了托尼的喉结运动，如果目光对视，很可能都会禁不住笑出来。

托尼开始说话了："好，我把这边的想法和陈总讲一下。双方的诚意都是不用说的啦，双方的重视也不用说的啦。我老板也很重视，要求我一定把科曼公司的诚意向陈总转达到。"

别说陈总会不耐烦，连俞威都听得有些不耐烦了，他忽然想起了周星驰的《大话西游》里面唠叨个没完的唐僧。

托尼似乎根本没有在意对方的反应，接着说："总部也做了很大的努力，我们也把合智这个 case 的重要性一再和总部讲了，但是科曼毕竟是家 global company，有它一直的做法。总部已经批准了我们申请的优惠折扣，这个合同的价格是没得变的了，但是这个付款，总部是要求在我们把软件给你们后，你们一次就都付过来。还有，以后每年的服务费用不可以打折的，以前俞威和你们讲时可能讲过可以打折，那是他自己搞错的啦。"

俞威更不敢抬头看陈总了，但他可以想象出陈总听了以后的样子。托尼怎么能这么说话呢？！而且这两条也不能一下子都说出来啊，要先

第二章

只说一条，另一条要等陈总提出他们一方的要求时再掏出来嘛。

陈总听完托尼的话，把手中的笔放在了翻开的记事本上，胳膊离开了桌子，身体往后仰，靠在了椅背上。他显然压了压自己的情绪，尽可能客气地对托尼说："蔡先生，俞威对我讲的，我都理解成是你们科曼公司对我讲的。我在北京的时候你们对我讲的，我都不会再和你们谈，因为已经谈定了。我来香港，是想听我们提的那几条你们说还在考虑的，最后考虑得怎么样了。"

托尼的嗓子好像更干了，他硬着头皮，说："陈总，请你理解一下我们，我们一直在很努力，总部也尽了全力。"

陈总把双手放到脑后，托着脑袋，言语中简直带有些轻蔑了："蔡先生，我已经讲过了，项目的预算是一次审批、分步到位的，我还没拿到全部的钱，怎么可能一笔付给你？我们的项目经费是一次性的，以后每年的服务费用我们只好从自己日常的管理费用里面出，经费有限，所以你们必须把服务费打折，否则我们接受不了。这些是已经谈定的事，如果你们当初不答应这些，我根本不会来香港。你刚才说，申请的优惠折扣总部已经批了，你要讲清楚，你们申请的是不是就是我们要求的，是不是我说的那个数，如果不是，你们总部批不批对我们没有意义。"

托尼好像被一只无形的手掐着脖子，他的声音像是被挤出来的："总部批准了，一百七十万美元，科曼以前从来没有给过这么大的折扣。"

陈总真火了，他上身朝桌子压过来，冲着托尼说："一百七十万？一百七十万我就和ICE签了，我干嘛大老远跑到香港来？"

托尼反而镇静下来了，之前他一直不知道陈总究竟会如何反应，是他脑子里对陈总将如何反应的各种猜测把他自己吓得够呛。现在好了，不用猜了，原来陈总是这样反应的。托尼按照和俞威事先商量好的，使出了他的杀手锏。他把桌上放着的签字笔拿起来，插到西装里面左侧的内兜里，双手缓缓地把摊在桌上的记事本合了起来，对仍然盯着自己的陈总说："陈总啊，我完全理解，双方都非常想合作，这个case对我们都很重要，肯定还有很多detail要谈的。我看这样，今天我们先谈到这里，陈总今天很辛苦，先休息，我们明天，明天上午或者下午再谈也可以嘛。"

陈总笑了，扭转头分别向两侧坐着的人看了一眼，说："怎么样？不出我所料吧？"旁边的老吴和黄生都赶紧欠着身子，也都陪着笑了起来。

陈总根本不看托尼，而是看着俞威，两眼放光一般地说："小俞啊，我们估计到了这种情况。双方都希望合作，我们在北京也谈得不错，所以我这次来香港，也是有诚意的。但看起来你们总部的确对我们、对中国市场还不太了解，可能也不太重视，对你们这些在一线做项目的支持力度也不够。这次可能只能是个遗憾啦，我看明天也不必再谈了，我争取一早就回去。等一下我给赵平凡打个电话，让他和徐董事长说一下，如果明天我赶不及，他就请徐董事长见一下 ICE 公司的人，把合作的事定下来。"说完，陈总把笔插在记事本里专门放笔的小袋子里，用更悠闲自得的姿态把记事本合上，往左边推了一下，示意左边的黄生替他把记事本收好，然后站了起来。

会议室的空气好像完全凝固住了，托尼呆呆地坐在椅子里，好像他刚才举起来的杀手锏掉下来砸在了自己头上。他左边的助理张着嘴，不知所措。倒是俞威最先反应过来，他跳起来，绕着长长的桌子，快步走向门口去拦住陈总。

俞威走到陈总面前，横在他和会议室的大门中间，陈总正好伸出手来要和俞威告别，俞威双手抓住陈总的右手，又摇又晃，把陈总抬起的手又拉回到自然下垂的位置，嘴里拖着长音说："陈总，陈总，别呀。都可以谈，都可以谈嘛。大老远来香港一趟，总不能空手而归呀。"

俞威最后这句话刚一出口他就后悔了。果然，陈总甩开俞威的两只手，正色说道："怎么是空手？我很有收获嘛，我总算认识了一家公司，我总算拿定了一个主意！"

托尼也已经反应了过来，他站起身，但没有走过来，而是原地站在桌旁说："陈总，不要生气。都还可以谈，我们是非常愿意谈的，我们是一定要谈成的。"

俞威简直是推着揉着把陈总又送回到了刚才的座位旁边，但陈总坚持不坐下，而是双手撑着桌面，对托尼说："说说吧，怎么谈？"

托尼忙不迭地说："好好谈，好好谈。这样，我们现在马上给 headquarters 打电话，打电话，请他们批准。"

陈总抬起左手看了一眼表，嘲讽地说："现在美国几点？你们老板起来了吗？"

托尼的脸红了，嘴上嘟囔着："找得到的，找得到的。"陈总这才坐下。

第二章

托尼和俞威前后脚走了出来,那个助理也战战兢兢地跟着,托尼转头对她吼着:"你出来干什么?!回去!照顾客人。"助理又战战兢兢地缩了回去。

走出很远,托尼确信没人再能听到他们的谈话,便转过身来,左手叉着腰,右手摊出来冲着俞威嚷道:"我就说过不要 play game 的吧?人家翻了脸,我们怎么办?总部都批了嘛,直接答应他们,把合同签了嘛。"

俞威强压住心里的怒气,脸上堆着笑解释说:"Tony,是你首先问我可不可以试一下把价格抬高一些的。他们已经把和 ICE 签合同的事推了,没有退路了,咱们当然可以试试看,陈总来了香港就一定要签了合同才回去,咱们主动啊,他拖不起的。"

托尼不耐烦地摆着手:"不要再玩啦,不能再 take risk,马上答应他们,签合同。"

俞威有点急了:"Tony,要么刚才一见面就签合同,开开心心的。既然现在已经不愉快了,就应该坚持一下,看谁能沉得住气。陈总没有退路的,他不可能回去找 ICE 的,他怕丢面子,而且 ICE 的洪钧要是知道了这些,也会抬高价格,陈总心里肯定明白。"

托尼已经不能正常地思考了,他斜着眼睛,瞥着俞威说:"你这么有把握,刚才为什么要拦住他?让他走好啦。"

俞威真是感到哭笑不得,他长舒了一口气说:"Tony,刚才他走了,就彻底翻脸了,他一定会去和 ICE 签的,不管 ICE 抬高多少价格。咱们现在进去,就说大老板正在飞机上,从波士顿飞洛杉矶什么的,联系不到,但咱们这次保证不会再有问题,明天一早签合同。到了明天早上,咱们就说都批准了,只是以后每年的服务费用不能打折,大的都答应他们,但留这个便宜在咱们手里,陈总没办法,也只能同意,给自己一个台阶下了,咱们总算不白折腾这一下。"

托尼摇着头,已经抬腿往会议室走,嘴上说着:"不要再玩了,我不敢再 trust 你了,都是 bad idea。我进去就全部答应他们,赶快签合同就好。"

俞威的脑袋嗡嗡的,他真想把前面走着的托尼一脚踹飞,又怕弄坏了自己的 Brooks Brothers 的高级皮鞋,他把脖子上勒着的领带松了松,跟在后面。到了会议室的门口,俞威没有像平时那样抢上一步替托尼开门,托尼也根本顾不上这些,他径直推开门,在门打开的一霎那,他满脸立刻堆上了一层厚厚的笑容。

第三章

　　俞威自己都搞不清楚是如何从会议室回到酒店楼上自己的房间的,他也记不起来刚才是如何签的合同、如何与陈总他们热情告别,更不愿意再去想分手时托尼的那副嘴脸。他一进房间,就把自己几乎扒了个精光,把上上下下、里里外外那一万多块钱的行头扔得房间里到处都是,身上就剩一条CK牌子的内裤。他仰面躺在硕大的床上,两臂张开,两条腿的膝盖以下在床沿外面耷拉着,就像一个下面被截短的"大"字。他从来没这么窝囊过,而此刻恰恰原本应该是他最风光最得意的时候。做得多么精彩漂亮的一个项目,没想到本应该是最高潮的尾声,却是如此的失败和狼狈。俞威感觉浑身火辣辣的,尤其是脸上,好像刚被人狠狠地扇了两个耳光,俞威想,右边的一下是陈总扇的,左边的一下是那个托尼扇的。

　　忽然,房间里有什么声音,开始时很微弱,但越来越大了起来,俞威回过神来,他听出是手机响了。他滑到地毯上,分辨着声音的来源,因为他也记不起来刚才把手机塞在哪件衣服的兜里,又把衣服扔在哪儿了。他爬向门口,忽然发现在松软的地毯上爬行原来是这么舒服,他真想这样一直爬下去。到了门边,他抓过地毯上的西装上衣,从里面翻出叫声越来越大的手机,看了一眼来电号码,按了接听键:"喂,是我。"

　　"老俞,我老范啊,忙呢吧?是不是正'请勿打扰'呐?哈哈。"

　　俞威坐在地毯上,靠着墙壁,没好气地说:"扯淡。刚回房间,陈总他们刚走。"

"签了吧？肯定没问题的，恭喜恭喜，我给你庆祝庆祝。"

俞威硬邦邦地说："没什么好庆祝的。你在哪儿？"

"我在大堂啊，就在楼下。这会儿还早，出去转转吧。"

俞威想起来了，他几乎把和老范的约定忘得一干二净，这个老范就是泛舟系统集成公司的老板范宇宙，主要经销 UNIX 系统的服务器，和俞威在合智项目上一直合作，今天也从北京飞来香港了，说好晚上聚聚的。俞威一边撑着站起身来，一边回答："真忘了，晕头转向的。你等我一会儿，我这就下来。"

俞威便穿上一身休闲舒适的衣服，坐电梯下了楼。出了电梯，他往大堂看去，大堂里虽不能说熙熙攘攘，可也有不少人，但俞威仍然一眼就看到了范宇宙，他和大堂里的所有东西都太不协调了。大堂里有四根又高又粗的圆柱，都是黑底白纹的大理石表面，很是气派，圆柱靠近地面的部分是一圈底座，范宇宙就靠在最远处那根圆柱的底座上。他个子不高，但很壮实，上身的宽度和胸背的厚度简直相差无几，大大的脑袋，短粗的脖子，剃着方方正正的平头，活像一个刚被锻打得敦敦实实的钢锭。范宇宙穿着一件宽大的套头衫，下摆垂在裤子外面，显得上身很长腿很短，下面穿着皱皱巴巴的宽大裤子，脚上是一双凉鞋，他双手背在身后靠在柱子上，左脚撑在地上，右腿向后弯起来，右脚底蹬在柱子上，大脑袋转着，眼睛扫着大堂里过往的人，因为过往的人也都不由自主地要多看他几眼。俞威心里暗笑："这老范，门童居然放他这样的进来了。"

俞威走到范宇宙前面不远，范宇宙也看见了俞威，便离开柱子迎了过来。范宇宙笑着先开了口："老俞，这地方我呆着不自在，咱们先出去上了车再说去哪儿。"俞威答应着，把胳膊搭在范宇宙的肩膀上，向外走去，他忽然感觉到旁边的人都在看着他俩，猛地意识到两个男的这么亲密的确有些扎眼，便把胳膊收了回来，和范宇宙也稍微拉开了些距离，范宇宙好像根本没有觉察到俞威的这些举动。

上了的士，范宇宙赶紧问："去哪儿？九龙？"

俞威懒洋洋地说："懒得折腾，还得过隧道，就在港岛这边吧。"

范宇宙马上告诉司机："去铜锣湾。"

车子动了，范宇宙看着俞威说："怎么样？累坏了吧？这么大的合同，再累也值啊。单子多大？"

第三章

　　俞威更加感觉浑身像散了架一样，有气无力地说："不大，一百五十万美元。"

　　范宇宙怔了一下："不是说应该能到一百七十万美元吗？"又马上接着说："噢，这也已经够大的了，都超过一千两百万人民币了，不错不错。"

　　俞威一听就来了气："要依着我，本来能签得更大……"但他又停住了，他不想把刚才发生的事讲给范宇宙听。本来计划好的在最后时刻摊牌，逼陈总让步，结果托尼却在和陈总的心理战中一败涂地，什么便宜都没赚到，回过头来反而把俞威说得狗血淋头，这不是什么露脸的事，还是不说为好。

　　范宇宙也不再问，话题一转："看你累得够呛，找个地方给你捏捏吧。"车开到铜锣湾，在一条挂满霓虹灯的巷子中间停了下来。范宇宙付了车费，和俞威走进一家康乐中心。一个女人迎上前来招呼，范宇宙对俞威建议："先来'素'的吧？找俩手艺不错的男师傅给咱们好好捏捏，咱们还能聊聊。"

　　见俞威点头同意，范宇宙便把这意思对那女人说了，那女人连忙把他俩送到男宾部的门口。两个人草草洗了淋浴，便让男服务生带他们进了一间按摩室，里面放着两间按摩床。一个男服务生送进来茶水，后面就进来了两个男的按摩师，他们刚开口说老板晚上好，范宇宙就说："老家哪儿的？江苏的吧？"

　　其中一个哈着腰说："老板眼力真好，我们是从江苏来的，扬州的，我来得早，他刚来，是我老乡。"

　　范宇宙让俞威趴到靠里面的床上，自己在离门近的床上趴着，让方才答话的年纪稍长的给俞威做，让年轻些的给自己按摩，一边说："这年头到哪儿都一样，在国内，猜卡拉 OK 的小姐，不是四川的就是河南的，八九不离十，搓澡的按摩的师傅，一猜扬州的也差不多。没想到在香港也这样。"

　　按摩师傅各就各位，年长的说："老板，那可不一样，扬州真有手艺的师傅都出来了，内地的都是假冒的多了。"

　　范宇宙还没吱声，旁边床上的俞威已经笑了出来："这儿还有人才外流呐？"又止住笑，接着说："香港有什么好？！都往这儿跑！"

　　两个师傅见俞威变了脸，便都不再说话，闷着头开始做上了。

　　范宇宙闭着眼，怕俞威睡着了，紧着和俞威说话："老俞，这项目也是够不容易的，当初我还真以为咱们没戏了呢。"

俞威声音不大，幽幽地说："没有一定能赢的项目，也没有肯定没戏的项目。有时候，别人觉得你没戏，反倒是件好事。合智这项目，赢就赢在让别人都觉得我们没戏，ICE 觉得维西尔是对手，维西尔觉得 ICE 是对手，都没注意我们科曼。"俞威突然叫了起来："嘿嘿，轻点儿嘿！"

年长的按摩师傅忙停下来，试探着说："哟，力气重了？看您这么壮实，还不怎么能吃力呀。"

见俞威不理他，便接着按起来，力气轻了一些。范宇宙却同时叫了起来："我这位师傅，你得重点儿，你就把我当块铁，使劲按。我告诉你啊，别看我个儿矮，可表面积不小，不许偷懒啊。"给他做的那位年轻师傅讪讪地笑笑，手上已经加了劲。

范宇宙顺着俞威刚才的话说："是啊，合智买了那么多跑微软Windows 系统的服务器，可你们科曼的软件又最好是在 UNIX 机器上跑，谁都觉得合智不会选你们的。"

"那是他们只知其一，不知其二。服务器算什么，大不了再买几台UNIX 的服务器呗。他们没找到合智真正想要的是什么，还以为合智就是想买软件呢。"俞威顿了一下，心思好像又回到了合智的项目上。"我不是和你说过吗？合智现在的家电业务太累，他们也想做 IT，做电脑、服务、网络什么的，上次说的那个'网中宝'，就是他们刚买过来想大做一场的东西。"

范宇宙问："就是你上次说合智想和你们科曼合作的那个东西？"

"嗯，不是想和科曼合作，合智是看上了我们科曼的那帮代理商。当时我还不好和你说太多太细。合智现在的代理商全都是向老百姓卖家电的，不知道怎么卖专门给企业用的'网中宝'；我们那么多代理商，代理商又都是专门向企业客户卖软件的，最适合代理他们那个'网中宝'，他们就是看中了我们的代理商体系。那好，合作呗，他只要买我的软件，我就让我的代理商替他卖他的'网中宝'。"俞威开始有些得意了，接着说："软件？买谁的软件不一样？如果 ICE 和维西尔也有代理商，而不是只靠自己做直销的话，咱们可能就真没戏了，可谁让他们两家都没有代理商呢。"

范宇宙一副愣愣的样子，似乎没全明白，俞威最愿意看到他这种样子，因为这让他更加得意。

第三章

范宇宙翻过身来，好像还在思考，在确认了单凭自己实在思考不出个所以然之后，便问道："你和我说了以后，我当时心里有底了，可后来听说合智要和ICE签合同了，我就又糊涂了，你还跟我打哑谜，只说不用担心，直到昨天你说你要去香港和陈总签合同，我都没明白过来。"

俞威逗着范宇宙："你现在就明白了？我不告诉你，你还是不明白。合智和我们整个就是编了一出戏，给我们公司总部那帮老美看的，主角却是ICE，是洪钧和他老板，哈哈。"

俞威瞥了一眼范宇宙那张困惑的脸，他沉浸到了自己的杰作之中："我们总部那帮老美，真是没法说他们。他们觉得客户买科曼的软件是天经地义的，客户不买科曼的软件说明这客户有毛病。合智钱比较紧，我们的软件也的确是贵了点儿，合智想要的折扣我和托尼都给不出来，只能请总部批准。总部牛啊，不批，他们觉得我们即使不降那么多价合智最终也得找我们买。没办法，逼着我和合智一块儿想了个主意，你总部不是不批吗？我就吓唬你，人家合智真要买别人的了，看你总部批不批？"

俞威已经顾不上观察范宇宙听懂没听懂，他起身喝了口茶接着说："要说演员，陈总和赵平凡是自导自演，演得真好，另外还有俩主角，一个是洪钧，一个是他老板，主要是洪钧演得好，把他老板调动得也好，当然关键还是我导演得好，洪钧这小子太投入了，真以为他能赢这个项目，真以为合智请他老板来签合同呢。我告诉总部，几月几号几点，合智集团的老板要和ICE的老板正式签合同了，合同金额会是一百七十万美元，然后我说，如果你总部批准我要的折扣，我就能让合智和咱们签，让ICE空手而归。这帮老美，不见棺材不落泪，这才批准了。老范你知道吗？三十六计里头的好几计，我这一个项目就全用上了，像明修栈道暗度陈仓、隔岸观火，还有釜底抽薪。"

范宇宙张着嘴瞪着眼，听呆了，半天才嘟囔着说："哎哟，我都听傻了。你玩儿得真厉害，真狠。"

他好像转了转念头，又说："不过这次是不是把ICE给耍得太惨了？洪钧真把他老板请来签合同了，这下可惨了。你们俩当初还是哥们呐。"

俞威觉得有些扫兴，不以为然地应着："又不是我耍的他，是合智陈总他们耍的他。他们想从我们这儿拿到更大的折扣，就用ICE来讨价还价，为了让我们总部相信他们真会和ICE签合同，当然得骗得洪钧把他老板请来了。"

范宇宙好像还想多打听个究竟，问："你们俩当初那么好，怎么后来去了互相竞争的两家公司呢？现在谁都不理谁了，也别太僵了。"

俞威的脸沉了下来，说："人在江湖，身不由己，天下没有不散的筵席。当初我和他是不错，可毕竟后来是对手了啊。他也是死心眼儿，当初我们俩说过，头几个项目尽量不争个你死我活，他先去做的项目我不去搅和，我先跟着的项目他别来掺和，可真到了项目上哪顾得上那么多，谁能分得那么清楚？刚到新公司，肯定要争取尽快签几个合同嘛，我不管什么他的我的，有项目就做，有什么不对？"

范宇宙忙陪着笑说："就是就是，生意人嘛，在商言商的好。"

他停了一下，像是享受着被揉捏得很舒服的感觉，其实是在脑子里把想说的话又捋了一遍，然后说："老俞，软件合同签了，大功告成，合智也得赶紧买 UNIX 的机器了吧？赶紧买赶紧安装，装好硬件好装你们的软件，然后赶紧给你们付款啊。"

俞威的脸色已经平和了下来，他知道范宇宙关心的就是这个，慢条斯理地说："我的软件定了，你的硬件合同就跑不掉了，合智肯定得新买 UNIX 服务器的，我不会让他们用那些运行微软系统的服务器安装我们的软件。"

范宇宙进一步试探着问："那他们会不会从其他的公司买呢？我已经把底价什么的都告诉赵平凡了，该做的也做了，他们应该会很快定吧？"

俞威明白范宇宙说的"该做的"指的是什么，他接着安慰范宇宙："老范，都是一样的机器，买谁的不是买？你该做的都做了，他们为什么还非要找别的公司买？我回北京就会找赵平凡，催他赶紧和你把合同签了，你把心放得踏踏实实的，你现在都可以马上订货，合同一签马上发货，硬件软件安装完了咱们一起收钱。"

范宇宙咧开大嘴，像个孩子似的笑了。正好按摩也做到钟了，两个按摩师都停了手，等范宇宙给他们签了工单便退了出去。范宇宙坐在床上，对仍然躺着的俞威说："这我心里就有数了。老俞，怎么样？舒坦点儿没有？来'荤'的吧，我叫领班来告诉他安排一下。"

俞威躺着伸了个懒腰说："随你吧。不过我今天战斗力够呛，就当是陪你吧。"

范宇宙笑着说："行行，就当陪我吧。"

第三章

说着拉开门,把领班叫了进来,对领班嘀咕了好几句,领班像是心领神会的样子,满脸堆笑爽气地说:"行,保证老板们满意,你们稍等下,女孩子会来领老板们去房间。"说完退了出去。

范宇宙坐回床边,和俞威闲扯:"明天怎么安排的?逛逛?"

俞威随口应道:"得给老婆买些化妆品,她给拉了个单子,我明天按方抓药,回去交差。"

范宇宙又问:"那能花多少时间?回去前没别的事了?"

俞威也坐了起来,整理着身上的浴衣说:"我得再来趟铜锣湾,找家银行开个账户,在香港有个账户以后有些事办起来方便些。"

范宇宙立刻问:"准备找哪家银行啊?东西准备好了吗?"

俞威漫不经心地说:"知道一家,用中国护照就可以开户,别的也没什么要准备的,开了户,存几百块钱就行了呗。"

范宇宙不动声色地建议着:"老俞,应该多存些。我记得有些银行如果你账户里有五万港币,他们就不会每年都收你的服务费,好像还有些什么VIP服务一类的。这样,老俞,明天我也没事,陪你去银行,先往你账户里面放五万港币,以后省得交服务费什么的。"

俞威没有马上回话,低着头整理浴衣上的腰带,过了一会儿才说:"也行,那谢谢啦。"说完,抬起头,还用手拍了下范宇宙宽厚的肩膀,但眼睛却避开了范宇宙看着他的目光。范宇宙心里清楚,俞威已经欣然笑纳了范宇宙为他"该做的"事。

这时门开了,门口一左一右、一前一后站着两个女孩儿,看着他俩,前面的说:"老板,咱们去房间吧。"

俞威看看这个,再看看那个,又看了眼范宇宙,范宇宙立刻明白了,他立刻横着身子从两个女孩中间穿出去,走到走廊上,冲着不远处站着的领班嚷道:"嘿,不是告诉你要丰满的吗?你怎么找来俩瘦干巴猴儿啊?!"

小谭赶到三里屯南街,推开那家爱尔兰酒吧的门的时候,已经是晚上十点多了。一进门,看见外间厅堂里的客人好像还不如酒吧的服务生多,大概因为今天是星期三而不是周末的缘故。几张厚重的木头桌凳上围坐着几个在喝酒的,一看装束就觉得像是从哪个写字楼里出来的外企白领。小谭抬头看了眼北面墙壁上画着的那幅熟悉的画,那位穿着绿色衣裙的肥肥胖胖的大婶,手里举着几大杯啤酒,咧着嘴笑着。小谭冲柜台里的服务生点了点头，算是对他们的问候的回应，就径直穿过柜台旁边的过道，向后面的里间走去。

小谭进了里间，站在过道口上四处用目光搜寻着。左前方一张木头桌子，有三个女孩儿坐在桌旁的木头长凳上，一个手里把玩着饮料杯子，一个嘴上叼着根吸管，另一个把一瓶科洛娜放到嘴边却没喝。小谭凭直觉一下子就能判断出这三个女孩子也都是写字楼里的上班族，可能是前台、秘书或助理什么的。她们三个有一搭没一搭地说着什么，三双眼睛却都盯着一个方向。小谭顺着她们盯着的方向看过去，靠墙是一个长沙发，沙发虽然还算干净，显然已经很老旧，被无数人坐过无数次了，已经看不出布面上最初的颜色和花纹了。沙发上靠着一角坐着一个男人，三十多岁的样子，很白净，衬衫也是雪白，而且挺括得好像没有一丝折皱，他悠闲地翘着二郎腿，能一眼看见蓝黑色的西服裤子笔挺的裤线。虽然是坐着，也能看出是中等个子，身材很匀称。他的西装上衣搭在沙发上，看得出来是仔细地搭上去的，不会把西装压出任何折痕，一条领带被细致地折叠成一个平整的小方块，掖在西装口袋里。这人一只手拿着一本旅游杂志在看，另一只手搭在沙发的扶手上。沙发前面放着个当作茶几用的木头案子，案子上面放着一只诺基亚的手机，手机旁边是一个厚厚的皮夹。小谭笑了，恨不能把那三个女孩的目光都截留到自己的身上，他向这个男人走过去，站在木头案子旁边，说："老板，早来了？"

洪钧抬起头，见是小谭，便笑了笑，把杂志合上放到面前的木头案子上，拍拍沙发示意小谭坐下，说道："刚到一会儿。"

小谭坐下就说："你是看见那几个女孩儿才坐这儿的？还是她们看见你凑过来的？"

洪钧嘴上说着："哪儿？什么女孩儿？"边向周围扫视着，看见了那三个女孩。三个女孩冷不防洪钧直直地看过来，赶忙把目光转开，三个人几乎同时都开口说着什么，显得很可笑。洪钧说："哦，刚才没看见啊。"

小谭笑了："老板还是这么有吸引力啊，今天我也沾沾光。"

洪钧不搭理他的话，直接说："怎么约这么晚？你以前不是说，带着女孩儿去酒吧，就到三里屯南街，到酒吧找女孩儿带走，就去三里屯北街，你给我选这地方是什么意思？"

小谭陪着笑说："我以为你今天得陪Peter到挺晚呢。选这儿是想和你喝两杯，郁闷。"

第三章

洪钧说:"Peter 早自己回酒店了,他也很郁闷。怎么着?你也郁闷?也想让我给你解解闷儿?"

小谭连忙边摇头边摆手地说:"不不不,没这意思。哪儿敢啊?合智出了这事,我想和你好好聊聊。"

服务生走了过来,小谭点了一杯嘉士伯,洪钧要的是健力士的黑啤。等两杯啤酒送上来,洪钧举起酒杯说:"喝吧,说说都打听到什么。"

小谭忙也举起杯子碰了一下,喝了一口,嘴上还留着一圈啤酒沫就说:"赵平凡的确是什么都不肯说,哼哼哈哈打官腔儿。项目组里的其他人也都吞吞吐吐的,信息中心、财务部的,以前熟得不能再熟了,现在全像变了个人似的。后来你说得试试从其他渠道打听,我就找了些别的关系。科曼的一个女孩儿,在科曼做行政的,我从她那儿套出来,俞威今天也去了香港。另外,合智法律部的一个女孩儿告诉我,她们审过两个买软件的合同,一个是和咱们的,一个是和科曼的,她当时还奇怪到底是要和谁签。我还有个同学在合智企划部,做什么新策略新产品规划的,说他们头儿和科曼的渠道发展总监谈过不止一次了。"

洪钧起初听得似乎不太在意,当听到小谭最后这句话时,显然把注意力提了起来。他把酒杯放在一旁,拿起原本放在杯子下面的杯垫,两只手把玩着,眼睛却像看着无穷远处,像是自己对自己说着:"已经不要再有什么侥幸心理了,陈总到香港,看来一定是去和科曼签合同去了,我也是这样告诉皮特的。现在就是要搞清楚,合智为什么选择科曼。新策略新产品规划,科曼的渠道发展……你把你同学怎么告诉你的都原封不动说一遍。"

小谭的脸色立刻变得严肃起来,整理了一下思路,字斟句酌地说:"我这个同学说,合智一直在准备做一种新产品,他们企划部经理让他搜集过几家软件公司的代理商网络情况,看来他们的新产品要交给代理商去销售,企划部经理也和科曼的渠道发展总监开过会,但没有带他去,具体谈什么他也不知道,都是他经理直接向陈总做汇报的。"

洪钧想了想,把杯垫往案子上一扔,缓缓地像是从牙缝里挤出的声音:"明白了,我太大意了。"但马上又恢复了平常样子,说:"陈总也和我说过他们要推出一种新产品,我一直没问是什么产品,他们准备怎么销售,不过话说回来,就是问他也不会告诉我。现在想也觉得奇怪,如果新产品还是家电,那咱们和他们的研发部门那么熟,早应该听说了,看来是种全新的东西,而且不是合智自己研发的,没准就是买来的技术。因为是全新的产品,所以销售渠道也得是全新的,谁来帮合智做新渠道?科曼!科曼为什么要帮合智,因为合智答应买科曼的软件!"

洪钧伸出顾长的手指,把裤脚边从沙发上粘来的一根细小的线头儿弹掉,幽幽地说:"我们不知道很多很重要的事情,不输才怪呢。"

小谭的眼睛瞪得大大的,好像在寻找着救命的最后一根稻草,仍不死心:"那科曼的软件不能装在合智现在那些 Windows 服务器上啊,合智舍得再花钱买硬件?而且,他们都决定和咱们签合同了,Peter 都来了,这不是把咱们当猴耍吗?"

洪钧苦笑了一下,说:"比耍猴耍得惨,惨得多!买新硬件能花多少钱,可自己从无到有建代理商网络要花多少钱、多少时间?这账再好算不过了。至于为什么耍咱们,很简单,这种招术以前不少客户也玩儿过,拿咱们吓唬科曼,如果科曼不答应合智的条件,合智就买 ICE 的了,让我把 Peter 请来准备和他们签合同,这是做给科曼看的。"

小谭还是有些想不通:"俞威和你那么好的朋友,以前就说话不算数专门抢你的项目,可这次也太狠了吧?陈总,还有赵平凡,和咱们关系都很不错啊,都快像一家人了,怎么也会这么毒呢?"

洪钧恨不能用手指去戳着小谭的脑门教训他,但还是忍住了,尽量耐心地解释:"David,谁和你是一家人啊?俞威怎么做是他的事,你也永远不要以为客户真和你是一家人。如果咱们自己小心,他们算计不到咱们。这次,不怨别的,是我太想拿到这个项目了,考虑了太多拿到这个项目以后的事,而没有仔细考虑这个项目本身。"

洪钧停下来,盯着小谭的眼睛问:"David,记得我以前说过的,怎样算成功的销售吗?"

小谭稍微愣了一下,马上挺直身子说:"成功的销售,就是让客户相信我们让他相信的东西。"

洪钧把目光从小谭身上移开,又像是自言自语般喃喃地说:"怎样算最失败的竞争呢?相信了对手让你相信的东西。这次,我是相信了对手和客户合着让我相信的东西。"

小谭真傻了,把酒杯往案子上放的时候差点掉到地上,他像忽然想起了什么,马上说:"那 Peter?Peter 也被耍了,他要知道他白跑这趟,肯定得发火啊。"

第三章

洪钧平静地说:"他已经知道了,我告诉他这个项目肯定出问题了。他发火也不会发到你头上。"

小谭还在嘟囔着:"本来还挺高兴,这么大的合同,提成大大的,全年的指标也都超额完成了,后几个月可以开始跟踪明年的项目了,这下可惨了,又得找新项目,手上另外几个项目前一段都没顾得上,又得回去炒冷饭了,咳,还得全力去攻普发集团那个项目吧。"

洪钧没有说话,他心里想,这个小谭,真是不知道事情的轻重啊。发生了这么大的事,居然还在盘算着什么提成、指标,心里还惦记着有什么新项目,虽然的确是个不错的销售人员,可是在这种关键时刻,是一点儿都不能为自己分忧,不能帮自己支撑一下的。洪钧知道,像小谭这样的,如果碰上一个像自己这样的"好"老板,还可以"罩"着他,他只管做项目就行了,如果洪钧不是他老板而换成什么其他人,像小谭这样只知道一个心眼做销售,恐怕没有好日子过的。

洪钧想着想着,不由得微微苦笑了一下。他在自嘲,自己已经处于这种危在旦夕的境地,居然还在替部下操这份心。

洪钧终于回到了自己的家。他以前似乎从没有过这种强烈地想逃回家的感觉,在过去,这宽大得近乎冷清的家,只是他过夜的一个地方而已,而刚才,在和皮特或小谭在一起的时候,他居然有好几次好像听到一个声音在他脑海里说:"回家吧,别撑着了,撑不住了。"这些年来,他已经习惯了过山车一般的生活。每个电话,都可能是带来一个好消息,让他感觉像登上了世界之巅;每封电子邮件,又都可能是一个突发的噩耗,让他仿佛到了世界末日。所以,他已经慢慢养成了别人难以想象的承受力。他有时候会想起范仲淹在《岳阳楼记》里的那句话:"不以物喜,不以己悲。"其实这一直就是他的座右铭,只不过他越来越能体会到这话中的真谛,也愈发体会到这种境界的遥不可及。

可今天,经历的不是过山车,他好像是在玩儿蹦极,从高高的巅峰纵身一跃,向下面的深渊跌了下去。不对,不是蹦极,而且远不如蹦极,洪钧脑子里想着,他是正在巅峰上自我陶醉的时候,被人从后面一脚踹下去的,而且,他的脚上也没有绑着那根绳索,那根可以把他拽着再弹起来的绳索,那根可以让他最终平安落地的绳索。现在已经落到底了吗?洪钧想。没有,还远没有到底,洪钧心里再清楚不过了。

洪钧进到房间里面，立刻感觉自己的筋好像被抽走了一样，要瘫在地板上。是啊，不用再当着老板或下属的面，强撑着充硬汉了，他不用再在自己已经没有底气的时候还要给别人打气。旁边不再有人，不再需要演戏，真自在啊。洪钧一屁股坐在地板上，仰头靠着沙发，浑身彻底地散了架。

这种彻底解脱的感觉稍纵即逝，还不到一分钟，洪钧的头就耷拉了下来。是啊，自己的家，原来就是个没有别人的地方，这样的家也叫家吗？洪钧知道自己是永远不会满足的，刚才还只是想找一个没人的地方逃避一下，现在已经又想要个人陪了。他就是这样的不满足，一路追逐着要更多的东西，要赢更多次，要挣更多钱，要管更多人，一路走到了今天的境地。

洪钧脱了衣服，刚要洗个澡，手机响了。他不禁哆嗦了一下，难道今天还没过去？难道还有什么坏消息正在空中朝自己飞过来？不一定吧，难道就不会是他正在等的人吗？洪钧想到这儿，来了精神，拿起手机看了一眼，立刻按了接听键，不等琳达说话，直接说："正想你呢，刚要洗澡。"

要是在一天之前，琳达一定会说："怎么想的？要不要我陪你一起洗？"可洪钧等了一会儿，等到的却是琳达问他："合智怎么了？明天的活动怎么都 cancel 了？"

洪钧立刻泄了气，坐到沙发上，叹了口气，却没说话。

琳达接着问："下午 Susan 让我把订的会场、花篮、横幅什么的都取消了，她自己给那些媒体打电话，她打不过来又分给我不少让我打，一个个全通知说明天的活动 cancel 了，怎么回事啊？"

洪钧硬着头皮，向他本来认为最不必解释的人做着解释："合智的项目出了问题，看来他们耍了我们，他们今天应该已经和科曼在香港签了合同。"

这回轮到琳达沉默了，洪钧也就静静地等着，过了一会儿，琳达才说："怎么会呢？他们怎么可能骗倒你呢？"

洪钧忍不住苦笑了一声，说："我又不是常胜将军，又不是没被别人骗过。"

琳达看来也并不想和洪钧在电话上总结失败教训，转而问她更关心的一个问题："合同不签了，照样可以向媒体 announce 你的任命啊，怎么全 cancel 了呢？只先在公司内部 announce？那有什么意义，本来我们

第三章

早都知道你是老大。"

洪钧心里觉得更苦，可又被琳达的话弄得更想笑，这滋味儿真难受，他耐着性子说："我的傻丫头，合智出了这么大的事，你还想着 Peter 正式给我升官儿啊？现在的问题，根本不是什么时候宣布我当首席代表，也不是到底让不让我当这个正式的首席代表，现在的问题，是我还能不能在 ICE 呆下去。"

电话里一点声音也没有，连琳达呼吸的声音都听不到，这样停了半天，洪钧简直以为电话断了，下意识地把电话从耳旁挪到眼前看了一下，显示还在通话中啊，洪钧便对着手机嚷："喂，琳达，琳达。"

琳达的声音又传了过来："怎么会呢？不过是一个 case 嘛，而且是 David 做的啊。为这么一个合智，就不让你干了，那 Peter 还想不想要别的 case 了？"

洪钧把腿抬到沙发上躺下，头枕着胳膊，说到这些，他反而变得坦然了："这你不懂，Peter 不会这么看的。他早向总部报了合智这个大项目的特大喜讯，总部也批准了我的任命，结果他白跑一趟，所有对媒体的安排全取消，出了这么大的事，他怎么交代？你不明白，美国人是经济动物，而英国人是政治动物。"

琳达这次倒是很快就回答了，把洪钧噎得够呛："你倒是什么都懂。"

沙发太软，洪钧的腰陷进了沙发里面，身体窝着，并不舒服。洪钧挪动着，不想和琳达再说这些沉重的话题。他知道，琳达不可能替他分担什么，也根本没有人能替他分担什么。他真盼着琳达能对自己说："我现在过来吧。"他等了一会儿，失望中试探着问了一句："你上床了吗？"

琳达简单地"嗯"了一声，接着跟了一句："都这么晚了。"

以前，她不在乎晚的。如果是琳达打来的电话，她常会说："那我过来吧。"如果是洪钧打过去的电话，她也常会问："你是不是想我过来？"然后都常常会立刻挂上电话，换上第二天上班穿的衣服，赶过来。

洪钧似乎隐约闻到了琳达的味道，中午时在沙发上留下的味道，那味道曾经让他兴奋，现在也让他感觉到一丝暖意，好像自己周围有一个场，托着自己，不让自己掉下去。慢慢地，洪钧似乎觉得那种味道越来越淡了，场就显得越来越弱，他就快掉下去了。洪钧真想对着手机说："我想你过来陪我。"他张开嘴，但最终还是没有说出来。那种味道，电话里的声音，电话另一端的那个人，好像都已经离他越来越远了。

第四章

　　第二天晚上，洪钧一个人坐在嘉里中心饭店大堂的酒吧里，觉得自己的心情和这酒吧的名字"炫酷"无论如何也搭不上边，他现在的感觉，倒正可以用另外两个字来形容："悬"、"苦"。

　　整个白天异常地平静，好像一切都没有变，而洪钧却感觉好像一切都已经变了。无所事事地熬，感觉这个白天无比漫长，昨天就是漫长的一天，那是因为昨天发生了太多的事情，今天虽然似乎什么事情都没发生，却让他觉得漫长得多，因为洪钧知道那个事情一定会来的，只是不知道什么时候来，洪钧就这样熬到了晚上。

　　皮特白天没有到公司来，他自己一个人留在饭店的房间里。但洪钧相信，皮特一定很忙，昨天夜里他肯定已经和旧金山总部的头头们商量了，今天白天他肯定在和新加坡那帮亚太区的人忙活要具体料理的事情。快下班的时候，皮特打来电话，约洪钧晚上在酒吧见面，"喝一杯"。以往，皮特来北京住这家饭店的时候，他们常常是在楼上的豪华阁贵宾廊谈事的。这次特地约在酒吧，洪钧明白皮特一定是想把气氛弄得放松些，看来见面的话题一定会是沉重的，想到这些，洪钧深吸了一口气，又呼出去，心里对自己说："来吧。"

　　洪钧坐在软椅上，面向酒吧的入口，从入口望出去就是大堂。因为还早，酒吧里人不多，菲律宾乐队也还没有开始表演。洪钧从桌上拿起饭店提供的精致的火柴盒，摆弄着。他对这家饭店太熟悉了，虽然他对北京的主要豪华饭店都很熟悉，但对嘉里中心似乎印象最深。已经开业几年了？洪钧在脑子里回想着，九九年开业的？洪钧不太确定。但洪钧可以确定的是，这家饭店自从开业至今，就一直是被工地包围着。北面、西面、南面，都是工地，饭店门前的路面常常铺满了重型卡车撒落的渣土，每逢冬春季节刮大风的时候，西北面工地上吹来的尘土好像都能穿过饭店的两道门进到大堂里。有人说这饭店的地理位置绝佳，洪钧却觉得在很长时间里它的位置反而是个缺陷，交通拥堵，周围全是工地。洪钧一直在琢磨的是，嘉里中心究竟有什么妙招，能够把那么多的会议和各种商务活动拉过来，能够吸引那么多显贵来北京时到此下榻。实际上，洪钧之所以对嘉里中心饭店印象深，就是因为洪钧觉得他们的销售在北京的豪华饭店中是做得最好的。"找机会一定要和他们做会议销售的人好好聊聊。"洪钧心里念叨着。忽然，他禁不住自己苦笑了起来，是啊，现在都什么时候了，自己居然还有心思琢磨别人的生意经，还惦记着要和人家切磋一下，自己可真够敬业的。

　　洪钧看见一个熟悉的身影，用着熟悉的姿态，穿过大堂向酒吧里走了过来。皮特的步子很轻盈，一身休闲装，左手拿着手机，右手拿着饭店的房卡，在手指间倒来倒去，像玩弄着一张扑克牌。皮特也看见了洪钧，脸上立刻露出笑容，扬了一下手，走了过来。洪钧便站起身，等皮特走到面前，边伸出手握了一下，边打着招呼。

　　两人都坐下来，四把单人软椅围着一张小圆桌，以往洪钧和皮特都是挨着坐的，今天皮特很自然地便坐在了洪钧对面的椅子上。皮特先翘起二郎腿，洪钧才跟着也翘起二郎腿，让自己尽可能舒服些。皮特看见洪钧面前摆着杯饮料，看样子不是酒，就问："你点了什么？"

　　洪钧回答："汤力水。"

　　皮特立刻略带夸张地做了个惊讶而诧异的表情，问道："为什么不来点酒？"

　　洪钧笑着说："汤力水就很好，你随意点吧。"

　　皮特也笑了笑，摇了摇头。这时侍者也已经走了过来，一个高高瘦瘦的小伙子，皮特对他说："一杯卡布奇诺，不用带那种小饼干。"侍者答应着走开了。

　　皮特和洪钧都微笑着看着对方，对视了几秒钟，皮特先开了腔："怎么样？各方面都还好吗？"

第四章

　　这样泛泛地随便一问，洪钧却很难回答。要在以往，洪钧都是笑着回答说好得不能再好了，玩笑中流露出自信，皮特也会哈哈地笑起来。可现在，洪钧的感觉却是糟得不能再糟了，可当然不能这样回答。洪钧停了一下，只好说："还好，和平常一样。"

　　皮特点了点头，表示理解，说："今天又是漫长的一天，我相信对你和我都是这样。"

　　洪钧也点了点头，表示同意，但没有说什么。这时侍者端着杯咖啡送了过来，放到皮特面前，皮特说了声谢谢，用手捏着咖啡杯的小把手，却没有端起来喝，而是看着咖啡上面的泡沫图案发呆。过了一会儿，皮特才又抬起头，看着洪钧说："现在很难啊，你和我都很艰难，我们都很清楚。"

　　洪钧又点了点头，看着皮特的眼睛，听他继续说："合智是一个大项目，一个非常重要的项目，我们一直以为可以得到这个项目，总部很了解这个项目，他们一直在等着我们的好消息。现在看来，我们肯定已经输掉了这个项目。至于为什么输了，怎么输的，肯定还有很多细节我们不知道，或者说至少我不知道，但我不想再在这上面花时间了。合智的项目丢了，我们不再谈它了，我们要考虑的是未来。"

　　洪钧专注地听着，没有插话，他听出了皮特真正的意思。皮特说的不再谈合智项目，而考虑未来，并不是说就这样轻易地把这一页翻过去了。他的意思，恰恰是为了未来，首先要把合智项目彻底做个结。他不关心的只是这项目究竟怎么丢的，他关心的是丢了项目的这笔账该怎么算。

　　皮特等了下洪钧，见洪钧没有说话的意思，便接着说："合智这个项目丢掉了，ICE 中国区今年的业绩指标能否完成，是一个大问号，ICE 亚太区今年的业绩指标能否完成，也是个问题。但更重要的是，你和我，在总部建立起来的信誉，被大大地影响了，我们失掉的不仅是一个项目，而是我们的信誉。我们曾对总部说这个项目没有问题，结果事实变成是我们这个项目没有机会了，总部以后还会相信我们说的话吗？我们现在要做的就是，让总部看到，我们已经找到了问题，并将很快解决问题，这样才能重新建立我们的信誉。"说到这儿，皮特停了下来，端起咖啡喝了一口，回味着。

　　洪钧忽然有一种憋不住想笑的感觉，这本来是一个非常沉重的话题，而且和他的前途性命攸关，可他真觉得好像有什么地方特别好笑。什么地方不对呢？洪钧明白了，原来，皮特刚才说的好几个"我们"，其实都是在说"我"，只是碍于当着洪钧的面，才只好说"我们"，似乎把洪钧也照应了进去。洪钧想，中国人以前很少说"我"如何如何，都是说"我们"如何如何，其实隐含着都只是在说"我"，没想到英国人也学会了，而且运用得炉火纯青。

皮特好像又在等着洪钧说话，可是洪钧仍然只是一脸专注地看着皮特，没有任何要说话的意思，皮特也就只好接着说得更明确些："那么，问题究竟出在哪里呢？我们必须先找出问题，然后再商量如何解决。"

洪钧知道，这一刻终于来了，他清了清嗓子，挪动了一下身子让自己坐得更端正些，刚想说话，忽然发现自己怎么弄得像个走向刑场慷慨赴死的英雄似的，又一次憋不住要笑出来，但他再一次控制住了，没有流露出半点，而是非常平静但不容置疑地说了一句很简单的话："我对输掉合智项目负全责。"

皮特显然有些意外，他愣了一下，用看陌生人一样的眼光看着洪钧，他肯定有些后悔，早知如此，刚才何必绕那么大圈子做铺垫呢？皮特马上恢复了常态，面带微笑，温和地对洪钧说："我完全理解你的感觉，你在这个项目上付出了很大的努力，现在输掉了，你肯定觉得难以接受，过于自责，但这样对你不公平，因为你毕竟不是直接负责这个项目的人。"

洪钧知道皮特指的是谁，他指的是小谭。作为直接负责合智项目的销售经理，小谭的确应该为输掉项目负责。但洪钧也清楚，单单一个小谭，既不够格成为皮特所要找的"问题"，更不够格由皮特亲自来"解决"。显然，把小谭抛出去，并不能改善洪钧的处境，为什么还要做那种"恶人"呢？洪钧打定了主意。

洪钧仍然用非常平静的口吻说："David 是做销售的，他当然对输掉项目负有责任。但是合智这么大的项目，自始至终并不是他单独负责，实际上，我直接负责合智项目的整个销售过程，尤其是那些关键阶段，David 只是我的助手。"

皮特并没有想说服洪钧，而是试探着说："所以，你没有考虑过让 David 离开公司？"

"没有。虽然输掉了合智，可现在离财政年度的结束还有四个月，David 仍然有机会达到他的业绩定额，他是个不错的销售经理，也从来

第四章

没有违反过公司的规矩，我们应该给他机会。如果他到年底时没有完成定额，我们可以不和他续签合同。但我觉得如果现在让他离开，"洪钧停顿了一下，尽量平和地补了一句，"那样不公平。"

皮特面无表情，刚才一直浮现在他脸上的笑容消失了，冷冷地说："Jim，合智项目不是一个简单的项目，输掉它，后果显然是很严重的。我们必须要有人为此负责。"

洪钧面带微笑，把刚才说过的话用同样的口气又重复了一遍："我对输掉合智项目负全责。"

皮特紧接着问："你是说，你准备辞职？"

洪钧笑着摇了摇头，皮特立刻一愣，洪钧不等他问，就说："我不辞职，你可以终止我的合同，或者说，你开掉我。"说完就专注地看着皮特的表情。

皮特微微张着嘴，停在那里，但脑子一定在飞速地转动。他挪动了一下，把翘着的二郎腿放下，身子向前探过来，用非常诚恳的口吻对洪钧说："不，这不是个好主意，我不会这么做。"

在皮特说话的时候，洪钧也把二郎腿放下来，坐得挺直了一些，听皮特接着说。

"Jim，我知道你是个负责的人，但我们这次的运气太坏了，所以你和我必须做出艰难的决定，但无论如何，我不会开掉你。我的想法是，你提出辞职，然后我接受你的辞职。"皮特说完，发现洪钧并没有任何反应，就又把自己的意思说得更明白些，"你辞职的原因可以说是个人职业发展的考虑，要去尝试新的机会，你和公司，都不丢脸，也可以温和地分手，不是很好吗？对了，公司还将给你三个月的工资，你可以理解为给你的补偿，我可以理解为对你的贡献的酬谢。"

说实话，皮特开出的条件不能说没有吸引力，尤其对现在的洪钧来说更是如此，但洪钧心里很明白，他必须坚持住，虽然作为败军之将、行将被扫地出门的人，他没有什么选择余地，但他仍然要守住自己已经做出的决定。

洪钧深吸了一口气，不紧不慢地说："Peter，正是因为考虑到我下一步的职业机会，我才决定宁可被开掉也不辞职的。如果我辞职，我和公司签的合同中的非竞争性条款就将生效，我将不能加入与 ICE 有竞争关系的公司，至少在一段时间内不行，尤其当 ICE 给了我工资补偿以后。

但是，我不想离开这个行业去重新从零开始。所以，我宁可不要ICE给我任何补偿，我宁可ICE把我开掉，我也不愿意在找下一个工作的时候受任何限制。"

皮特似乎有些紧张，他已经开始考虑今后更远一些的事情了，他向桌子再靠近一些，对洪钧说："Jim，即使ICE终止了和你的合同，你也不应该加入ICE的竞争对手啊。"

洪钧微笑着说："Peter，你把我开掉了，我当然可以到任何公司去工作，当然也可以去你的竞争对手那里，当然，我不会违反我和公司签过的保密协议。"

皮特的眉头皱了起来，把手放在嘴边，洪钧知道这是他在紧张思考时的习惯动作。正好刚才那个高高瘦瘦的侍者走了过来，问皮特要不要加些咖啡，皮特不耐烦地摆了摆手。洪钧发现一向温文尔雅的皮特原来也有这种急躁的时候，他仍然微笑着，等着皮特。

皮特似乎拿定了主意，脸上的表情柔和了很多，也露出了一丝笑容，说道："Jim，我和ICE公司都非常欣赏你，我们都看到了你对ICE公司做出的贡献，实际上，我们不想失去你。只是，现在显然你不再适合领导ICE中国公司。你觉得，在ICE中国公司，或者在新加坡，有没有什么你觉得合适的位置，可以先做一段时间，我可以保证会很快把你提升起来。"

洪钧听了以后无声地笑了起来，刚才他的微笑都是摆出来的表情，现在他好像真的觉得开心了，他把桌上装着汤力水的玻璃杯拿起来，向上稍微举了一下，做了个邀请干杯的姿势，然后端在胸前对皮特说："Peter，谢谢你。你和我一直合作得很好，如果仍留在ICE却不是像现在这样直接向你汇报，我还是宁愿离开。"

皮特的目光中明显露出了失望的神色，他双手放在两腿的膝盖上，好像准备撑着身体站起来，嘴里说着："看来没有其他的解决方案了，Jim，给我一些时间，我要回房间准备些文件，然后你和我要在文件上签字。你肯定理解，这种事，我们越快解决越好。"他看到洪钧笑着点了点头，便站起来，走了，步子似乎不像刚才来的时候那样轻快了。

洪钧坐着没动，平静地等着。他知道皮特不会很快回来，因为他不得不重新准备文件，洪钧相信他今天原本准备好的文件，一定包括两个，一个是洪钧开掉小谭用的，一个是洪钧自己辞职用的，没想到那份辞职

第四章

的根本没用上，而被开掉的是洪钧。洪钧刚才的那一丝开心早就消失了，他明白，自己根本不是什么胜利者，他付出了惨重的代价，只是希望将来能换来一些机会。

洪钧拿出手机，给琳达发了条短信："还在谈。"

很快，有条短信在他的手机屏幕上闪烁，洪钧打开一看，是琳达的："谈得怎样？"

洪钧只写了两个字，就发了出去："还好。"

琳达很快就又回了短信："那就好，你到家我给你电话。"

洪钧看完短信，便删掉了，然后放下手机，有些惆怅地向四周看了看，菲律宾乐队的几个人已经走到了小小的表演区域，那个女歌手和几个男乐手在说笑着。洪钧知道，琳达并没有理解他的"还好"是什么意思，她会失望的。

大约过了半个小时，皮特才回来，手里拿了个透明的文件夹，里面有些打印好的文件。洪钧想，这些文件一定是刚刚在楼上豪华阁的商务中心里打印出来的。他自己以前是那里的常客，还曾赞扬过豪华阁服务小姐的服务水平，他当时根本想不到，这些服务小姐有一天也会用出色的服务来制作出解除他合同的文件。洪钧想到这儿，不禁又苦笑了起来。

皮特走过来，看见洪钧脸上的笑容，一定诧异这个洪钧怎么事到如今还这么开心。皮特也不想和洪钧再纠缠，他直接把两份文件摊在小圆桌上，请洪钧过目。洪钧拿起文件仔细地审了一遍，又拿起另一份确认了两份内容完全一致，便从西装上衣内侧的兜里取出万宝龙牌子的签字笔，在两份文件上龙飞凤舞地签上了自己的英文签字，然后把文件推给了皮特。皮特也跟着签好字，把其中一份递过来，洪钧便伸出一只手去接，同时笑着说："我们就不用交换签过字的笔来做纪念了吧？"

皮特苦笑了一下，把一份文件放回文件夹里，站了起来。要在以往，洪钧也会立刻站起身来，可他这次没有，因为皮特已经不再是他的老板了，他就继续坐在那里，纹丝不动，他发现这样坐着很舒服。

皮特站着，像忽然想起了什么，问洪钧："你知道 ICE 公司名字里的这三个字母是什么意思吗？"

这次轮到洪钧觉得有些诧异了，他愣了一下，确认他没有听错皮特的话，想了想，硬着头皮说："不是缩写吗？Intelligence & Computing Enterprise(智能计算企业)的头三个字母？"

皮特摇了摇头，轻轻地叹了口气，看着洪钧，说："ICE，就是一个词，'冰'，我不得不这样，像冰一样冷酷无情。Jim，对不起。"

洪钧刚走出嘉里中心饭店的旋转门，站在门廊下，在旁边不远处等着的小丁便已经看见了他，他很快把那辆黑色的桑塔纳2000开了过来。小丁下车走过来要给洪钧开车门，嘴上还说着："老板今儿早啊，我以为又得喝到挺晚呢。"

洪钧把小丁打开的车门又给关上了，看着小丁纳闷的样子，便说："你先回去吧，我往前边溜达溜达。"

小丁觉得很奇怪："那您呆会儿怎么回家啊？"

洪钧漫不经心地说："打车呗，很方便。"

说完，冲小丁挥了挥手，向街上走去。但他马上又停住了，折回来，冲刚坐进车里的小丁说："差点儿忘了。你明天早上八点四十在这儿接皮特，然后送他去公司。"说完转身走了。

小丁在后面大声问："那您呢？您怎么去公司啊？"

洪钧没回头，把手挥了一下，嚷了一句："别管我了。"

洪钧走出来没多远，便有些后悔了，这种溜达看来远不像他想象的那样惬意。八月份的北京，晚上也不比白天凉快多少，西装上衣肯定是穿不住的，洪钧用手指勾住西装的领子，搭在肩头，西装甩在后背上。走了几步，仍然觉得太热，便又把西装甩到前面，两只手分别把衬衫袖子上的扣子解开，把袖子整齐地折叠着挽到肘部，再把西装搭到后背上，才觉得稍微舒服了些。没有风，只有当旁边有车开过去时才会搅得空气产生些流动，带过来的也是尾气和尘土。洪钧开始觉得有些烦躁，停住脚，往路上张望着，他决定打车回家了。

他刚往机动车道上搜寻了一眼，一辆黑色的桑塔纳2000便从后面不远开了上来，到洪钧身旁停下，小丁探过身子把前面右侧的车门打开，探着头对洪钧说："老板，上来吧，还是我送您吧，外头太热了。"

洪钧笑了，先把后车门打开，把西装上衣扔到后座上，关上后车门，然后上了车，坐到小丁的旁边。

小丁笑着对洪钧说："您忘了，您的电脑还在我车上呢。"

洪钧回到家，把电脑包放在沙发上，去用凉水把脸洗了一下，然后拿起电脑包走进书房，他该开始做善后工作了。

第四章

电话响了,洪钧知道一定是琳达打来的。一接起电话,琳达的声音就从听筒里蹦了出来,让洪钧下意识地把电话从耳边挪开了一些。"怎么样?没事了吧?"琳达问,声音透着十分的急切。

洪钧笑了,叹了口气,从鼻子里哼了一声,说:"没事了,这次是彻底没事了。"

琳达刚应了一声:"那就好。"但马上就品味出洪钧的语气很奇怪,好像话里有话,便紧接着问:"什么意思啊?"

洪钧也就变得严肃了起来,一边整理着电脑里的文件,一边对着电话说:"Peter 建议我把 David fire 掉,也建议我辞职,我都没接受,我要求他 terminate 我的合同,Peter 接受了,所以,我现在轻松了,ICE 把我 fire 掉了。"

洪钧忽然觉得这一切都非常具有讽刺意味,就在昨天,自己刚刚还在劝说琳达离开 ICE,口口声声两个人继续留在同一家公司不太好,现在这问题已经迎刃而解,昨天劝别人离开的人今天已经自己离开了。洪钧有些尴尬,又有些酸楚。

电话里传过来琳达一声长长的"啊",然后半天没有声音,洪钧耐心地等着,也不说话。

又过了一会儿,琳达好像非常不解地问:"你说你,你替那个 David 扛什么责任啊?他不就是个小 sales 吗?"

"你不知道,就算 fire 掉 David,Peter 也不会让我在 ICE 呆下去,他建议我辞职,还提出给我几个月的工资作为补偿。"

洪钧的这句解释,反而让琳达觉得他简直疯了,琳达一定觉得他特别的不可理喻。她的声音变得更加尖利,嗓子好像都快劈开了:"啊,公司给你钱都不要,还非让公司把你开掉,你到底图什么呀?"

洪钧好像怎么也想不起来以前听到过琳达发出这样的声音。高潮的时候?不是这样的,没有这么刺耳,那时的叫声要低沉些,像是拼命压抑着但又压抑不住,从身体里的最深处发出的声音。而现在这声音,确是毫无遮拦地迸发出来的。

洪钧有些不高兴,他闷声说道:"你怎么这么对我说话?"

琳达毫不示弱,立刻回应着:"怎么啦?你已经不是我老板了。"洪钧听出来,这话里没有以往那种俏皮,琳达不是在开玩笑。

洪钧脑子里居然浮现出琳达梗着脖子,撇着嘴说这句话的样子。洪钧纳闷，自己以前很少在脑海里出现琳达的全貌的，怎么现在她竟然变得活生生了呢？洪钧觉得有些好笑，只能耐着性子给琳达解释："我如果辞了职，又拿了ICE给的钱，我就被限制住了。我让ICE开掉我，我就不受限制，可以去任何公司。"

刚说完，洪钧忽然注意到，原来自己已经在不经意间改变了一个小小的细节，在说到ICE时，不再说"公司"怎样怎样，而是直接说那三个字母了，因为他已经不属于那个公司。人的归属感真是非常奇怪，敏感得有时连他自己都还没有意识到，洪钧已经把自己从ICE里彻底摘出来了。

琳达从鼻子里哼了一声，然后叹了口气说："咳，辞职不丢面子倒不好找工作，被开掉了反而更好找工作，真不知道你是怎么想的。"

洪钧不想再说这个，他觉得没有再解释的必要了，他停下手上的事，拿着电话，尽可能柔和地说："Linda，咱们不说这些了，好吗？我也不敢肯定我这么做将来会怎么样，但既然已经这么做了，就不再说了，啊？"

琳达没有回答，看来她也不想再和洪钧纠缠下去了。洪钧等了一会儿，见还没反应，以为琳达气消了，就说："想你了，真想现在能和你在一起。"

没有回音。洪钧接着幽幽地说："过来好吗？想你这种时候能呆在我身边。什么都不做，陪我说说话，如果不想说话，我们就挨在一起，坐着。只要你能在我身边就好。"

仍然没有回音，洪钧等着，他实在受不了这种寂静，刚张开口要说句什么，琳达说话了："太晚了，我心里也乱得很，我去了你也不会开心。"

琳达顿了一下，声音柔和了许多，说："睡吧，这两天你太累了，累得都不像你了。"说完，好像又等了一下，然后挂上了电话。洪钧的嘴张着，举着电话机，听着听筒里传出的蜂鸣声，半天都没放下。

早上七点，洪钧被手机上设置的闹钟吵起来。星期五，该去上班的，小丁很快会到楼下的。洪钧一骨碌便下了床，走到洗手间里，和镜子里的自己打了个照面，他这才一下子真醒了过来。他不用这么早起来的，小丁今天也不会来接他，他今天也不用去上班，以后可能很多日子里他都不用去上班。洪钧醒了，他想起来，他已经没有工作了。

洪钧回到床边，把自己扔到床上，还是睡觉的好，他对自己说。

第四章

蛐蛐叫，声音越来越大，好像越来越近，好像就在床底下，洪钧要抓住这只蛐蛐，它太烦人了。洪钧翻身坐了起来，眼睛仍然闭着，一只手在床上，另一只手在床头柜上，摸索着，终于抓到了那个一边震动一边唱歌的"蛐蛐"。洪钧仍然闭着眼，把手机放到耳边，"喂"了一声，里面传出的是小谭惊慌不安的声音。

"老板，怎么啦？Peter刚给我们开了会，说你已经离开公司啦！"

洪钧翻开眼皮，看了一眼床头柜上的闹钟，九点半。他没好气地说："我在睡觉！"就把手机挂了，倒头埋进了枕头里。

没过多久，手机又响了。洪钧一下子变得暴躁起来，一看闹钟，还不到十点。他拿起手机，看了一眼号码，是小丁打来的。他平静下来，虽然胸脯仍在一起一伏的，但声音已经很正常了："喂，丁啊，有事吗？"

小丁好像很为难地说："财务总监让我去找您，让把您办公室里的一些东西给您送过去，他还让我把您的笔记本电脑给带回来。"

洪钧已经完全清醒了，他很轻快地对小丁说："哦，我明白。你过来吧，顺便把电脑拿回去。"

洪钧爬起来，开始洗漱，一切都收拾好了，小丁还没到。洪钧想，小丁肯定是想给自己多留些时间，在路上磨蹭呢，或者就在楼下等着呢。洪钧心里忽然觉得一热，但马上又觉得凄凉起来。是啊，小丁的确是个很细致、很体贴的人，而现在好像只有小丁还有些人情味儿。

洪钧等了一会儿，已经一点困意都没有了，小丁也按响了门铃。洪钧打开门，小丁手里拎着个纸袋子，里面都是洪钧放在办公室里的私人物品。洪钧一边翻看着纸袋里的东西，一边让小丁进来，可小丁死活不肯，就坚持站在门外的过道里。

洪钧把纸袋大致翻了翻，问小丁："我的那些名片呢？放在桌上的大名片盒里的？"

小丁嗫嚅着说："东西是我和简收拾的，本来我把那些名片都放进来了，后来财务总监进来看见了，把整个名片盒又都拿了出来，说是客户的资料，说是属于公司的，不让带给您。"

洪钧笑了一下，没说什么，进去把昨晚已经整理好的装着笔记本的电脑包提了出来，递给了小丁，对小丁说："谢谢啦，丁，保重啊。"

小丁双手接过电脑包，拎在手里，脸红了，憋了半天，才吭吭哧哧地说："老板，您对我不错，以后您要有什么事，您随时招呼我，我指定尽力。"

洪钧笑着点了点头，小丁转过身，刚要走，又回过头，对洪钧说："老板，那我走啦。您也保重。"洪钧又笑着点了点头，抬手晃了晃，尽力做出像平时分手时的那种轻松随意的样子。

洪钧关上门，随手把那个纸袋子放在一边，心里空荡荡的。他想了想，觉得让自己不那么空荡荡的最好方法，可能还是睡觉，便走进卧室，又把自己摔到了床上。

洪钧似乎在迷糊之中，又听见手机响了，"不可能，我都没工作了，哪儿来的这么多业务？"他翻了个身，想重新做个更有意思的梦，一个没有手机叫声的梦。

不对，怎么好像"处处闻啼鸟"了，到处都是手机响。洪钧只好爬了起来，拿起手机看了一眼，怎么又是小丁的？会不会是小丁无意中碰了拨号键，把刚打过的电话又拨出来了？洪钧印象中小丁好像很仔细的，应该不会，便接了起来："喂，丁吗？怎么了？"

电话里小丁的声音好像比刚才那个电话里还要为难，简直有些不知所措，而且有些断断续续的："老板，我刚到公司地下的停车场，她正在这儿等着我呢，她要看您的电脑。"

洪钧一开始没听懂，便问："谁？哪儿？谁的电脑？"

小丁吞吞吐吐地解释："我一到停车场，她就过来了，要我把您的电脑给她，她说她要看看。"

洪钧听是听清楚了，可还是不明白："谁啊？谁截住你要看我的电脑？"

电话里忽然没了动静，过了一会儿，才又响起了小丁的简直有些发颤的声音："是……是琳达。"

洪钧立刻一下子全明白了，心里有种说不出来的滋味，他等自己平静下来才问："那她现在在你旁边吗？你让她听一下电话。"

能听到电话那一边有人说话的声音，洪钧似乎看得见小丁和琳达推托着的样子，还看得见琳达接过电话后走得离小丁足够远才停下。过了一会儿，电话里传来琳达的声音，好像是从很远的天际传来的："Jim，"琳达停了一下，接着说，"我想看一下你的电脑，看看里面有没有和我有关的东西。"

洪钧猜到了会是这个缘故，他平和地对琳达说："Linda，你放心，我昨天晚上已经把整个电脑全查过了，所有该删的已经都删掉了，你放

第四章

心好了。"

琳达沉默了一下，然后像是下定了决心，很坚决地说："Jim，你就让我再看一下嘛，那里面有些东西对我很重要，我不想被别人看到，我必须 make sure 真的都删掉了呀。"

洪钧稍微有些不耐烦了："难道你就这么不相信我？"

琳达的口气仍然很柔和，可洪钧能听出里面柔中带刚："Jim，我只是想看一下你的电脑啊，既然你已经都删了，那更应该可以让我看一下嘛。"琳达停了一下，用半开玩笑的口气说："再说，也已经不是你的电脑了呀。"

洪钧张着嘴呆住了，是啊，的确已经不是他的电脑了。何止是电脑，曾经属于他的，都已经不再属于他了。

洪钧心里乱极了。一切都好像是很遥远的过去，好像是很久以前的事。不对啊，才两天吧？仅仅两天前，他好像拥有他想得到的一切，他拥有那么多让人称羡的东西，并且有着光明远大的前程。而仅仅四十八小时之后的现在，洪钧忽然发现，他曾经拥有的都失去了，他感觉到疼了。拥有的时候他觉得无所谓，决定放弃的时候他也可以告诉自己不要去在乎，可当他真失去所有这些的时候，他觉得疼了。忽然，他觉得非常冷，他不敢去想，因为他也意识到了更可怕的东西：他的疼才刚刚开始，因为，他不仅没有了过去，更没有了前途，也没有了希望。

第五章

　　万寿路这一带，在北京是出了名的大院儿多的地方，首先是一堆军队系统的大院儿，然后就是一些部委机关，以前主要是电子部的，现在是信息产业部系统的了。北面一条东西向的小街里，有几家饭馆。现在正是八、九月间，天要挺晚才黑，外面小风吹着也凉快，所以几家饭馆都在外面支上桌子，每张桌子上撑开一把遮阳伞，众人坐在伞下、桌旁，喝着啤酒，嚼着各样下酒的小菜，整条街人声鼎沸、烟熏火燎。本来就狭窄的街道，饭馆摆出来的摊子把行人挤到了机动车道上，双向的机动车道又被停着的车辆占了一条，只剩下窄窄的一条车道勉强可以过车。

　　一排连着的几家饭馆中间，夹着一家茶馆。茶馆门前没有摆出桌子来，但也被停着的车挤得满满当当。俞威坐在靠窗的位子上，嗑着桌上小漆盘里的瓜子，眼睛盯着窗外，外面街上的食客中有几个女子吸引着他的眼球，而且还不时有些过路的女子招摇地飘过去，把他的眼睛也一路带着走。他开始感觉到眼睛不够用了，因为他还得随时关注一下他停在路边的那辆捷达王，车旁边经过的两轮、三轮和四轮交通工具都随时可能碰到它。

　　茶馆里一点儿也不比外边清静，不远处的几桌都在打牌，吆五喝六地嚷着不停。俞威已经吃过饭了，他在等的人是赵平凡。合智集团有不少人都住在附近的宿舍区里，以赵平凡这几年做总裁助理的收入，也还没攒够在北京买套公寓的银子。俞威刚给赵平凡打了电话，告诉他自己已经到了，赵平凡说他正吃饭呢，一会儿就下来。这家茶馆俞威以前来过几次，每次都是来和赵平凡谈事。这地方乱哄哄的，不引人注意，而且显然不是商谈"机密大事"的理想地方，所以即使被合智集团的其他人看见也不会觉得有什么特别之处。而俞威，又恰好喜欢在嘈杂的地方谈"大事"、"正事"，一来嘈杂的环境可以让他亢奋，二来这种环境也不会让对方感觉到拘束。

俞威忙得够呛的眼睛，终于捕捉到了一个熟悉的身影，他看见赵平凡从斜对面的小区门口向茶馆走来，先是在路上闪避着争先恐后的车，又从几家饭馆外面的摊子中钻过来，亏得赵平凡还年轻，而且身材矮小灵活，所以面对如此复杂的"路况"还算应付自如。

赵平凡走到茶馆门口，服务员已经挑起了门帘，他走进来第一眼就看见了已经迎上来的俞威，便笑着伸出了手。两个人握了手，寒暄几句，走到窗前的那张桌子旁坐下，服务员也跟了过来问他们点什么茶。俞威把茶单递给赵平凡，努着嘴说你来你来，赵平凡虽说接过了茶单，可看也不看就放在桌上，忙着拿出烟来点着，嘴上说："还是你点，随便来，反正啊，我不管是花儿还是叶子，啊，只要说是茶就行。"

俞威也掏出烟，他并没有和赵平凡让烟，因为已经太熟了，各自也都喜好不同，俞威一直是抽白盒的万宝路，而赵平凡则只抽"红河"。俞威把烟叼在嘴里，眯着眼看着茶单，就抬头瞟着服务员说："绿茶现在都不新鲜了吧？花茶一直不怎么喝，来乌龙吧，有冻顶乌龙吗？没有的话就上你们最好的乌龙也行。"

服务员点头说有，就转身离开了。

俞威和赵平凡对望着，都深吸了一口烟，然后朝各自的右边都扭了一下头，几乎同时从嘴里喷出一大团烟雾，两团烟雾朝平行的方向喷出来，很快散开，两个人不约而同会心地笑了。

赵平凡盯着俞威说："老俞，不够意思啊，签了合同就不过来了啦。从香港回来有半个多月了吧？我都一直找不到你。"

俞威看着赵平凡脸上带着笑，知道他是故作姿态，不必当真，但他还是很客气地解释着："我哪儿敢啊，刚回来就又去了趟杭州，一个电力的项目。我知道你这边肯定事儿也很多，估计你忙差不多了，这不就赶紧过来请安了吗？"

服务员抱着一大套泡乌龙茶的茶具走了过来，在桌上给他们泡茶。

第五章

赵平凡眼睛盯着服务员的手在茶杯茶碗间忙来忙去,说:"陈总刚回来的时候就和我说了,我当时就想问你来着。陈总说在香港谈合同的时候,你们的表现可是不怎么好啊。"

俞威知道赵平凡肯定得提一下这事,他也早就做好了准备,便很诚恳地说:"这件事,我到现在心里都别扭。明明咱们在北京都谈好的,到香港大家客客气气、高高兴兴地搞个签字仪式多好。可托尼,我那个香港老板,贪心不足啊。他当时把我也给搞懵了,对陈总来了个突然袭击,对我也突然啊。他肯定是觉得陈总已经亲自到了香港,又把和ICE签合同的事给取消了,他就想把已经答应过的东西反悔掉,想把价格抬高些,签个更大的合同。"

俞威正要接着说,赵平凡插了一句:"哪有这么做生意的啊?你怎么不劝劝他?啊,这弄得陈总对你们印象多不好啊。"

俞威的表情已经从诚恳变成了委屈甚至显得有点可怜,声音中简直都快带着哭腔了,他说:"我怎么没劝啊?我都快和托尼翻脸了。我要事先知道他有那种想法,我一定会说服他不要那么做。谈合同的时候他把我和陈总都弄了个措手不及。陈总发火了,我就赶紧劝。然后我把托尼叫出来和他讲,他还想坚持,他说陈总没退路了,不管怎样最后也只能答应他托尼的条件。我就对他说,'我了解陈总也了解合智,你这么做行不通的'。最后我说,'我自己不能说话不算数,如果你坚持这么做,我就辞职'。"

俞威的话音在最后变得慷慨激昂,然后猛地收住,他要让这种气氛多停留一下,可以更具震撼力。果然,赵平凡听得呆住了,嘴巴和眼睛都张得大大的,似乎眼前浮现出俞威和一个香港人据理力争的形象,他手指夹着的烟一丝丝燃烧着,都忘了去吸一口,最后还是因为长长的烟灰自己掉到了桌上,才把他从忘神中拉了回来。赵平凡低下头,用餐巾纸把桌上的烟灰擦到地上,掩饰着刚才的失态,嘴上敷衍着:"你啊,老是这么冲动,就这个脾气怎么行。"

他抬起头来,看着俞威,很自然地说:"其实啊,陈总也说应该不是你搞的鬼,都是老朋友了嘛。陈总还说,估计是你做了你老板的工作,所以你们出去商量了一下,再回来以后就很痛快地签了合同嘛。"他说到这里又顿了一下,很关心地说:"有句话可能不该说,毕竟是你们内部工作上的事,可是,啊,你有这样一位老板,恐怕共事起来比较费力啊。"

俞威显得非常感动，像是遇到了知音，把手伸过去拍拍赵平凡放在桌上的手说："你们知道我是什么人就行了。"

这时，他也意识到戏再演下去就有点儿"过"了，而且这种气氛也不适合再谈别的事，所以他就立刻夸张地用手去擦眼睛，嘴上学着东北口音说："大哥，啥也别说了，眼泪哗哗的。"

赵平凡被他那样子逗笑了，说着："别啊，你是我大哥，你比我大好几岁呢。"

俞威也笑了，他是得意地笑了。当初在香港撺掇托尼在谈判中出尔反尔的时候，他就打定主意，如果日后合智的人责问他，他就把脏水全都扣到托尼的头上。现在他果然把坏事变成了好事，显然赵平凡和他的心理距离又拉近了一层。

俞威拿起小小的茶杯，把里面的功夫茶一饮而尽，然后在嘴里咂摸着，感受着一种甜甜的味道，满意地对赵平凡说："行了，能喝了，这冻顶乌龙看来是真的，的确不错，尤其是抽一口烟再喝，更觉得嘴里有股甜味儿，你品品。"

赵平凡便拿起茶杯也一口喝了，茶水刚进嗓子眼儿，就立刻说："行，不错。"

俞威暗笑，他知道赵平凡对这些东西其实既不讲究，也没兴趣，完全是一句敷衍的客套，也就不再和他聊茶，他是来和赵平凡聊正经事的。

俞威从包里拿出一个像档案袋一样大小的信封，放到桌边。赵平凡用眼角瞟了一眼信封，却装做没看见。俞威对赵平凡说："上次咱们说的那事，我已经办妥了，这些东西你看一下，签个字就行了，你留一份，其余的我给他们带回去。"说完，便把大信封打开，从里面拿出些打印好的文件给赵平凡递过去。

赵平凡接了，却并没有马上翻看，而是随手放在旁边的凳子上，对俞威说："这种法律上的事我不太懂，你给我说说就成了。"

俞威心里暗想，这赵平凡是总裁助理，天天和公司的法律、行政、人事部门打交道，居然说不太懂法律上的事，分明是在做戏，不过是想摆摆姿态、拿拿架子罢了，俞威觉得好笑，但还是克制住了，说："这家普莱特公司，在我们科曼的代理商中是比较大的一家，一直都做得不错，而且各方面也都还比较正规，公司的股东是两个人，我和他们俩都很熟，关系不错。现在商量好的做法是这样，他们答应给你5%的干股，直接

第五章

无偿无条件地转让给你，这5%的股份只在分红的时候有效，没有其他权益，没有表决权，反正你就一年到头什么都不用管，年底的时候拿他们利润的5%就行了。"

赵平凡好像无意地随口问了一句："他们一年的利润大概多少？"

俞威沉吟着回答："这几年每年的销售额，大概在两千多万，不到三千万，至于利润嘛，不是非常清楚，他们两个告诉我说是大约在三百万左右。就按这个数粗算，每年十五万的分红，也还可以啦。"

赵平凡这才把刚放在凳子上的文件拿在手里，翻看着，说："钱不钱的无所谓，大家都是朋友嘛。"

俞威看他拿起那些文件，就说："都是他们的律师给准备的，股东会决议啊、股权转让协议啊什么的，凡是你名字下面留了空的地方就是需要你签字的。他们做事很规矩。"

赵平凡边看着文件边对俞威说："大家在一块儿都是为了做点实事，我这边肯定也会尽力的。我们那个网中宝产品，我会首先交给这家……"他顿住了，在文件中查找着，接着说："这家普莱特公司，来做代理，我可以让他们做总代理，给他们的折扣也可以再大一点。刚开始做新产品，合智这边本来就该多让利给代理商嘛。"

俞威笑着点了点头，嘴上说着："这就要你赵助总给他们些政策倾斜喽。"心里想，这话其实不必说，赵平凡一定会向他自己多倾斜多让利的。

赵平凡合上文件，笑着问俞威："你老俞和他们关系不错吧？要不怎么挑了他们。"

俞威知道赵平凡想了解什么，不紧不慢地说："我和他们就是朋友，处得久了，相互之间比较熟悉也比较信任，项目上、价格上、年底的返利上，我能照顾的就照顾他们点儿，我和他们公司没什么特别的关系，你放心好了。"

赵平凡忙摆着头说："唉，我有什么不放心的？"

外面街上的人流不知什么时候开始变得稀少，几家饭馆门前刚才还人满为患，现在已经空出了不少张桌子。天已经黑了，外面已看不到什么景色，偶尔有个女孩走过，也已经根本看不清轮廓，更不用说容貌了。俞威便把注意力往茶馆里面转移，发现不知什么时候各张桌子几乎都上了客人。那几桌打牌的仍然非常热烈，俞威只要稍微竖起耳朵听一下，就能分辨出来每张桌子上大致的战况。附近角落里原先空着的桌子现在都有了人，俞威逐个扫了一遍，发现全是一男一女，岁数似乎也都是三十多以上的，可无论俞威多么专注，都听不到人家在嘀咕什么，只能看见那些男男女女脸上的表情，像整个茶馆里面的光线一样暧昧。俞威心想，看来自己也已经到了该约个半老徐娘来泡茶馆的阶段了吧，但又不甘心，自己才三十多岁，他找的女孩一般都要比他小十岁，这么一算，还是再过些年，等他四十多岁的时候，再来茶馆泡三十多岁的女人吧。

俞威的眼睛、耳朵和心思都在忙着，无意中把赵平凡晾在了一边，因为俞威准备和他谈的事已经谈完，本想再闲坐一会儿也就散了，没想到赵平凡一句话把他给拽了回来："老俞，还有个事，陈总前几天和我提过，啊，这事得和你商量商量。"

俞威一听，立刻把所有的心思全都收了回来，进入临战状态，赵平凡打了陈总的旗号，应该不会是小事。俞威笑着说："我听着呢，陈总有什么指示？"

赵平凡也笑了，说："什么指示，这方面你是专家，陈总和我是想让你给出出主意。"

俞威微笑着没说话，他在等赵平凡接着说，凡是变得这么客气的时候，一定是比较难办的事。

赵平凡这回不怎么拉他习惯带的长音了，而是挺利索地说："是培训和考察的事。陈总回来以后就和我开始张罗这事，嘿，这一张罗就发现这事还真不太好办。当初咱们谈合同的时候，不是就留了一笔钱准备出国培训和考察时候用的吗？而且我记得当初咱们留的就已经不少了，当时觉得肯定够了，可现在一张罗就不行了，太多的人要去。当初咱们搞这个项目的时候，这个部门的那个部门的都说和他们没关系，也不参与也不支持，咱们费了多大的力才把项目争取下来。现在倒好，一听说要出去考察、出去培训，全都找上门来了，积极性这个高啊，都不用动员，都争着说他们对这个项目如何如何重视，都要派最得力的人参加项目组。我心想，这帮混蛋，都是只想参加考察组，等考察回来真到做项目的时候肯定全没影儿了。可陈总是个好人呐，心眼儿软，也觉得有个机会能多让些人出去看看也好，起码回来以后不会唱对台戏，不会给这个项目添乱。我理解陈总的意思，但关键是个钱字。咱们一家人不说见外的话，你也知道我们合智现在预算很紧张，就这些钱，干了这个就干不了那个，捉襟见肘啊。我和陈总都想不出什么主意，这不，想听听你的想法嘛。"

第五章

俞威的脑子刚开了片刻的小差，现在又立刻高速运转起来了，他听赵平凡刚说第一句话就已经知道是什么事了：太多人要出国考察、培训，预留的费用不够了，合智想从其他地方挪些钱过来，而且俞威已经猜到了他们在打什么主意，现在的关键是要赶紧想出对策。他忽然觉得喜欢起赵平凡的啰嗦了，他越啰嗦，俞威就可以有更多的思考时间。现在俞威还没有完全想好对策，他还需要些时间，所以他要让赵平凡再啰嗦一下，俞威便装作痴痴地说："那你和陈总是怎么商量的呢？"

赵平凡试探着说："陈总让我问问你，看能不能在软件款项上想些办法。咱们的合同已经签了，按说也不能减你们软件的金额了，可实在没别的办法了。你看能不能这样，我们按合同把软件款分批给你们打过去，你们收到首期款以后，再给我们返回一部分来，具体返回多少数目咱们可以再商量，用什么名义返回都成，我们就用这部分钱补足培训和考察的费用，成不成？"

俞威暗笑，早知道你们就会想从我的软件上做文章。都已经签了合同，一百五十万美元已经比我想要的数少了二十万美元呢，还想再扣一些回去，休想！俞威正好已经想出了对策，现在是思路清晰、胸有成竹了，他要让赵平凡欣然接受他想让赵平凡接受的东西。

俞威很诚恳地说："老赵，出国的事的确是大事，陈总想多派些人出去是对的，而且还应该把一路上的条件都安排得更好些，所以的确应该多争取些预算。我来之前就想和你说件事，和出国经费的事没准能联系起来，可能两件事能一起解决呢。你想不想听听？"

赵平凡虽然心里只惦记着出国经费的难题，本不想听俞威再提什么另外的事，可是又不好不让俞威说，毕竟要想挪用软件款，还非得有俞威配合才行，又听俞威说可能解决出国经费的问题，便忙说："你说你说，一起商量嘛。"

俞威便不紧不慢地说："前些天碰到你们信息中心的几个人，聊了聊，看来他们都有些想法啊，不知道你和陈总有没有听说。"

赵平凡摸不着头脑，纳闷地说："没有啊，什么想法？"

俞威接着按他设计的思路说："合智一直是用微软 Windows 系统的服务器，听说你们要换成跑 UNIX 系统的服务器，信息中心的人心里没底，于公于私都有些想法啊。于公，他们对新机器不熟悉，也没有经验，担心短时间内掌握不好，影响项目的进行；于私，担心公司会招聘懂新机器的新人来,他们这些老人儿,又不会 UNIX 技术,人人自危啊。"

赵平凡还是有些糊涂,糊涂中带着些不快,他瞥了眼俞威说:"就是因为你们科曼的软件最好装在 UNIX 的机器上,我们才不得不买新服务器的嘛。又不是我们自己非买不可。"

俞威立刻坐直身子,睁大眼睛,提高嗓门,斩钉截铁地说:"还不是 ICE 和维西尔的那些人这么说的?他们当初和我们争这个项目的时候,攻击我们,说我们科曼的软件只能运行在 UNIX 系统的服务器上,想用这一条把我们挤出去。我们自己可从来没说过我们的软件不能装在 Windows 的服务器上,科曼这么大一家公司,全世界那么多用户,当然有装在 Windows 服务器上的,哪儿能都是装在 UNIX 机器上的呢?"

赵平凡开始明白了,但因为这个思路对他来说太新,他还感觉有些不踏实,便接着问:"那你的意思是……我们不买 UNIX 的服务器,就用现在有的这些机器来装你们的软件,然后就可以用准备买服务器的钱去安排培训和考察的事?"

"是啊,"俞威知道赵平凡已经上套了,他还要趁热打铁,"已经批下来买服务器的钱足够了,都够每个人出两次国的了。而且钱是你们的,想怎么花就怎么花。另外,这也打消了信息中心那帮人的疑虑,他们要不然还真对我们科曼有些抵触呢。"

赵平凡还要再确认一下心里才能真踏实:"信息中心肯定不想换机器的,他们当然想用他们已经熟悉的技术,也的确是担心你们科曼的软件影响他们的饭碗。可问题是,你们的软件装在微软系统的服务器上真没问题吗?这可不能有半点含糊。所有人都说你们的软件只能用 UNIX 的机器,买 UNIX 的机器也是你们建议的嘛。"

俞威仍然理直气壮,他很清楚,这种关键时刻一定要顶住,他必须给赵平凡充足的信心,他说:"那是竞争对手对我们的攻击,不说明什么问题。我们当初没有坚决地反驳他们,也是为了和你们配合一起演戏。当初 ICE 为什么能信以为真,真以为你们会和他们签合同?就是因为他们相信了你们肯定不会买我们的软件,他们觉得你们已经相信了他们说的科曼软件有缺陷的话。如果我们当时争论这个,说服你们不信他们的话,ICE 就不会觉得他们有十足的把握拿下项目,就不会轻易上当。科曼的软件装在你们现有的服务器上绝对没任何问题,我可以给你打保票。"

第五章

俞威稍微喘了口气,又喝了口茶,也顾不上咂摸里面的甜味儿了,赶紧乘胜追击:"这是目前唯一可行的解决办法,要不然,培训和考察的费用从哪儿出啊?让科曼收到软件款再返给你们一部分,外企的内部审计都很严,这你不是不知道,我们很难操作。如果你们扣住一部分软件款不付给我们,总部肯定就得急了,一定不会答应。如果你们想修改合同,少买一些软件,把钱留出来出国用,那也得惊动我们总部啊,这事也就越闹越大,总部肯定不高兴。你想啊,陈总和你们去美国,整个培训和考察都得靠我们总部那帮老美给你们安排,如果他们不高兴,我真担心这一路上可能就有照顾得不太好的地方,我也是鞭长莫及,美国毕竟不是咱们的地盘啊。"

赵平凡沉吟着,没有说话。俞威就拍了下手,斩钉截铁地说:"老赵,你要觉得我空口无凭,咱们可以这样,我明天就让工程师模仿你们的 Windows 服务器的配置搭一个模拟环境,然后把我们的 Windows 版本的软件装上去给你看看。如果你还不放心,咱们再说其他的办法。"

现在轮到赵平凡的脑子转得飞快了,俞威这一大套滴水不漏的说辞的确让他挑不出毛病,他也觉得这的确是个十全十美、一举多得的办法,因为俞威的所有理由都是站在合智公司的角度来考虑的。可赵平凡又总觉得有什么地方不太舒服,他是准备好了来让俞威从他们的软件款里让出这笔钱的,怎么就自然而然地让俞威把矛头转到硬件款上去了呢?可俞威说的也的确很有道理,环环相扣,赵平凡想了想就打定了主意,不管那么多了。

他看着俞威,刚才皱着的眉头全舒展开了,笑着说:"还是你考虑得全面,要不怎么陈总让我找你商量呢?"

忽然,赵平凡又僵住了,脸上的笑容一下子不见了,像是猛然想起了什么,对俞威说:"哎呀,还有个事刚才没想到啊。还不那么简单,这也得考虑进去。"

俞威心里又像被凉水激了一下,抽紧了,可脸上不动声色,嘴上也平静地说:"什么事啊?一惊一乍的,呵呵。"

赵平凡琢磨了一下怎么说好,然后才开了口:"有个老范,范宇宙,那个泛舟公司的,你和他熟吗?"

俞威又立刻猜到了八九不离十,刚才抽紧的心终于又可以放松了,他心想,老和赵平凡这样的人打交道,迟早得死在心脏病上,嘴上却说:"范宇宙?见过几面,谈不上熟。"

赵平凡接着说:"我们这个项目他也花了不少功夫,跑前跑后的,和我关系也还算不错。如果没有咱们今天谈的这事,我就准备过两天让信息中心和他签合同了,从他那儿买 UNIX 的服务器。可现在,如果我们不买服务器了,就让老范白忙活了,还空欢喜一场,这可怎么好?"

俞威听着,心里就在笑,他知道赵平凡肯定是已经拿了范宇宙的好处,但现在看来是不可能帮范宇宙办成事了,正愁呢,怕范宇宙把好处又要回去。便开导赵平凡:"这有什么。天有不测风云,又不是你不帮他忙。再说,做生意的哪有奢望做一个成一个的?做不成就连朋友都不做了?买卖不成情谊都在嘛。我虽然和他不熟,总也了解一些。像老范这种人,做这么多年生意了,这些道理一定懂的,虽然这次你们没从他那儿买机器,可你这个朋友他一定愿意交定的。"

赵平凡嘀咕着:"我这个人就是心软,最怕看到别人失望,尤其是朋友。可怎么和他说呢?我是不好意思当面让他失望,打电话吧又开不了口。"

俞威简直觉得赵平凡这个人有些可气和可恨了,想到自己以前在别的项目上,也曾经被"钱平凡"、"孙平凡"们像耍范宇宙一样地耍他这个"俞宇宙",他真想把杯子里的茶泼到对面那张脸上,不,茶水已经凉了,这杯子也太小,应该把角落里放着的那壶开水整个泼过去!

俞威怎么想的,赵平凡根本察觉不到。俞威修炼多年的功夫,完全可以面对一个他切齿痛恨的人,目光中却是饱含着尊敬、亲切甚至爱慕。

俞威再一次把手伸过去,拍拍赵平凡放在桌子上的手,说:"你是好人呐,要不咱俩也成不了这么好的朋友。这样,我当一回恶人,我去找范宇宙,说明一下情况,再好好解释一下。虽然我和他不熟,可我们都是生意人,好交流,合作机会也多嘛。"

赵平凡立刻抬起头,满脸笑着,这次轮到他表达感情了。他抓住俞威的手,摇了摇,说:"哎呀,那可谢谢你了啊。你告诉老范,我这里肯定会尽力再找机会,一定还有机会可以合作的,让他放心。"

俞威明白,赵平凡是想让范宇宙"放了心",他赵平凡才能真正放心。

俞威瞥见那几家饭馆的伙计已经都出来收拾桌椅,还把遮阳伞收起来搬进去了。俞威觉得很得意,这种感觉是不是就叫成就感呢?这几杯茶喝的,也真叫一波三折了,有危机也有机会,有好事也有坏事,而他

第五章

恰恰把危机都变成了机会，把坏事都变成了好事，一切迎刃而解，一切随心所愿，俞威有些飘飘然了，他有些奇怪，怎么这冻顶乌龙居然也能醉人吗？俞威用眼角瞥着周围桌上的人，打牌的声嘶力竭、目光炯炯，约会的轻声细语、眼色迷离，他们知道吗，在他们旁边唯一坐着两个男人的一桌，刚刚发生多少惊心动魄的事吗？有多少人的命运都被这两个人的这番谈话影响了吗？有的人还不知道，他将有这辈子中头一次去美国的机会；有的人还不知道，他将不用去学新东西，大可以抱着现在会的一点本事再混下去；也有的人还不知道，他已经被算计得竹篮打水一场空了。

俞威虽然也是坐着，可他忽然觉得他是在俯视周围这些人了，是啊，他们谁能体验到俞威此时此刻这种成功的境界呢？一转念间，俞威又糊涂了，自己是不是也在羡慕他们呢？怎么周围的这些人，声音里、目光中，好像都流露出他俞威从未体验过的快乐呢？

直到赵平凡的背影进了他住的小区大门，向里一拐，不见了，俞威才转过身，走向自己的捷达王。他坐进驾驶室，把四扇车窗都摇了下来，让外面的空气飘进车里，结果饭馆外面那些烧烤摊子上的味道也跟着涌进车里，俞威便赶紧点着火，开了出去。

车开起来，外面的风飞进来，空气清新而且凉爽，俞威感觉非常的惬意和自在。他忽然想起一句广告语，用来描述他现在的心情再恰当不过了，那句话是："一切尽在掌握。"俞威有时候也会自己总结一下，为什么这么成功，有什么奥秘吗？俞威一直没有想太明白，因为他每次都是想着想着，注意力就转到去想那些成功时候的良辰美景，顾不上去想是怎么成功的了。是自己的天分吗？俞威对自己的聪明是充满自信的。是自己的努力吗？俞威也常常会想到自己付出的那些艰辛，毫无疑问，自己是很努力、很辛苦的，所以他才不断地犒劳自己的身和心。是机遇吗？当然，但是任何人面前都有机遇，能否抓住机遇就要靠各人的本事了，所以还是自己抓机遇的手眼功夫绝佳。是什么人的帮助吗？俞威以前也是常常想到这儿就走神了：有什么人帮过我吗？好像记不太清楚了，可能有吧，但关键还是因为我自己。

现在去哪儿？一个成功男人，开着自己的车，兜里还揣着不少钱，精力充沛，还能去哪儿？俞威想起了一个人：范宇宙。还是老范手里的

"资源"丰富，取之不尽，用之不竭，老范曾经拍着胸脯对他说：只要你没累趴下，要几个我给你送几个，要什么样的我给你送什么样的。俞威心里赞叹着：老范，人才啊。刚想到老范，俞威就回过神来，不行，现在不行，今晚不行，他得和老范说个正事呢。想到这儿，俞威又对自己的敬业精神由衷地钦佩起来：是啊，为了工作，为了事业，有多少次按捺住了自己的欲望，放弃了多少本来应该潇洒一场的机会。他记得有一次，刚和一个女孩进了房间，手机响了，他不得不去见一个人，他只好充满遗憾、但绝没有愧疚地告诉女孩他得走了，还对女孩解释："同志，我们今天大踏步地后退，正是为了明天大踏步地前进。"拉开门刚要出去，看见女孩一脸惶惑，才想起八十年代的女孩是没看过《南征北战》的，便只好再解释一句："我今天先撤了，明天再来干你！"女孩笑骂了一声在他身后摔上了门。

　　俞威占着最里侧的快车道，把车速放慢，左手拿起手机，拨了范宇宙的手机号码，然后放到左耳边。

　　电话通了，俞威还没说话，手机里已经传出范宇宙热情洋溢的声音："老俞，在哪儿呢？正想你呢。"

　　手机里传出嘈杂的声音，窗外的风声、车声也都刮进了耳朵里，后面的车又是鸣喇叭又是晃大灯地催着，俞威便把四扇车窗都关上，风声、车声小了，但手机里仍然乱哄哄的。俞威冲着手机嚷："我在路上，开着车呢。你在哪儿呢？怎么这么吵啊？"

　　手机里的嘈杂声似乎在移动，忽强忽弱，过了一会儿，噪音小了，范宇宙的声音又传出来："在家酒吧，和几个朋友，我走出来了。正想给你打电话让你也过来呢，有个女孩儿，就是想介绍给你的，你过来吧。"

　　俞威的心开始怦怦跳了起来，浑身的血液好像也开始沸腾，他觉得有些热了。真想去啊，俞威的心里在呐喊，可是，要克制，要按捺，要忍住。俞威的头脑还是战胜了身体某些部位的冲动，他尽量用平和的口吻说："今天就算了，累坏了，你先给我留着吧。"

　　范宇宙那边顿了一下，然后"哦"了一声。

　　俞威集中一下思路，有条不紊地说："急着给你打电话，是有个事得马上告诉你。不是什么好消息，你先有个心理准备啊。"

　　范宇宙那边又顿了一下，然后又"哦"了一声，过了几秒钟，俞威听见范宇宙咕哝着："怎么啦？你说吧，我听着呢。"

第五章

俞威在报丧的时候都要邀功买好，他说："刚和赵平凡聊了一下，你不是让我催他们快点儿把服务器的合同和你签了吗？我就是专门和他谈这个。没想到，合智那边有些变化。"

手机里传来范宇宙又"哦"了一声。俞威接着说："他们准备派不少人去美国考察和参加我们给他们搞的培训，都想去玩儿一圈，名额全超了，当初准备的培训费用不够，他们就不想买服务器了，用这些钱出国玩儿去。"

俞威停下来，想注意听范宇宙的反应，可是范宇宙的反应就是根本没反应，这次连"哦"一声都没有。俞威想这老范的脑子看来是真慢啊，还没反应过来。他只好继续说，再说得详细些："他们可能不打算从你那里买机器了，要用买机器的钱去美国玩儿去，要去一大帮人。"

手机里又没有声音，过了一会儿，才又传来范宇宙的声音，好像很沉闷："噢，那他们不买新服务器，以前那些机器能装你们的软件吗？"

俞威连忙说："是啊，我也问他们了，我还告诉他们，他们那些微软系统的服务器，不能装我们的软件的，他们必须买 UNIX 服务器的。可没用，赵平凡说陈总已经定了。我只好说出了问题可别找我。"

范宇宙又不吭声了，俞威等着，过了一会儿，范宇宙才瓮声瓮气地说："那这下可全白忙活了。"

俞威恨不能把手伸进手机里，让手随着信号也飘到范宇宙的身旁，拍拍他肩膀来安慰他，但现在只好加倍地用语言来安慰说："我对赵平凡说了，如果合智非这么干，我也没办法，人家老范也没办法。也是，手长在他身上，笔握在他手里，他不和咱们签，咱们真没办法。但我也对他说了，他心里必须记着这事，一定得找机会照顾你的生意。"

这次范宇宙很快便回答了："啊，没事，以后再说呗，看看别的机会吧。"

俞威马上接上："是啊，还能怎么样，以后再想办法吧。你放心，我这儿也会留意其他的项目，如果有客户要买 UNIX 的机器，我一定让他们找你。"

范宇宙的声音又响起来："你今天真不过来啦？"

俞威挺轻松，赵平凡嘱咐的事已经办好，话已经转给范宇宙了，看样子又是糊弄得滴水不漏，但他仍装作充满歉意地说："不去了，真挺累的，改天吧。"

俞威和范宇宙道了再见，就挂断了手机，然后加大油门，开远了。俞威根本想不到，范宇宙接完这个电话，会是另外一种样子。

范宇宙挂上电话，站在外面吸了几口新鲜空气，然后长长地呼出来，才转身走了回去。

进了酒吧，找回自己的火车座一样的位子，坐着的一个小伙子和两个女孩都忙站了起来，范宇宙坐到两个女孩的中间，看着对面的小伙子。此时的范宇宙和俞威知道的范宇宙简直就像是两个完全不同的人。他眼睛亮亮的，咄咄逼人，盯着小伙子说："小马，大哥我让人家给耍了。"

小马脸上的笑容凝固了，张着嘴，问："咋了，大哥？"

范宇宙一字一顿地说："我以为鸭子都煮熟了，结果他们把我给耍了。俞威告诉我，说赵平凡不买咱们的机器了，买机器的钱有别的用处，他还装蒜，说他帮咱们说话了。"他像忽然想起了什么，又说："妈的，他在香港还劝我早些订货，我定的这些机器都要砸手里喽。"

小马不解地问："那，您咋知道他骗您了？"

范宇宙哼了一声，说："他以为我是傻子？他替赵平凡传话，告诉我生意没了，就是怕赵平凡直接和我说的时候把他抖搂出来。如果他俞威没向赵平凡保证，说合智现在的机器装他的软件肯定没问题，借赵平凡十个胆儿，他也不敢不买新机器。"

小马还愣愣的，两个女孩被突然变化的气氛吓得脸色土灰，呆呆地一动不敢动。

范宇宙自顾自地拿起酒杯，喝了一口，嘴里带着酒气喷出两个字："耍我！"

第六章

　　耳边的风声似乎小了些，周围女孩子们的尖叫声也慢慢减弱了，能听见座椅底部的铁轮子轧着铁轨的吱吱声，链条吃力地拽着座椅往上爬。过山车刚从高处呼啸着冲下来，在接近地面的一段水平轨道上把速度减了下来，就又开始爬坡了，这次要上的是最高最陡的一个大回转。

　　洪钧喘着气，似乎都能听见链条快要断开的声音，他真怀疑这么多排沉重的座椅能不能被近乎垂直地拉到顶端，更担心不会在半空中掉下去吧。过山车的速度好像快要降到零了，洪钧往四周瞧了一下，什么也看不见，就明白已经上到轨道的最高点了，洪钧的呼吸开始急促起来，他知道那最刺激的一刻到来了。前面的几排座椅已经栽了下去，洪钧坐着的座椅也一头扎了下去。

　　突然，洪钧发现原本挡在他胸前的安全扶手不知什么时候已经抬了起来，高高地举在头顶上，他猛一低头，糟了，刚才还系着的安全带不见了！洪钧忙伸手乱抓，想把扶手拉下来挡在胸前，可是拉不动；想向前抓住前排座椅的靠背，可是够不到。洪钧转头，看见旁边坐着个女孩，张着嘴大叫着，一张脸上就剩下一张嘴了，可是洪钧却听不到任何声音。洪钧知道他完蛋了，周围什么声音都消失了，他从座椅上飞了出来，向几十米下面的水泥地面一头栽了下去。洪钧拼命伸手想抓住什么，用力蹬着腿，好像可以在半空中蹬着空气爬上去，忽然，洪钧的头撞在了什么东西上，把他撞得睁开了眼，他跌坐在地板上，醒了。

洪钧揉着脑袋，又感觉到一侧的胯骨和另一侧的膝盖也开始疼了起来，看来这就是他刚才从床上跌到地板上最先触地的三个部位，真可气，偏偏都是肉少的地方。洪钧记得以前在书上看到过，猫从高处掉下来的时候，总可以让自己的四肢先落地，看来人比猫差得太远了；他又想起好像谁说过，小孩在睡梦中从床上掉下来的时候，也可以下意识地保证不会碰到自己的脑袋，看来自己真是退化了，洪钧总结出这样一个结论。

"现在是什么时候了？"洪钧靠在床边，看了一眼床头柜上放着的闹钟，指针指在十点。"我睡了多久了？"洪钧又想，好像上一次看时间是夜里四点多，算来大概也睡了五个小时了。

洪钧这些日子白天以睡觉为主，夜里以睡不着觉为主，只是白天也常常被手机叫醒。来电的内容嘛，自然是以慰问电为主。从打来电话的时间先后顺序，洪钧都能大致分析出消息传播的渠道。最先打来电话的当然是ICE公司里的一些人，然后就是那几家竞争对手中算得上是朋友的几个人，然后就是有过合作的一些硬件公司、咨询公司里面的人，再后面是一些客户，先是最近签的新客户，后是一些老客户，居然还包括赵平凡这个曾经被洪钧以为十拿十稳的"客户"，客户后面是一些以前的老同事、老部下，后来离开这个圈子去干别的了，最后才是一些自己早年的同学、多年的私交，却是最后从别人嘴里听到的消息。洪钧觉得有幸生活在信息社会真好，自己没告诉任何一个人，时间不长，似乎该知道的也都知道了。

这么多电话打过来，差不多问一样的话，洪钧也差不多做一样的解释，让洪钧后来都感觉到自己怎么像是鲁迅笔下的祥林嫂了，一遍一遍地重复着一样的话。有一次洪钧一时兴起，便起草了一封手机短信，准备用手机群发给他手机号码簿上的所有人，短信很短："本人已下岗，闭门修炼武林绝技，勿扰，因练功时铃声乍起可导致走火入魔。"写完了，看着笑了笑，又删了。

小谭来过一个电话，情绪激昂地说要辞职，以抗议皮特因为输了合智项目而找替罪羊，还说洪钧应该事先和他说一下，他一定会主动辞职以保护洪钧。洪钧被他搞得哭笑不得，只好说事情没他想得那么简单，劝他就当事情已经过去了，好好上他的班，接着做他的项目。

小丁来过一个电话，问他需要不需要什么东西，可以买了送过来，或者有什么他可以跑腿的。洪钧谢了他。

第六章

前台的简也来过一个电话，告诉他最近都有哪些人打来电话到 ICE 公司找他，她请他们打他的手机，凡是不知道他手机的她都没告诉。洪钧也谢了她，并像以前那样夸奖她做得好，洪钧心想这是最后一次夸奖她了。

ICE 里其他来过电话的人都是他的下属的下属，他的那几个直接下属，包括那个财务总监和市场部的 Susan，都没有来过电话。洪钧明白，他已经被划清了界线，他是公司的"前负责人"了，成为了历史，像一页书一样被翻了过去，他明白，他的那些下属这么做，证明了他们都非常具备"职业水准"，已经真的做到"对事不对人"了。

洪钧这些天没有往外打过什么电话，也没往外发过电子邮件，他没找工作。虽然，洪钧非常清楚，这年头，做男人难，做没钱的男人更难，做曾经有钱现在没钱的男人简直是难上加难，但他仍然没有开始找工作。洪钧在等工作来找他，他知道，有时候如果真想把一样东西卖出去、卖个好价，可能最好的办法，是在这东西上标上两个字：不卖。

洪钧站起来，走到客厅里，满眼一片狼藉，好像都没有下脚的地方了，各种牌子的方便面的碗筷堆在茶几上、地板上。洪钧又走进了厨房，操作台上都是速冻饺子的包装盒，垃圾袋早已装满，垃圾都堆在四周的地上。洪钧想，以前一直以为这些方便食品是专为日理万机的大忙人们准备的，原来像他这种大闲人其实需求更强烈，不知道那些厂家有没有发现这一点。洪钧侧着身子，在垃圾间腾挪着走过去拉开了冰箱门，发现原来冰箱里才是家里最干净清洁的地方，因为里面已经什么都没有了。冰箱上面还压着个小纸片，是附近便利店的电话，这些天洪钧的对外联络好像主要就是和它，因为打了不少次，洪钧早已经记牢了这个号码，他现在也想不出还有什么新鲜东西可以让便利店送上来的。

洪钧走到落地窗前，看着窗外的世界。天空灰蒙蒙的，北京的标准色调，公寓楼前的花园里空荡荡的，没什么人影。大家都在忙啊，洪钧想。忽然，洪钧想出去看看了。

洪钧把自己上上下下简单地收拾了一下，换了一身自己觉得最舒服自在的衣服，出了门。

这是洪钧在过去的四十天里，第一次走出自己的家门。

洪钧没有去地下二层开他的那辆帕萨特，他想出去走走。如果开着车，沿着路边慢慢地逛，就太像黑车扫街拉活的了。洪钧又一想，哪儿有开着帕萨特拉黑活的呢？但他还是直接走了出去。

出了他住的那一带公寓楼围成的小区，快走到街上的时候，洪钧看到了在拐角上的那个摊煎饼的三轮车，他立刻感觉到饿了，便走了过去。

以前洪钧坐小丁开的车路过，看见过这个煎饼摊儿很多次了，只是好像从没像今天这样贴近过。三轮车上加了一个玻璃罩子，四周三面被封上，一面敞开，一个看样子四十多岁的女人坐在旁边的凳子上，显然现在这个时间是没什么生意的"淡季"。她看见洪钧向自己走过来，便立刻站起身，麻利地往两个胳膊上套着套袖，笑着用期待的目光看着洪钧。

洪钧走过去，说了一句："来个煎饼。"便立在旁边，看着女人忙活。

她从锅里舀起一勺子和好的面糊，一下浇到锅台的中央，弄了个不太规则的圆，又有些像四方形，洪钧便觉得正像是北京城区的图案。她把勺子放回锅里，抄起摊煎饼的家伙，一根细棍前端是一块长方形的小木板，她把小木板一端的长边放在面糊上，胳膊绕着中心画了一个圆圈，就把方才的北京城区扩大到了三环路，她把木板往外移了移，又画了一个更大的圆圈，就扩大到了四环路，再一下，便到了五环路。看来这下没弄好，在洪钧觉得像是在望京那一带的位置上，面糊被摊得太薄，破了，那女人便把手里的小木板倒了一下，用短的那边把旁边的面糊匀过来一些，把破的地方粘好了。然后便接着摊，又摊到六环路，就正好摊到了锅台的边缘了。洪钧立刻对这个摊煎饼的女人油然而生一股崇敬之情，原来人家和北京城市规划的那些专家们从事的是同样的工作。

洪钧正欣赏着，冷不防女人大声问了一句："几个蛋？"

洪钧一下子怔住了，开始以为自己听错了，想了一下意识到没错，是这三个字。他愣着，心想现在真是世风日下了，怎么连摊煎饼的女人都开这种玩笑。

那女人见洪钧没反应，便又问："加一个还是两个鸡蛋？"

洪钧一下子笑了，原来是自己想歪了，忙笑着说："两个吧。"心想，自己也是好久没买过煎饼了，当年在地铁出口买煎饼吃着赶路上班的时候，煎饼没有这么多规格啊。

女人觉得洪钧有些怪，似乎和她的基本客户群不太一样，便又补了一句："两块五啊。"

洪钧想了一下，觉得值，就装作很老练地哼了一声："嗯，做你的吧。"

第六章

　　洪钧拿着煎饼，边走边吃，心想真是味道好极了，嘴塞得满满的，腮帮子胀得鼓鼓的，狼吞虎咽地吃完了。洪钧手里拿着刚才装煎饼的薄薄的透明塑料袋，想找个路边的垃圾桶扔进去，就这样一路找着一路向前走，一直走到东三环的一个路口，才找到个垃圾桶扔了进去。

　　扔完了，转过身，洪钧才发现，这路口堵得厉害，几个方向的车都排成了长龙，都等着通过三环主路跨线桥下的这个路口。在不动的车河中，有一些穿梭不停的身影，正忙着向停着的车上塞着小广告。洪钧出于职业习惯，对所有从事市场营销的人都感兴趣，便站在路边看，过了一会儿，似乎有些累，便干脆蹲在了马路牙子上，专注地看着。

　　洪钧很快便发现这是一支训练有素、专业水平极高的队伍。首先他们选择的这个工作地点就很好，哪个路口车堵得厉害，哪里就是他们的舞台。洪钧不由得有些为他们担心，如果北京真能把这些拥堵路口搞得不这么堵了，他们可都得另寻办公场所了，不过洪钧很快就又放宽了心，是啊，等到北京真有那么一天没有拥堵路口了，这些人恐怕也都七老八十，正好该安度晚年了。

　　他们中有不少人手上发的是名片样的卡片，更吸引洪钧的是另外一部分人，他们发的是大而薄的纸片。他们首先把纸片很灵巧地叠成一个个像飞镖一样，然后塞进车窗里，如果车窗是关上的，他们就把"飞镖"插在车门把手上，前、后玻璃的雨刷器下，甚至汽车前盖、后盖侧面的缝隙中，他们就沿着车流，一路走一路插过去。洪钧觉得最精彩的，是他们走到车流的末尾，迎着从远处开过来的车，用眼睛在移动的车身上找好可以插"飞镖"的地方，在车几乎要撞上他们的一瞬间，闪身躲开，同时把手里的"飞镖"准确地插在车上。洪钧觉得他们就像是西班牙斗牛中的那些花镖手，双手举着花镖，在公牛冲过来的一瞬间，转身躲开，还把两只花镖插在了牛背上。车里坐着的人，就有些像公牛了，被插上了飞镖，气愤而无奈。

　　以前塞进车里的小广告，都被小丁几乎同时就又扔了出去，插在车身上的那些纸片，停车以后也被小丁立刻扔进了垃圾箱，所以洪钧一直没有看过这些小广告到底都是推销什么东西，话说回来，他以前也没心思关心这些。这时候的洪钧可来了兴趣，他一定要弄清楚什么样的产品可以用这种方式推销。因为他明白，存在的就是合理的，这么多人被雇来发这些小广告，说明雇他们的人肯定知道这种推销方式是能带来生意的。

绿灯了，洪钧面前的车流开始移动起来了，在这一侧发小广告的人都退回到路边，等着下一个红灯的来临。

洪钧朝离他最近的一个黑瘦的小个子扬了一下手，说："喂，发的什么啊？拿一张给我看看。"

那个黑瘦的小个子没反应，似乎还没有从刚才当"花镖手"的紧张和疲劳中缓过神来。洪钧便冲他又喊了一遍："嘿，给我一张啊。"

小个子这回听见了，转过头看见了是洪钧在叫他，便下意识地走了过来，没走几步却停住了，满脸狐疑，上下打量了洪钧几遍，然后没有任何表示，转回身走开了，任凭洪钧在他背后高声叫着也不理睬，走到马路对面去了。

洪钧又气又纳闷，心想这小广告又不是什么宝贝，怎么会舍不得给一张？而且，这小广告他本来就是见车就塞的，怎么就偏偏不肯给自己一张？洪钧怎么想也想不通。忽然，洪钧明白了，他不由得大声笑了起来。他低头看了一下自己的样子和穿戴，脚上是一双塑料底黑布面的布鞋，就是俗称"懒汉鞋"的那种，下身是一条宽大的蓝布裤子，上身穿一件白色的套头衫，就是俗称"老头衫"的那种，下摆没有掖进裤子里，而是长长地耷拉着。洪钧感觉自己的脸上恐怕也已经粘了不少土，嘴边没准还有刚才吃煎饼没擦干净的渣子，这样一副尊容的人，蹲在马路牙子上，与其说像是买得起广告上推销的东西的客户，不如说更像是发小广告的那帮家伙的同行。

洪钧止住了笑，不对，高抬自己了，自己不如人家，人家可是有工作的。洪钧看着那个黑瘦小个子的背影，心想，连这个发小广告的都知道要判断一下对方是不是一个够格的潜在客户，如果他觉得不是，他连一张小广告都不会给，连一句话都懒得说，不错，已经是很专业的销售员了，洪钧像是发现了一个人才，赞叹着。

这是洪钧最熟悉的那个城市吗？洪钧生在这里、长在这里，在这里念书，在这里工作，三十多年了，怎么好像今天才忽然发现了很多以前从未发现过的东西。洪钧想着，大概这就叫"圈子"吧，或者用一个更雅致的词：生活空间。洪钧不想用"阶层"这个词，因为他始终不认为自己属于什么高的阶层，事到如今，他更不愿意承认自己掉到了什么低的阶层。洪钧对自己解释说，自己是终于有了机会可以从原来的圈子里

第六章

溜出来，得以溜到其他的圈子中去逛逛。

洪钧开始有一种感觉，他觉得空间比以前大了许多，世界比以前丰富了许多。他就像一只蚂蚁，在一个小圈子里忙忙碌碌地转了很久，忽然他变成了一个小男孩儿，蹲在树下，看着自己在土地上划出来的一个小圆圈里，有几只蚂蚁在忙着。人就是这样，先自己动手给自己划一个小圆圈，美其名曰人生规划，然后自己跳进去，在圈子里忙。

洪钧曾经以为，他这些年其实就是在做两件事：他一边给别人设圈套，一边防着别人给他设圈套。所谓成功与失败，无非是别人有没有掉进他设的圈套，以及，他有没有掉进别人设的圈套。现在，洪钧明白了，其实他一直还在做着第三件事，他在不停地给自己设着圈套，然后自己跳进去，人这一辈子，都是为自己所累。

洪钧现在才发现，北京原来真大啊，他好像只是在东北角的这几个街区里逛了逛，就已经大开眼界了，如果再跳到其他地方转转，不知道又会有多少新鲜东西。洪钧走着，感叹着，终于，他觉得累了。

洪钧停住脚步，手扶着旁边的一棵小树，向四下张望，寻找着适合一个人独自吃饭的地方。他看见一家京味饭馆，觉得可能是一个比较理想的去处，便抬脚走了过去。

他走到门口，双手把门上垂下来的玻璃珠编成的帘子往两边一分，刚迈进去一只脚，就听见里边一群人大喊："一位里边请！"

洪钧一下子怔住了，就这样一脚门里、一脚门外地跨在门槛上，稍一愣神，眼睛也适应了从外面到室内的光线变化，一想既然人家已经明确说了"里边请"，便走了进去。

很明显，里边的客人比跑堂的这些小伙子还少，三三两两地只零星坐着几桌，倒是站着十几位小伙子，一色的深色布衫布裤子，脚上和洪钧一样的布鞋，洪钧脑子里一下想起当年听过评书里常说的一句词，叫做"胖大的魁梧、瘦小的精神"。洪钧心里偷偷笑着，被一个"魁梧的"小伙子领到一张桌子前，坐到木头长凳上。

小伙子问："您来点儿什么？"

洪钧随口说了句："炒饼。"刚一说完，洪钧就纳闷自己怎么想到要点这个，心想可见环境对人的影响有多大，进到这种饭馆，不自觉地都会点应景的东西。

小伙子又问："您来素的还是肉的？"

洪钧反问:"素的多少钱?肉的多少钱?"

小伙子朗声回答:"素的五块,肉的七块。"见洪钧稍一迟疑,又补充说明:"都送碗汤。"

洪钧立刻说:"素的。"

小伙子用布擦了一下洪钧面前的桌子,把布往肩上一甩,转身走了。

洪钧手里摆弄着一双粗糙的一次性筷子,等着自己的炒饼。忽然从身后传来一声像京戏里叫板一样的喊声:"炒饼一盘!素的!"

洪钧又被震住了,话音刚落,一盘炒饼,素的,已经放在他的桌上,那小伙子站在旁边看洪钧还有什么吩咐没有。洪钧觉得脸上热热的,估计脸已经红了,而且可能还红得不太均匀,所以没准是红一块紫一块的。洪钧低着头,没看小伙子,嘴上嘟囔了一句:"嚷嚷什么?想让地球人都知道啊?"说完了,洪钧才抬头看了一眼小伙子。

这回轮到小伙子怔住了,过了一会儿可能才想明白洪钧为什么会不太高兴。小伙子看来很不以为然,只是因为洪钧是客人,只好还算客气地说:"我们这儿都这样,没人儿在意。"说完又转身走了。

洪钧低着头吃他的素炒饼,觉得心里不是滋味儿,倒不是因为这炒饼的味道,他是还为刚才小伙子唱着给他上菜觉得别扭。就五块钱的一顿饭,还嚷嚷得所有人都听见了,洪钧觉得臊得慌。他正在心里别扭着呢,忽然身后又传来一声唱,更洪亮悠扬:"花生米一盘!"

另一个"精神"的小伙子端着一小盘花生米,向洪钧斜前方的桌子走去,那张桌子上的一个男人,不等小伙子把盘子放到桌上,已经双手伸过去在空中接过了花生米,其中一只手里已经捏好了一双筷子,把盘子放到桌上,就用筷子灵巧地夹着花生米吃了起来,吃得很香,连洪钧都能听见他吧唧嘴的声音。

是啊,谁会在意呢?又何必在意谁呢?能有这种顿悟不容易啊,洪钧现在觉得这五块钱的炒饼点得真值了。

洪钧一盘素炒饼进了肚子,似乎意犹未尽,他越来越喜欢这京味饭馆了,便又也要了一盘花生米,炒的,两块钱。等花生米上来了,就用筷子一粒、一粒地夹着往嘴里送。

晚饭的高峰时间到了,饭馆里坐满了人,洪钧觉得再耗下去简直是占着桌子影响饭馆的生意了,便给了跑堂的小伙子七块钱,结了账。小伙子收了钱转身就接着忙去了,洪钧还想听他大声地唱收唱付呢,不由

第六章

得稍微有些失望。他站起身,才忽然发现桌上居然没有餐巾纸,刚想招呼一声要几张,却看见不管是"魁梧的"还是"精神的"小伙子们都忙得不亦乐乎,洪钧便不好意思为这点小事麻烦人家,用手抹了下嘴,就算擦好了,便往外走。

洪钧一分门帘刚要迈步出门,就听见所有的小伙子又齐声发出一声喊:"一位您慢走!"洪钧听了觉得浑身舒坦,昂首挺胸走了出去。

洪钧一路向北逛着,走着走着忽然发现和一群刚下班的民工走在了一起,自己和周围的几个民工浑然一体,俨然是其中的一员了,洪钧心里就产生了一种温暖的感觉,大概这就叫归属感吧。民工们很快就拐进了一个窄小的路口,剩下洪钧一个人沿着大街向北走,直到看见前面人头攒动,音乐震天。

前面是条小河,估计就是北面的老护城河吧,现在看着更像是条水渠,十几米宽的小河,两边是垒的整整齐齐的河岸,南岸是些人工堆出来的慢坡,种上了草坪,砌出了甬道,一直通到一道土墙脚下,这就是古老的元代城墙留下的土城遗址,河的北面是个小广场,现在就成了个大舞台。

洪钧围着小广场走着,看着各种各样的人自娱自乐地玩儿着各种各样的招式,简直就像是浏览着一本包含各种文化娱乐和体育健身活动的百科全书。人们很自然地划分成几个特色鲜明的区域,却又互不影响。有一群是跳国标舞的,以中年人为主,配的音乐都很有意思,都是典型的民族风格的"主旋律",搭档的形式很灵活,既有一男一女,也有两男或两女的,表情似乎稍严肃了些,显然大家更多的以切磋技艺、活动身体为目的,而不是只限于那种异性间的交际,装束也都很休闲随意,洪钧还看到有几个人穿着拖鞋在跳,看来他们自己也觉得有些影响水平发挥,所以有一个人很快就跑到场边把拖鞋脱了,跑回去搂着舞伴光着脚转了起来,的确轻快多了。往前走着,洪钧耳朵里悠扬的舞曲声还没散去,就已经被一种强烈的节奏震撼了,他才忽然发现他周围所有的人都在"蹦"着。他仔细地向四周张望着,看到了这一区域势力的强大,地上放着好几个大音箱,比刚才国标舞的录音机自然气派了许多,一个台阶上的几个人看样子是领舞,不过和洪钧在舞厅或夜总会里见过的那些领舞女郎有很大的不同,这几个人可不是什么人花钱请来的,而是真正的从群众中涌现出来的先进分子。洪钧看不明白这么多人一起跳的是种什么舞，眼前只能看见一大群的脑袋在整齐的上下起伏，不是迪斯科，也不是街舞，洪钧猜想大多数人就是在"蹦"舞，很多人蹦的时候似乎面无表情，让洪钧感觉他们就像是在做一种跳动的"瑜伽"。

洪钧刚以为他方才已经见识到了最热烈的场面，便发现他下的结论为时尚早，最有能量的恰恰是一群老年人的秧歌队。洪钧立刻开始佩服了，因为整个广场上最大的"动静"不是靠任何电源支持的音响设备发出来的，却是一帮老年人全凭敲锣打鼓整出来的，可见"不插电"的威力。洪钧看到的是一支真正的正规军，统一的服装，统一的装备，整齐的动作，一样的表情，都在咧着嘴开心的笑着。洪钧不由得感叹，看来在中国，至少在北京，六十岁以上的老年人是最快乐的。洪钧也被感染了，觉得轻松了很多，甚至开始有些振奋，因为他只需要再过二十多年，就也可以像他们一样快乐了。

洪钧双手抱在胸前，看着老年秧歌队一趟趟地扭，听着单调的鼓点一遍遍地敲，扭的人敲的人都还精神抖擞，站着的洪钧却觉得有些累了，他便漫无目的地接着走。很快，他就发现了广场上密度最大的一群人，里三层外三层，最外面的人都踮着脚尖，不时地转着脖子寻找人群中的缝隙往里看。洪钧已经很多年没看过热闹了，这时却像换了个人，扒开一条缝硬往里钻，鞋都被踩掉了便趿拉着布鞋接着往里挤，一直挤到了站着的人的最里层，却发现里面还蹲着、坐着好几层，围着的巴掌大的空地上支着一张木头桌子，桌子上面放着个电视，桌子下面还放着几个电器样的黑匣子，估计不是录像机就是 VCD 机。电视里演着卡拉 OK 的片子，桌旁站着个男人，正攥着个话筒投入地大声唱着，穿着和洪钧一样的"老头衫"，把下摆从下往上卷到腋窝下边，腆着个肚子，看来是附近工地上民工里的歌星。

一首"大花轿"唱罢，掌声热烈，叫好声一片，洪钧也情不自禁地鼓掌叫好。他好像已经完全沉浸在这片气氛里了，和周围的人融在一起，洪钧觉得自在，觉得痛快，他拍巴掌拍得越来越卖力气，喊好喊得越来越响。但他还觉得不过瘾，他觉得自己有一种躁动，胸中有一种情绪要宣泄。洪钧好像是一只刚刚从厚厚的壳中化出的蝉，他要宣告，他已经变了，他不再是只能缩在壳里在树干上爬的家伙了，他可以飞了。

一段洪钧似乎熟悉的曲子响了起来，这段前奏他听过，这歌他会唱，

第六章

而且这歌他现在就要唱。他看见旁边不远有个蹲着的人站了起来，抬脚在人群中寻找着落脚的地方，要向桌子走去，桌子上放着那只话筒。洪钧猛地向前扑，就好像后面的人推了他一把似的，他在坐着的人头顶上蹦跳着，也不顾踩着了别人的脚还是腿，向桌子抢了过去，跌跌撞撞地冲到桌子旁，一把抓起话筒。这时前奏已经过去，屏幕上已经走起了歌词，洪钧停了一下，喘了几口气，调整了呼吸，正好等到了他最喜欢的那段，便扯着嗓子唱了起来："心若在，梦就在……看成败，人生豪迈，只不过是从头再来……"

洪钧笑着，自顾自地咧着嘴笑着，甩着手，走在街上，身后是那片广场、那片人群、那片歌声。

忽然，裤兜里的手机响了起来。"又是来慰问的吧？"洪钧想，"这位听到我下岗的消息可是够晚的了。"

洪钧掏出手机，看了一眼来电显示，一串手机号码，没有显示名字，心里想着会是谁呢，按了接听键，放到耳边，说："喂，哪位？"

"请问是 Jim·洪吗？"洪钧一听叫自己的英文名字，看来是圈子里的人，似乎还有些口音。

"我是，请问你是哪位？"洪钧又问了一遍。

"Jim，你好。我是 Jason，林杰森，我是维西尔公司的。"

洪钧的心脏立刻跳得快了起来，他好像一直在等的就是这个电话，可现在电话来了，他的感觉却好像和当初期盼的时候不太一样了。洪钧已经听出这是典型的台湾国语，林杰森就是维西尔中国公司的总经理。

洪钧让自己的心情平静一下，尽量自然地说："你好，林总，怎么想起给我打电话？"

"我是狗屁总，不要这样子，就叫我杰森好了，Jason 也可以嘛。"杰森痛快地说。

洪钧想笑，这个台湾人看来真是很实在，不装腔作势，才说了三句话，就连"狗屁"都已经带出来了。但洪钧已经和老外、香港人、台湾人打了太多交道，他知道有不少台湾人喜欢在谈话时用这种"粗鲁"来拉近和对方的距离。

洪钧没有回话，他在等着杰森回答他刚才问的话，等杰森挑明来意。

杰森接着说："Jim，现在打电话给你不算晚吧？我估计你这一段肯定都是很晚才睡的哟。"

　　洪钧明显地感觉到杰森的话语里含着掩饰不住的幸灾乐祸的味道，这让他觉得有些不舒服，他想接着沉默，让杰森继续说，但还是出于礼貌地应了一句："还好，不晚，我手机一直是二十四小时都开着的，除了坐飞机。"

　　手机里传出来杰森的笑声："哈哈，Jim你真是很敬业的哟。"

　　洪钧没说话，杰森说："我是刚下飞机，刚从上海飞来北京。"

　　洪钧又问了一句，他实在有些不习惯杰森这样兜圈子："找我有事吗？"

　　杰森的笑声又响起来："哈哈，Jim，你是明知故问啊，我是专门来北京见你的呀。"

　　洪钧早已经知道杰森来电话的目的是什么，但他既要假装没有猜到，还要矜持着装出不急于想知道的样子，洪钧又没有回话。

　　杰森便说："Jim，我好想和你见面，好好聊一聊，你明天时间方便吗？"

　　洪钧知道，他等了四十天的电话终于来了，早在他要求皮特开掉他的时候就为自己设想好的机会终于来了。洪钧也知道，刚刚过了一天开心自在的日子，他这就又要回到他原来的圈子里去了。他只是不知道，是自己即将钻进杰森设好的圈套，还是杰森钻进了他洪钧设好的圈套，但有一点他可以肯定，他已经钻进了他为自己设的下一个圈套。

第七章

　　国贸中心西边的星巴克咖啡馆里，洪钧一个人坐在角落里的一张桌子旁边，桌上放着他刚要的但还没有动过的中杯摩卡，他一会儿看看摩卡上面漂浮着的一层厚厚的奶油，一会儿扭头向外，看着落地窗外路边的景色。

　　马上就到"十一"了，可天气还是挺热，现在正是下午两点，太阳毒毒地晒着。还好，连接星巴克对面的国贸西翼的过街楼形成了一个门洞，阳光只能从门洞里透过来一些，星巴克外面的路边全都被过街楼和西翼遮挡在黑影里，让洪钧感觉到很惬意。路上走着的人行色匆匆，星巴克里坐着的人高谈阔论，这都是他以前最熟悉的景象。洪钧想想就觉得很有意思，昨天的这个时刻他还蹲在马路牙子上看路上的人流和车河，现在又坐回到他曾经熟悉的圈子里了，这种时空变幻会让洪钧搞不清楚，究竟自己属于哪里。

　　就是因为这一带洪钧太熟悉了，所以昨晚杰森在电话里提议在这儿见面的时候，洪钧是犹豫了一阵才同意的。世界很大，圈子很小，洪钧担心在这个外企一族人来人往的交通要道接头，要想不被相识的人碰到简直是小概率事件。洪钧总觉得附近桌上的人就有认识他的，随时会有个人走过来和他打招呼；外面路上瞬间闪过的人里，随时会突然有一张熟悉的脸，冲着窗子里的他笑着招手。洪钧对杰森说圈子里的人常去国贸星巴克的，很容易碰到熟人，能不能换个地方。杰森很不以为然，大大咧咧地说被人看见有什么关系，你洪钧已经不在 ICE 了，咱们就是朋友小聚，又不是竞争对手私下密谈。洪钧心里觉得很不舒服，他知道杰森一定明白，以他们俩现在的状况，任何认识的人看到他们坐在一起谈事都能立刻猜出他们在谈什么，他总感觉杰森有种掩饰不住的幸灾乐祸，而且好像就是有意要让所有人都看到似的，但洪钧没再说什么。

两点过了五分了，杰森还没有到，洪钧端起中杯的摩卡喝了一口，然后用纸巾擦了一下粘在上嘴唇边上的奶油沫，静静地等。又过了五分钟，洪钧看见一个人冲进了星巴克，脚步定在门口，四处张望着。洪钧认出是杰森来了，虽然他们没有单独呆过，但以前在各种公开场合已经见过不少次了。洪钧站起来，冲杰森挥着手，杰森也看见了洪钧，便走了过来。

杰森身材不高，虽然不算胖，但也已经有了肚子，只是在四十多岁的男人里面肚子还不算太大，脸上皮肤显得有些黑，皱纹不少，似乎是因为疏于保养而显得有些沧桑，洪钧脑子里突然跳出来一个词："渔民！"洪钧忙想把这个念头甩掉，可发现这印象却好像已经牢牢地刻在脑子里了。杰森穿着白衬衫，打了条领带，领带看来是被有意松开了些，能看到衬衫最上面的纽扣也解开了，洪钧估计他是赶过来的时候走得有些出汗了。

杰森走过来，咧着嘴笑着，用手指着洪钧说："Jim，是吧？终于见面了。"似乎是头一次见面的样子。洪钧又觉得不太舒服，杰森装出多忘事的样子，好像就说明他是贵人了，也可能杰森觉得今天的洪钧是"新洪钧"，不是以前见过的那个了。

洪钧笑了一下，伸手和杰森先探过来的手握了一下，没想到杰森非常用力地攥着洪钧的手，像是攥着个握力器正想打破自己握力的最好成绩。洪钧真想立刻把手抽出来，但他忍住了，也加力握了一下杰森的手，杰森便放开了。两个人都坐下来，洪钧在桌子底下活动着自己右手仍有些发麻的手掌和手指，心想，看来外企圈子里有这种臭毛病的真是为数不少，不知道在哪儿学的，都要通过使劲地握手体现自己热情、坚定、强有力、有魄力，结果让握手变成了"攥手"。

杰森刚坐下，就像椅子上有个弹簧又把他弹起来了一样，弄得洪钧一愣，正想着自己是不是也应该再陪着站起来，杰森说话了："我去拿一杯咖啡。"说完就转身去了柜台，过了几分钟，端着一杯拿铁咖啡回来了。

第七章

　　洪钧看着杰森坐下，心想终于可以开始了吧，没想到杰森又欠起身子，双手递过来他的名片。洪钧双手接过来，本都不想看了，因为名片上没有他不知道的东西，可是出于礼貌，还是仔细地看了一遍。名片上正反面分别印着中英文，中文名字叫林杰森，英文名字叫 Jason Lin，洪钧当初第一次听到杰森的名字就想，这人的中英文名字的发音简直是太吻合了，都无法去猜他是先有的中文名还是先有的英文名。公司的英文名称是"VCL"，三个字母缩写，所以根据英文发音起的中文名称"维西尔"也还算贴切，只是洪钧每次听到这个名字，总觉得更像是一家女性内衣的品牌，让他浮想联翩、心驰神荡。

　　杰森终于落了座，喝了一口他的拿铁咖啡，脸上洋溢着一丝笑容，看了洪钧几秒钟，才开口说："久仰你的大名，只是以前一直没有这样子的机会能和你好好聊一聊。"

　　洪钧看着杰森，脸上露出不卑不亢的平和的笑容，等着杰森接着说。

　　"听说你离开了 ICE，有没有弄得你不太愉快？究竟怎么回事呢？"

　　洪钧回答："ICE 终止了和我的合同，没有什么不愉快，情况我相信和你听说的一样，不会差很多。"

　　杰森笑了，说："福兮祸之所倚，祸兮福之所伏。塞翁失马，焉知非福。"

　　洪钧看着杰森摇头晃脑地说着这些酸溜溜的文词儿，又感觉到杰森似乎有一种得意的神气，他仍然笑着没有说话。

　　杰森说："来维西尔吧，我们合作。"

　　洪钧没想到刚才磨蹭了半天的杰森，却冷不丁一下子径直切入主题，一丝试探和铺垫都没有，洪钧被他弄得一愣，心里倒有些喜欢这种直率的风格，这是洪钧头一次觉得杰森身上有些闪光之处。洪钧毕竟是洪钧，他知道在这种时候应该如何应对。他没有回答，因为这时候说什么都不合适，他继续面带笑容，等着杰森往下说。

　　杰森说："其实我一直很欣赏你，圈子这样小，以前维西尔和 ICE 差不多在哪个项目上都会碰到，有时候你们赢，有时候我们赢，当然有时候是科曼赢了，就像这次的合智这样子。我一直很留意你，很欣赏你的能力，也很欣赏你的为人，我是一直希望我们能有机会一起合作这样子。"

　　洪钧心里暗笑，他又一次感觉到了杰森似乎掩饰不住他的幸灾乐祸，难道是洪钧自己过于敏感了？以前洪钧是 ICE 在中国的一把手，杰森是维西尔在中国的一把手,两家直接竞争对手的一把手,要想有所合作简直是天方夜谭,但洪钧的"落魄"倒的确创造了两人"合作"的机会,一个杰森可以"收容"洪钧的机会。

杰森并没有想听洪钧答话,而是自己继续着自己的独白:"说老实话,我们维西尔公司的产品很好,只是我们的销售团队比较年轻,没有经验,结果销售老是做得这样子,所以我这次是来请你大驾出马,帮我带一带销售这个team。我刚一听说你离开了ICE就想立刻过来请你,又担心你可能心情不太开心,可能也想休整一下这样子,这次是专门来北京请你出山。"

洪钧很明白,杰森肯定是动了脑筋才拖到现在来找自己谈的,杰森是觉得如果太早就急于来找洪钧,会让洪钧自我感觉良好,会端架子、要条件,杰森就是要等洪钧求职四处碰壁,心灰意冷、走投无路之际再来轻易"收编"的,杰森肯定还曾经盼着洪钧主动找上门去到维西尔求职,却见洪钧一直没动静才主动来约的。洪钧暗自感叹自己忍的那四十天还算没有白忍,终于把杰森熬得受不住,主动来找自己了。

洪钧不能再不说话了,便很诚恳地说:"杰森,我对维西尔公司一直印象很好。以前没和您直接打过交道,但听过圈子里不少朋友说起过您,我也一直希望能有机会能和您多接触。"洪钧很自然地称起了"您",可是昨晚在电话里,还有刚才见面时洪钧都是称"你"的,现在既然双方已经在谈即将开始的"上下级"合作,洪钧便开始改了口。

洪钧接着说:"其实我离开ICE的时候,就想去找您毛遂自荐的,可是一方面觉得冒昧,怕被您拒绝,接连受打击;另一方面也是想趁机休息一下,因为以后不管是开始在哪家公司做事,恐怕就再也没有轻闲的时候了。"

杰森笑起来,他很开心,指着洪钧说:"你这个Jim,乱讲,我怎么会拒绝你呢?我还怕你另谋高就了呢。"

洪钧觉得双方的诚意已经充分表达,气氛也已经足够亲热,该是谈正事和细节的时候了,便不想再嘻嘻哈哈,问道:"杰森,您希望我来维西尔做什么呢?"

杰森咳嗽了一声,喝了一口咖啡,又清了清嗓子,他这连着的三个准备动作让洪钧隐约地又感觉不舒服了,他听见杰森说:"我们维西尔北京这个team尤其弱一些,我人又在上海,老往这边跑都照顾不过来,我

第七章

就是一定要请你来帮我带一带北京这个 team，这样子。"

洪钧一下子呆住了，心里猛地一沉，从昨天接到电话到刚才的所有设想全错了，他没想到杰森只是给他一个北京地区销售经理的位置，他一直以为他会被杰森请到维西尔做中国区的销售总监。洪钧在 ICE 就是销售总监，而且实际上是 ICE 中国区的头儿，如果他到维西尔做销售总监，虽然头衔儿一样，但他将是杰森的几个下属之一，最多只能当个二把手，这在洪钧看来已经是降格以求，"屈就"了。没想到，这么下决心准备"屈就"，看来都太乐观了，都远不够"屈"。

洪钧还愣着，他不想掩饰，不想让自己一下子装得自然起来，他必须让杰森知道他的感受。杰森早就看到了，忙解释说："Jim，我了解你的能力，我这样子也是仔细考量过的。你来带维西尔北京的团队，应该是完全没有问题的，你就是把上海和广州的团队都带起来，能力也是没有问题的，可是，你刚来，维西尔的情况你还不了解，上海和广州的两个 team leader 很难搞的啦，上来就带太大的 team 不容易的啊，这三个地方的人，现在也就我可以搞得定他们。所以你先带北京，慢慢来，我会给你机会的啦。"

洪钧听着，他心想，借口维西尔在上海、广州的两个负责人会不服他，这理由是站不住脚的，那两人比他的资历背景都差很远，以洪钧曾代理 ICE 中国区首席代表的身份，来管维西尔三个办公室的销售团队没有人会不服的，反而像这样先只让他做北京的头儿，和上海、广州的平起平坐了，以后再想提升的时候那两个人倒很可能不服了。不过洪钧已经从杰森的后半段话中揣摩出了杰森真正的心思，像维西尔这种软件公司，在中国的业务其实就是销售和市场，谁掌握了销售，谁就掌握了这家公司，杰森担心让洪钧来当销售总监迟早会把自己架空，从而威胁自己的地位，所以杰森是不会设销售总监这个职务的，更不会让洪钧来坐这个实力派的位子。

洪钧脑子里很乱，他开始怀疑自己，当初自己不辞职而是要求皮特把自己开掉，就是准备来维西尔的，他付出了那么大的代价，居然只被施舍了这么一个职位，他觉得杰森是在趁火打劫了，而他直到刚才还幼稚地以为自己是要被请来做销售总监的呢，他为什么没有想到杰森绝不会请个人来架空他自己呢？

洪钧喝了一口摩卡咖啡，里面有很多巧克力，据说巧克力可以让人镇定，在寒冷中感觉到温暖，洪钧正需要自己让自己暖起来。他平静了下来，看着杰森那张"渔民"的脸，觉得恰恰自己是个"愚民"，说："具体来讲，有哪些工作呢？"

杰森说："我们维西尔北京不大，只有不到十个人，有三个 sales，向你汇报，还有三个工程师，他们的经理是 Lucy，Lucy 在上海，但这三个工程师每天的工作，你也可以管起来。其他几个都是 back office 的，有前台一个女孩子，还有个出纳，她们的经理是 Laura，也在上海，有什么事你让她们帮你做好了。"

说了这些，杰森停下来观察了一下洪钧的脸色，又接着说："我理解，你在 ICE 的时候带那么大的一个 team，来维西尔只带三个 sales，委屈你了。可以这样子，你的 title 可以用北方区总经理，或者北方区销售总监。"

洪钧笑了，杰森真够"慷慨"的，可洪钧并不在乎头衔，他在乎的是他下一步会有什么样的职业发展机会和能否获得成就感。维西尔北京是个烂摊子，手下就这么几个人，还肯定要受上海的露西和劳拉两个人的牵制。在 ICE 的时候，和维西尔在上海、广东还曾经有过几次像样的争斗，在北京，维西尔完全可以忽略不计的，洪钧很清楚那个团队有多弱。在业绩一直不好的地方，哪怕做出一点成绩都是飞跃，都会让人刮目相看，这是洪钧唯一可以寄希望"赌"一把的。

洪钧偏过头，看着窗外，他需要想一想，杰森会给他这几分钟时间让他考虑的。外面的路上，衣着光鲜的男男女女都在急匆匆地走着，好像所有人都在赶时间。忽然，一个女孩的身影吸引住了洪钧，只有她在溜达。她穿得山青水绿的，肩上背个包，腋下夹着些文件，裙摆被门洞里的风吹得飘动着，连她的身体好像都随时可以飘起来，洪钧感觉这个女孩很熟悉啊。女孩的头转在一边，看着星巴克的窗户，扫过来，洪钧看见了她的脸：是琳达！洪钧刚想转过头或用手挡住脸，可已经来不及了，琳达的目光已经扫了过来，扫到洪钧的脸上，又扫过去了，就像洪钧是个透明的人。洪钧心里长舒了一口气，看来是这窗户的玻璃太暗了，琳达只是在看外面街上的风景映在窗户上的影子，而不是在看窗户里面的人。洪钧想，琳达准是到国贸中心的那家公关公司办事，然后就跑出来逛街了。

杰森突然说了一句："哦，看见哪个美眉了？"

洪钧吃了一惊，原来杰森也注意到了自己刚才看到琳达的样子，便

第七章

说:"没什么,好像是以前的一个熟人,走过去了。"

杰森笑着说:"这里是在北京看女孩子最好的地方,不过还是比上海差很多,在上海,坐在哪里都可以看,满街的漂亮女孩子。所以我要把你放在北京,这样子你才可以专心做事。哈哈哈。"

洪钧说不清是为什么,好像刚才飘过去的琳达的身影让他下了决心。洪钧很明白,他现在处于谷底,维西尔北京也处于谷底,所以,无论向哪个方向走,都是在向"上"走。

洪钧打定主意,便说:"Title 无所谓,按照公司的规定好了。Package 方面您怎么考虑的呢?"

杰森坐直了身子,爽快地说:"钱的事,这样子,你在 ICE 是什么样的 package,来维西尔我给你一样的 package。"

洪钧心里又暗笑了起来,他知道这是不可能的,他在 ICE 的时候拿到的钱,绝不会是维西尔的一个经理能拿到的数目,他明白杰森只是在卖个人情,自己必须也做个姿态才行,否则就把杰森僵在那里了,便笑了一下说:"那不用吧,每家公司都有自己的体系,来维西尔做,您就按维西尔的规矩来定吧,我想我应该没有问题。"

杰森的脸上露出非常赞赏的神情,接着诚恳地说:"Jim,不愧是 Jim,非常 professional。这样子,你在直接向我汇报的几个经理里面,我一定做到让你的 package 最高。咱们这样子,你的 base salary 是每年五万美金,如果完全达到你的业绩指标,每年总共可以拿到十万美金。"

洪钧觉得杰森很有意思,刚夸了洪钧很"专业",自己就做了很不"专业"的事,他不应该对洪钧说他的工资和其他经理的相比如何如何的,但洪钧心领了,他知道杰森是在买好,他也不关心这个数目是否真是维西尔的经理级能拿到的最大数目,他没想和他们比。

洪钧知道现在自己没有什么可以用来讨价还价的筹码,他想要的大多是这些单纯的数字以外的东西,但那些东西都不是能"要"来的。洪钧看着杰森的眼睛说:"可以,我说过我对 package 不会有问题,如果以后有问题我会主动和你谈。"

杰森很开心,笑着说:"好啊好啊,我巴不得你马上做出业绩马上就来找我谈呢,我一定给你加上去。对了,你什么时候可以来上班呢?"

洪钧是个很细心的人,做事也循规蹈矩惯了,就问:"还有没有什么其他的 process 要走吗?比如做一下 reference check,我可是被 ICE fire

掉的人啊。"

杰森笑着骂了一句："Check 个鬼，那是对我不了解的人，才要问问别人的评价。你也不用再见其他人，咱们都谈妥了，回去我把 offer letter 发电子邮件给你，你上班那天我们签正式合同好了。你哪天来上班？"

洪钧想都没想，随口说："随时可以，明天就可以啊。"

杰森沉吟着，好像在想着什么，洪钧觉得有些意外，过了一会儿，杰森才说："你真是很敬业哟，不过不用这样急嘛，你也可以再多休息几天，你们这里的'十一'长假也要到了，多调整一下，这样子，你十月八号和大家一起来上班好啦。"

洪钧一下子明白了，杰森算得真细啊。是啊，明天去上班，连着就是十一长假了，那几天的工资杰森也就必须发给洪钧，如果让洪钧过了长假来上班，那七天的工资杰森就省了。洪钧不由得感叹自己刚才判断的正确，像杰森这样锱铢计较的人，是绝不会给出洪钧在 ICE 时那么高的工资待遇的。

洪钧便答应了十月八号上班。杰森显然觉得大功告成，脸上笑着，把皱纹又多挤出了好几层，他端起沉沉的咖啡杯，向洪钧做了个干杯的动作，自己喝了一口，好像连喝咖啡的时候脸上的笑容都没有褪去，洪钧看着都担心杰森会让咖啡呛着自己。

杰森放下杯子，嘴边带着咖啡的泡沫，也顾不上去擦，而是双手抱着放在脑后，身子向后仰着，眯着眼睛，对洪钧说："Jim，你知道吗？以前我还听说维西尔亚太区的那帮混蛋，好像想把你找来换掉我呢，我听说这个以后就对你特别留意，你的确很棒，哈哈。说起来我得好好感谢你老板呀，如果他不开掉你，你不可能来为我做事，我还得担心你来抢我的饭碗呢，哈哈。"

洪钧心里像被什么尖东西扎到，他浑身激灵了一下，惊呆了，这杰森喝的只是杯拿铁咖啡，不是酒啊，怎么会说出这种醉话、昏话？洪钧搞不清这杰森是城府极深呢还是毫无城府，他看不透了，但无论如何，将来要和这样一位不按常理出牌的老板打交道，他得格外小心了。

整个国庆长假，北京都在下雨，直到八号早晨天上还淅淅沥沥地掉着雨点儿。八点五十分，洪钧到了维西尔北京办公室所在的写字楼的大堂，说是大堂，只不过是从台阶上来到玻璃门再到电梯间之间的一片

第七章

空间而已，靠墙摆着几个沙发，洪钧坐在沙发的角落里，等着杰森。洪钧已经养成了习惯，他总会比约定的时间早五到十分钟到达，无论是约的什么人、什么事。

洪钧翘着二郎腿，手臂搭在他的皮箱上，是个很精致小巧的沙驰牌的手提皮箱，其实里面几乎是空的，但洪钧觉得头一天上班空着手来好像不太好，便把这个多年不用的皮箱找了出来。自从几年前开始用笔记本电脑以后，这种当年很流行、外企的先生们几乎人手一个的小皮箱已经被各种电脑包取代了。

洪钧望着大堂里的人，看着人流单向地沿着台阶上来，转着旋转门走进大堂，再挤在电梯口，等门一开便蜂拥而入，门刚一关上门口就又聚了一堆人。洪钧想着这些人里面有哪些会是维西尔北京的员工呢？有哪几个会是自己要管的销售人员呢？想着的时候，便猜着玩儿，是这个吧？那个应该是吧？

人流好像变得稀少了，偶尔进来几个，不管是绅士还是淑女都顾不得风度一路狂奔着，一看就是迟到了，洪钧看了眼手表，九点已经过了。

又过了一会儿，洪钧看见外面停下了一辆出租车，右后门一开，杰森钻了出来。看来杰森也知道自己又晚了，着急地拉开右前门站在一边，催着司机把发票赶紧打印好递过来。发票刚递过来，杰森一把抓住，转身就跨上台阶走了进来，连出租车的车门也顾不上关了。

洪钧已经站起来，提起皮箱迎了上去，杰森也看见了洪钧。洪钧本来只扬了一下手算是打招呼，可是杰森的右手已经伸了过来，洪钧没有办法，只好也伸手过去，又被杰森紧紧地"攥"了一次，因为洪钧这次已经在伸手时做好了思想准备，所以这一次被"攥"的痛苦小了很多。

杰森引着洪钧走进电梯，按了标着"18"的按钮，电梯向上移动了。

杰森说："这个楼层多好，我们的生意一定好，没问题。"他说着竖了一下右手的大拇指，洪钧不知道杰森是在"赞"谁。杰森接着说："原来是在7楼，我一直不喜欢。我让他们一直给我留意，后来说18层退出来一间，我马上就定了说我们要移过来，这个号码一定好的。"

洪钧用眼角的余光看了一下电梯里的另外几个人，都很年轻，愣愣地听着杰森说话，洪钧便只是微笑着而不说话，这些年做销售，已经让他养成了一个习惯，只要电梯里有外人，不管是否认识，他都从不说话，更不要说讨论公司的事，因为他早已体会到，这世界太小了，而事情往往又那么巧,隔墙都会有耳,同在一个电梯里的人又怎么能不防呢?

电梯停了几次,其他几个人都下去了,只剩下洪钧和杰森。杰森发现洪钧一直不说话,还以为洪钧有什么想法,便忙补上一句:"当然,号码好,更要靠你哟,如果不是换了这个号码,我还请不到你来这里哟。"

洪钧见杰森想多了,也忙解释一下:"哦,不是,我刚才是在想咱们的公司是什么样子,呵呵。"

杰森也笑着说:"不用费脑筋了,这里就是了。"说着,电梯停在了18层,洪钧谦让着,让杰森先走出了电梯。

如果不是杰森在前面领着,洪钧要想自己找到这间办公室还真要花些功夫,因为离电梯挺远,拐了两个弯,门就在一个拐角的后面,一不留神就会错过了。杰森走到门口,回头对洪钧说:"这里很好,很安静,没有人在外面走来走去。"说完,便走进了维西尔北京办公室,洪钧深吸了一口气,跟了进去。

门里先是迎面一个前台,很小很局促,里面的一个女孩儿已经站了起来,笑着向杰森说早上好。杰森扭头对洪钧说:"这是 Mary,我们的大美人。"又对玛丽说:"这就是我说的 Jim,你们的新老板。"

玛丽一听杰森的话,已经红了脸,扭捏着,又看着洪钧,笑着说了一声:"您好。"

洪钧也笑着向玛丽说了声你好,同时趁机打量了一下"大美人",他便立刻得出了一个结论:看来杰森最不吝啬的就是夸奖,尤其是与事实出入很大的"谬奖"。

杰森和洪钧转过前台后面像影壁一样的一面墙,整个维西尔北京办公室便尽收眼底了。洪钧看了一圈,估计不到一百平方米,两个角各隔出了一间小房间,洪钧猜其中一间是自己的办公室,另一间应该是个小会客室。中间就是一个大的开放式的办公区,洪钧数到有十张办公桌,分成两列,一列五张,都是带个转角的那种写字台,办公区虽然不能说拥挤,但好像也不能再塞进什么了。

很明显,桌子比人多,洪钧实际上比数桌子数得都快,就已经知道他面前一共有六个人了。

杰森指着离得最近的一个女孩说:"这是 Helen,是不是很像特洛伊里面那个海伦?她是你的大内总管,出纳、行政啊都是她做。"

洪钧已经领教了杰森夸奖别人时候的夸张,看着海伦,问了一声你

第七章

好，心里暗想，只做公司的大内总管就好，不要进我的大内哟，我可不要这样的生活秘书。又一想，这次杰森可能说的还算正确，特洛伊里面的海伦要是活到现在，的确也就是这种模样了。

杰森接着向洪钧介绍另外几个人，洪钧与名叫武权和肖彬的两个工程师简单寒暄了一下，更多地是和两个客户经理聊着，这两个是他直接的下属，一个叫郝毅，英文名字是 Harry，另一个叫杨文光，英文名字叫 Vincent，洪钧和杨文光开玩笑，问他和杨家将里的杨文广是不是亲戚。这两个小伙子都很年轻，见到洪钧都很腼腆，甚至有些拘束，洪钧心想，要把这两人培养成像狼一样凶猛的销售好手，看来不是件容易的事啊。

第六个人，是个男人，坐在最远处角落里的座位上，一直背对着众人，在打电话。杰森看到洪钧在望着那个人，便对洪钧说："也是个做技术的，先不用管他，等他忙完你再和他打招呼好了。"

洪钧问杰森："记得您说过应该有三个 sales，这里好像还差一个……"

"哦，还有个女孩子，总是四处跑，等她回来再认识好了。"说完，杰森又问洪钧："怎么样？Jim，要不要讲些什么，算是你的就任致词或是开场白？"

洪钧笑了，摆摆手说："不用了吧，都是自己人，不搞那些了。我们也都已经认识了，各自忙吧。"

杰森便招呼大家各忙各的，然后带着洪钧走向他的办公室。洪钧走到办公室的门口，又回头看了一眼角落里的那个男人，那人正好刚放下电话，微微转过脸来往这边看了一眼，发现洪钧也正向他望着，便马上把头扭了回去，开始收拾桌子上的东西。这一下让洪钧来了更大的兴趣，他要弄个究竟了，便向杰森说了句话，让杰森先进了办公室，自己转身向那个人走去。

洪钧走到那个人的身后，他相信那人一定在竖着耳朵听着洪钧走过来的脚步声，但仍然不回头，手上胡乱忙着。洪钧走到他的桌子旁边，转到他的面前，伸出右手，大声说："你好，我是洪钧，今天新来的，你叫我 Jim 好了，很高兴认识你。"

那人的身体震了一下，抬起头，看见洪钧伸过来的手，便把右手伸过来和洪钧握在一起，身子慢慢从椅子上抬起来，就像是被洪钧拉着手拽着站起来似的。洪钧见他个子不高，貌不惊人，眼神闪闪烁烁的，好像总在回避着洪钧的目光，洪钧觉得他以前没见过这个人，便等着听他自己介绍。

那人终于开口说话了："李龙伟。"又嘀咕了一声："您好。"

洪钧相信自己以前一定听过这个名字，可是怎么也想不起来是在什么时候、因为什么事情了，他拍了下李龙伟的肩膀，转身往办公室走，他决定不再想了，他相信一定会在不经意的时候一下子想起来。

洪钧站到自己的新办公室门口，不由得笑了，这房间真够小的，几乎和外面每个人占的空间差不多大，只是被墙围了起来，结果反而显得更加狭小。杰森在房间里站着，看洪钧到了门口，便说："很小，委屈你了，不过这样子蛮好，你就会经常出去跑到客户那里去，不会呆在这小房间里。"

洪钧笑了笑，走了进来，也说了一句："蛮好。"

杰森让洪钧坐到自己的椅子上，便说要打几个电话，走进那间小会客室了。肖彬拎着个电脑包走了进来，告诉洪钧这是公司给他配的笔记本电脑，又把写着密码、用户名等登录信息的纸片递给洪钧。

洪钧把自己带来的皮箱放在一旁的墙边，打开电脑包，拿出里面的黑色 IBM 电脑，这让他一下子怀念起在 ICE 时候的那台也是 IBM 的笔记本电脑了。

洪钧正在摆弄着电脑，设置着自己喜好的各种选项，门一下子被推开了，洪钧先是感觉到了一阵风，然后发现他面前站着一个女孩儿。

洪钧还没来得及说话，女孩儿已经开口了："洪总，对不起啊，放完长假今天头一天上班，有太多事了，我刚才是先去给一家客户送些资料，本来十一前就应该给他们送过去的，可他们临放假根本没心思干正事，所以我就想等放完假一上班再送去，本来是想送去放到他们桌上就回来的，可是他们上午好像不忙，非拉着我说这说那，讲的都是没意思的瞎说八道，我就一直急着赶紧往回跑，这不，才赶回来。"

洪钧张着嘴，被这女孩子的一长串连珠炮搞懵了，也在呆呆地看着这个女孩儿的样子。她高高瘦瘦的，典型的豆芽菜骨感身材，长长的头发，染了一些淡黄色，挽在脑后，脸倒是圆圆的，不算长，洪钧心想谢天谢地，不然高个子长脸，真像个惊叹号了，现在的样子挺好，是个向日葵。女孩的容貌很端正，皮肤很白很细，因为跑进来又说了一大堆话，五官稍微有些变形，慢慢恢复自然了，洪钧就发现她很耐看，尤其是一双眼睛，特别有灵气，洪钧好像找到这女孩为什么话这么多的原因了，

第七章

因为她脸上的嘴巴和一双眼睛都会说话。女孩儿穿了一身很普通的衣服,上面是件衬衫,下面是条裤子,很利索的样子。

女孩见洪钧盯着自己,好像明白过来了,脸一红,忙说:"哦,我是这儿的客户经理,叫刘霏冰,你叫我菲比好了,P、H、O、E、B、E。"

洪钧听着菲比把她的英文名字拼完,才注意到菲比直接称呼自己"你",而没有像刚才的几个人一样对自己称呼"您",虽然觉得有些意外,但又好像觉得挺舒服的。他对着菲比微笑着,说:"别叫我洪总,你要叫我洪总,我就叫你刘副总,因为咱俩是上下级,我是总,你就得是副总了,叫我Jim好了。"

菲比说:"好吧好吧,反正我早就知道你的大名了,一直想认识认识你,没想到你来当我老板了。你们做销售真厉害,我都输给你们好多回了,好多回都不知道是因为什么输的,你们那个小谭老在项目上给我下套儿,他下了套我就钻进去,都不知道什么老上当。这个小谭就是你带出来的吧?太恐怖了,我从来都没有从他手里赢过单子。"

洪钧笑得更厉害了,他以前从没见过心态能始终这么好的常败将军,看来这个菲比倒是个可造之材啊。洪钧打断菲比:"不要还是'你们你们'的呀,现在是咱们和他们了。"

菲比笑着说:"对对,我忘了,现在你和我是一伙儿的了,欢迎你弃暗投明,革命不分先后。你来了就好了,我以后才不怕什么小谭了呢,别说小谭,老谭也不怕了,因为我有老洪了……"菲比忽然停住了,好像犹豫了一下,然后接着说:"我就叫你老洪吧。"

洪钧笑着说:"随便。不过,你的名字都不太好念,中文名字吧,不太上口,英文名字呢,好像也不是特别好。"

菲比已经转身走到门口,手扶在门上说:"你先忙吧,我来打个招呼,不打扰你了。名字嘛,怎么你一见面就想给我改名字呀?对不起,您凑合着叫吧。"说完,又像一阵风一样刮走了。

洪钧愣在那里,脸上还带着刚才的笑容,他正在咂摸味道呢。这时,杰森推开门进来,洪钧便站了起来。

杰森说:"我们去那边会客室聊聊吧,我把这里的情形都和你讲一讲。对了,亚太区在新加坡要开个会,我不想去,没时间,我想请你代替我去,带着耳朵滥竽充数就好。"

第八章

　　洪钧连着好几天都在琢磨，为什么杰森让自己替他去新加坡出席亚太区的会议，好像猜出来一些，但又觉得似乎有些不合常理，最后只好摇了摇头。杰森看来真是不按常理出牌，像个不定向导弹，让人琢磨不透，更无法预测他下一步的轨道是什么样。

　　按杰森自己给洪钧的说法是，他之所以自己不想去，是因为他不想浪费时间听那些老外们的指手画脚，他说他们是在"聒噪"。而他给亚太区找的理由是他的太太忽然病了，可能是因为在上海水土不服，所以杰森不能在这时候飞到新加坡去开两天的会。洪钧觉得好笑，他还是头一次听说台湾人在上海会水土不服的，起码台湾男人对上海的水土和上海的水土养的一方女人都"服"得很，也许正如此，台湾女人也可能会对上海不"服"了吧？谁知道。

　　至于杰森为什么选洪钧代替他去，杰森自己的说法是希望洪钧利用这个机会去熟悉一下环境。洪钧觉得更可笑了，他刚来公司，连维西尔北京这个小环境他都还没熟悉呢，跑去熟悉维西尔亚太区干什么？用去趟新加坡作为加入维西尔的奖赏？应该不会。洪钧不是没出过国的人，他已经跑过世界上太多地方了。

　　当杰森上次在星巴克里说出"维西尔亚太区那帮混蛋"的时候，洪钧就已经很清楚杰森和维西尔亚太区的关系不好，当时还只是以为那是杰森内心情绪的宣泄，没想到他竟这么直截了当地拒绝去开会，简直是向亚太区示威和叫板。洪钧总觉得这样做过于情绪化，他很难理解杰森怎么会这么不加掩饰地公开他和亚太区的矛盾。

另外，洪钧推测杰森让自己去的目的有两个。一个是进一步向自己示好，表现他杰森对洪钧毫无戒心，完全信任，没有任何顾忌，可能他也有些后悔上次在星巴克无意中透露出的话，提到他曾经担心维西尔把洪钧挖过来替掉他，所以想打消洪钧的疑虑。的确，杰森肯定已经不再担心，洪钧现在只不过是他手下的一个小经理了。另一个隐藏得更深的原因，是因为洪钧新来乍到，对维西尔的情况不了解，杰森就不必担心他向亚太区当面告状了。

不管怎样，洪钧并不喜欢跑这趟差事，维西尔北京的烂摊子他还没来得及弄清楚呢。早上又被前台的那个玛丽把他噎得够呛，让他心里怄了不少气。

早上刚上班，洪钧走到前台，对玛丽说："Mary，帮我个忙好吗？这是申请新加坡签证的资料，我都弄好了，你帮我跑一趟嘉里中心，送到签证处就行了。"

没想到，玛丽却皱了眉头，一脸难色地说："哎呀，可我这会儿走不开呀，Laura 给我布置了一大堆事，正愁忙不过来呢。要不您给上海打个电话，和 Laura 讲一下，她不发话，我真不敢出去啊。"

洪钧一听就火了，一个年纪轻轻的小女孩儿，却也知道利用外企的矩阵式架构搞小动作了。外企里的很多岗位都是有两个头儿的，玛丽在北京，洪钧是她的老板，算是属地管理；玛丽是前台的接待员，做行政的，上海的财务经理劳拉也是她的老板，算是业务管理。水平低一些的，会利用这种双重管理来偷懒，洪钧让她做事的时候，她推托正忙劳拉的事，洪钧知道肯定当劳拉让玛丽办事的时候，她会推托正忙洪钧的事呢。水平高一些的，会在这种双重管理下走钢丝，想办法让两个老板都努力争取发展自己成为心腹，自己左右逢源，两边得好处。洪钧相信这玛丽还只属于低水平的玩法，洪钧恨的是那种走钢丝的高手。

洪钧压住火气，皱着眉头，一脸不高兴的样子，对玛丽说："那我自己去吧，你忙你的。如果 Jason 来电话找我，你告诉他我去办签证了。Laura 也真是的，给你派那么多活，也不看看你干得完干不完，想把你累死啊。我得和 Jason 说说，应该再请一个秘书来，这么多事一个人忙不过来嘛，除非找个能力更强一些的。"

第八章

　　玛丽听着洪钧的这些话，脸上就像是个万花筒，变化了好几次。刚听了洪钧的头一句话，她是一阵轻松得意，心想又把一个差事推出去了；听洪钧接着说，她脸有些红，洪钧这么心疼她倒弄得她不好意思了；没想到洪钧话锋一转甩出了最后一句话，把她砸懵了，脸色变得白里透绿、绿里透白。她愣了半天，刚回过神来，想叫住洪钧说句什么，洪钧早已不理她，径直走出去，坐电梯下楼了。

　　嘉里中心写字楼的北楼里，有一家猎头公司，在它里面的一间会议室里，西装革履的三个人正围坐在一张圆桌旁边。其中一个头发溜光水滑的人，是三个人里面的东道主，但他却是三个人里面最少说话的一个。他的左手，是个外国人，四十多岁，彬彬有礼，谦和中又透着严谨；他的右手，是个中国人，应该不到四十岁，肤色有些黑，样子比实际年龄老一些。这个有着溜光水滑的头发的人，是这家猎头公司的合伙人，就是他，把两家直接竞争的公司中的两个人撮合到了一起，他旁边的外国人是个英国人，就是ICE公司的皮特·布兰森，他旁边的中国人，就是科曼公司的俞威。

　　这已经不是他们的第一次碰面了，实际上，他们这次碰面就是为了达成最终的协议，看样子，一切顺利，已经在收尾了。

　　"溜光水滑"帮着两个人整理着已经签署的文件，大家都微笑着，都很满意。皮特忽然想起了什么，对俞威说："我想再次确认一下，你确信你离开科曼公司后可以马上直接加入ICE公司吗？"

　　俞威立刻用英语说了句："没有问题。"他好像觉得应该再多补充些更翔实的东西，可一时又好像不能用英语脱口而出，憋在那里。

　　"溜光水滑"便马上接口用英语对皮特说："我第一次和俞先生谈时，就问了这个问题，他完全可以确认，他和科曼公司没有签过非竞争性条款，科曼公司不可以限制俞先生去哪家公司。"

　　俞威完全听得懂，点了点头，表示这也是他原本想表达的意思。

　　皮特很满意，但还是又开玩笑似的说了一句："但ICE不是科曼，我们要求所有员工都要签署非竞争性条款的，尤其是首席代表。俞先生，你不会有问题吧？"

　　俞威忙笑着用英语说："没有问题，没有问题。"三个人都笑了起来。

　　皮特又说："从今天到我们定好的你来ICE上班的日子，只有这么短的时间，你确信你和科曼公司可以完成交接吗？"

俞威一边笑着，一边连连点头说："没有问题，我保证科曼公司会很快让我走的。"说完，他又有些担心皮特会不会误解成科曼正巴不得他尽快走人呢，他看了眼皮特，皮特只是微微点了点头，没什么别的表示。

"溜光水滑"拉开门，走出去装订文件，皮特便和俞威聊天，问道："我听说你和Jim·洪很熟，一直是朋友？"

俞威回答："以前是朋友，后来不怎么联系了。"

皮特又问俞威："你知道他离开ICE以后的情况吗？"

俞威便说："不知道，我不关心他的事，我和他不是朋友了。"

皮特喃喃地，像是在对自己说："我希望我和他还能是朋友。"

皮特立刻注意到俞威脸上好像变得红一块紫一块的，正想解释一句或把话题岔开，恰巧"溜光水滑"推门进来，已经把两份文件都弄好了，很专业的样子。皮特和俞威便都站起身来，各自收好文件，三个人的手擦着握在一起，庆祝着。

皮特对俞威说："欢迎加入ICE，我希望你能为ICE签更多像合智集团那样的合同。"

俞威脸上又非常不自然了，说："我会尽我的全力。"

"溜光水滑"说："一定的。"

三个人都笑了起来。

正要走出会议室，俞威忽然说："布兰森先生，还是像以前一样，我先走，五分钟以后你再走，好吗？"

"溜光水滑"笑着说："俞先生就是谨慎，所有的事都定下来了，还要这样小心。"

皮特笑着同意了俞威的建议，和俞威又握了手，便被"溜光水滑"陪着进了一间办公室。

俞威走出猎头公司，向电梯走去，他没想到，洪钧坐的出租车也正好在这时停在了嘉里中心写字楼的门口。

洪钧付了出租车费，走进写字楼的大堂，往左边向北楼的电梯走去，他也没想到，俞威正坐电梯下来。

洪钧离电梯间大概有十几米的时候，一部电梯从上面下到了大堂，门开了，俞威和几个人一起走了出来。俞威和洪钧几乎是同时看见对方的，两人的脚步不约而同地顿住了，但只是一霎那，几乎又是同时，两个人

第八章

都迈步走了过来。两人走到近前，迎面站住了，脸上都没什么表情，却互相问候着，说的头一句话都是"好久不见"。

洪钧问："来这儿办事？"

俞威说："啊，有点事，你呢？怎么样？"

洪钧说："我现在在维西尔公司，来办新加坡的签证。"

俞威怔了一下："哦，你去维西尔了？噢，我应该想到的，就这么几家公司，还能去哪儿？去新加坡开会？"

"不是，去参加个培训，刚到新公司嘛。"洪钧不想告诉他是去亚太区开会，那是公司内部的事。

俞威笑了："呃，你还用去培训？是去培训别人吧？怎么你还用亲自来办签证啊？叫秘书跑一趟不就成了嘛。"

洪钧面带笑容，平静地听着俞威的嘲讽，等他说完，便说："那先这样？都挺忙的。Bye。"说完，便向电梯间走去。俞威也说了声 bye，便向门口走去。

洪钧在电梯间站了一会儿，并没上电梯，回头看着俞威出了大门，便转身折回来，走到大堂墙壁上贴着大厦里各家公司名录的水牌前，浏览着北楼里都有哪些公司，想从中找到线索，看看俞威究竟是来干什么的。洪钧也说不清为什么要这么做，是因为俞威是个竞争对手，还是恰恰因为他是俞威？

洪钧正仰着脖子看着那一排排一列列的公司名字，忽然觉得有一个曾经很熟悉的身影从眼角的余光里闪了过去，洪钧下意识地扭过头，看见一个老外，提着个电脑包，向大厦门口走去，即使只是背影，洪钧也已经认出来了，那是皮特！而且从皮特穿过大堂的路线洪钧可以确信，他也是从北楼下来的。

洪钧便又抬起头，更加仔细地在那些公司名字里找着。很快，他的目光停住了，停在了那家他很熟悉的猎头公司的名字上。俞威、皮特、猎头，洪钧的脑子里只转了一下便已经把一切串了起来，弄明白整个来龙去脉了，他不相信巧合，他相信他的推理和判断：俞威要去 ICE 了，应该是接替洪钧做首席代表，不过应该不是代理的，而是正式的。

洪钧的脑子里，好像出现了这样一幅画面：一片平原上孤零零地有两个山坡，自己刚从比较高的那个山坡顶上滚下来，还没顾得上拍打身上的尘土，就蹒跚着爬上了这个矮些的山坡，刚站直身子，便看见俞威已经骑着马冲上了自己曾经占据的那个高坡,向自己挥舞着手中的长矛。洪钧知道,又要有一场恶战了,可自己手里好像一无所有。这么想着,他忽然有一种非常复杂的感觉,各种滋味涌上心头。洪钧笑了一下,摇了摇头,转身向电梯走去。

　　俞威坐在出租车的后座上,电脑包放在旁边,他忍不住又把刚才签的协议从包里拿了出来,摊在腿上看着,文件上的那几个简单的数字,让他越看越开心,越看越喜欢,他更加得意自己讨价还价的本事了。他知道ICE的工资待遇本来就比科曼更好一些,自己又是从科曼的销售总监跳到了ICE的中国区首席代表,再加上几番要价,他这回真是鲤鱼跳龙门,又有名又有利,赚大发了。

　　俞威一边看得过瘾,一边掏出手机,正准备拨号,冷不防手机先响了起来,吓了他一跳,让他稍微有些懊恼。俞威看了眼来电显示,知道又是合智集团的赵平凡打来的,心想,这赵平凡应该改个名字了,叫"招人烦",便按了接听键,说:"喂,你好。"

　　他的"好"字还没出口,赵平凡已经急不可待地说上了:"老俞吗?找你真难啊,刚才打你电话一直没接,你在哪儿呢?"

　　俞威心想,刚才我正和皮特谈大事呢,怎么可能接电话,再说,管我在哪儿呢。但他嘴里还是客气地说:"刚才在开个会,所以我把手机调成静音了,现在正在路上呢。"

　　赵平凡忙说:"在路上?那你现在过来一趟吧,这事急着和你谈啊。"

　　俞威暗笑,我在路上,又不是去合智的路上,而且你要谈的事正是我要躲的事呢。俞威好像很无奈地说:"哎呀,现在过不去啊,我正急着去另一个会呢,早都定好了,现在肯定去不了你那儿了。"

　　赵平凡现在不仅是"招人烦",他自己也烦上了,没好气地说:"算啦算啦,那就在电话里说吧。你们的软件有问题啊,装倒是装上了,可是很不稳定啊,最近这一个星期每天都要重新启动好几次,这怎么行?将来根本不能用啊。"

　　俞威好像觉得不可思议似地说:"不会吧?当初不是专门装了个模拟环境做了测试了吗?"

　　赵平凡都快骂出声了:"坏就坏在那次只是个模拟环境,谁知道你们怎么给我模拟的呀?把整套软件装在我们真正的环境里面,就成现在的

第八章

德行啦。"

俞威一点儿不急，慢条斯理地说："我们的工程师不是去看过了吗？我听说又重新装了一遍，还不行吗？"

"不行不行，根本没用。我问你的工程师了，他说他从来没在Windows的服务器上装过你们的软件，都是在UNIX的机器上装的。他照着你们内部的操作指南装，装是装上了，可出了问题他也不知道能有什么办法。"赵平凡压住火气说。

俞威接着糊弄："版本不一样，他可能没什么经验，这样吧，我把你们的情况向亚太区和总部说一下，争取让他们派个有经验的过来。"

赵平凡一听就急了："那要等到什么时候？！陈总可都生气了，连徐董事长都知道了，问了陈总好几次，陈总要求你们务必马上解决！"

这时候俞威反而来了兴致，他好像是猫在逗弄着一只老鼠，笑着说："老赵，这技术上的事得讲科学，急不得，光听命令蛮干，出不来还是出不来啊。"

赵平凡被俞威彻底激怒了，真要骂人了，大声嚷着："老俞，当初可是你拍着胸脯告诉我，说你们的软件装在我们这些服务器上肯定没问题，你当初说这话的时候讲没讲科学？还是你瞎说的？"

俞威却一点不急，更没发火，而是心平气和地出着主意："老赵，科曼的软件在世界上的确有不少都是装在你们这样的Windows机器上的，但是我们北京的工程师可能没怎么接触过，我说请外面的专家来，你又嫌慢，那现在换UNIX的服务器，还来不来得及呢？"

赵平凡的声音里好像都带着哭腔了："老俞，我这次可以等你从国外请个人来，可是以后呢？谁想到你这里的人根本没办法支持呀？我可不能提心吊胆直到你们培养出人来。要想换机器，那些预算已经挪去准备出国用的，虽然还没去，可是该花的已经花了，剩下的也都是留好用途的，要不然出国的时候肯定安排不好。买新机器，时间倒是来得及，可没有预算了啊，再申请预算可来不及了，而且这事就捅大了。"

俞威用一种语重心长的口吻说："老赵，我是这么建议啊，你们出国，也不要太铺张了，只把几个老板安排得好些，下面那帮家伙能去趟美国已经知足了，条件差些都能忍了，就能剩下些钱，买几台UNIX的服务器，先别买太好的，配置不用太大，刚刚够用就行，反正刚开始的时候软件也不会真正用起来，等将来真要用了，再申请预算换大机器。"

说完了，俞威都被自己感动了，他现在已经要去 ICE 了，还管科曼的客户干嘛呢？

赵平凡想都没想，便开了口，语气又强硬了："不行，出国的事，大都已经安排好了，不好再变，从别的地方也挤不出钱了。我看，就得从你们的软件款上想办法了。"

俞威便问："你们给我们打过来多少了？30%？"

"嗯，我们已经给你们付了 30%了。"

俞威懒得再和赵平凡玩儿，他觉得是摊牌的时候了，就说："老赵，事到如今，我也尽力了，你们少付款，甚至不付款，都不关我的事了，陈总是和香港的托尼签的合同，你请陈总直接找托尼吧，我这边已经要开会了，咱们再联系吧。"

说完，俞威便挂上了电话，他觉得自己再也没必要搭理赵平凡了，赵平凡肯定被他最后这几句话搞懵了，肯定觉得俞威怎么会一下子判若两人？俞威懒得再理他，反正过些天他自己会知道俞威跳槽的事，到时候他自然就会明白了。不过，刚才这个电话，让俞威觉得非常得意，自己怎么就能把一切都安排得这么好呢？恰恰就在合智的项目出事的时候，俞威已经有了更好的去处，别人用了八抬大轿来请他，他正好可以甩手扔下这个烂摊子，另谋高就去了。

咦，本来刚才拿电话是要打给谁来的，结果却让赵平凡给搅了？哦，想起来了，是要打给托尼那家伙的。俞威心想托尼这下要有好日子过了，合智这么大的客户要想改合同、少付款，可不是小事，估计这官司得扯很长时间。合智恐怕一时半会儿挤不出钱来买新的 UNIX 机器，除非科曼下狠心自己负担费用，把一个外国专家派到北京常驻，专门为合智提供技术支持，否则这个项目看来就要一直在纠纷中搁置下去了，不过以俞威对托尼的了解，这个香港人干不出这么有魄力的事来，所以合智项目的归宿也就显而易见了。

俞威一边想着，便拨了托尼的电话，把手机放在耳边等着，嘴角向上翘，他禁不住得意地笑着。

电话通了，他听见托尼的声音，便说："喂，托尼，我是俞威，和你说个事啊。"

电话里传出托尼不太情愿的回答："俞威啊，我这边正好有要紧的事，你可不可以再过十五分钟以后打过来？"

第八章

俞威根本不愿意理睬，直接说："我就一句话，但是很重要，说完就没事了。"

托尼好像沉吟了一下，显然很不高兴，但还是说："那你讲吧。"

俞威对着话筒大声地嚷着，好像要把胸中积攒许久的怒火和怨气都发泄出来："我决定辞职了。我马上会给你发个电子邮件，正式的，我现在是先用电话和你说一声，让你有个思想准备。"

俞威就是要在电话里听到托尼的反应，才打这个电话的，他本来真希望能当面向托尼提出辞职，好亲眼看到托尼的惊愕、慌乱，可惜现在只能亲耳听到了，但这也足够让俞威感觉到极大的快感。

托尼的确被惊呆了，停了好久才反应过来，结结巴巴地说："怎么突然就？也不提前打个招呼？不好的嘛，我要和你谈谈，好好谈谈。"

俞威感觉舒服、满足、痛快，笑着说："不突然。这不是向你打招呼了吗？等你收到我的邮件，咱们再谈吧。你不是正忙要紧的事呢吗？那你接着忙吧。"

俞威刚想说拜拜，忽然又想起了什么，急忙加了一句："喂，对了，差点忘了，还有件事，也是件大事，也是向你打个招呼，让你有个准备。合智集团想要修改合同金额，甚至可能退货。拜拜。"

俞威挂了电话，解气啊，浑身的毛孔好像都张开了，他此时就想到了一个字：爽。

洪钧从嘉里中心回到公司，走过前台的时候，看了一眼坐在里面的玛丽，玛丽冲他笑着，洪钧觉得她笑得不太自然。洪钧走进自己的办公室，刚坐下，门就被推开了，原来玛丽也跟了过来。

洪钧看着玛丽，等着她说话。玛丽站在洪钧的桌子前，两只手垂在身体前面上衣下摆的位置，左手握着右手的四个手指，攥得紧紧的，看着洪钧，用很细小的声音说："我都忙完了，您的签证还要去取吧？您把取签证的单子给我吧，我给您取。"

洪钧见她主动来为自己做事，知道是刚才出去前甩下的几句话起了作用，但看到她这么紧张局促，没想到她会被吓成这个样子，又有些不忍心了。

洪钧拿出取签证的单子，递给了玛丽，笑着说："谢谢你啦。"

玛丽双手从洪钧手里接过单子，垂下眼帘，不去看洪钧，嘴上说："这是我应该做的。"同时转过身，就要拉开门出去。

洪钧想起了什么，说了句："等一下。"

玛丽立刻转过身，脸都红了，低着头说："啊，忘了问您还有什么事了。"

洪钧简直有些哭笑不得了，他没想到自己已经被当成了个凶神恶煞，只好笑着，尽量温和地说："没事，我就是刚想起来，想请你帮我订一下机票。"

玛丽跺了下脚，甚至带着些懊恼地自言自语："哎呀，刚才还想着要问呢。"

洪钧一下子笑了起来，拿过一张便笺，写了几行字，递给玛丽，说："你就按这上面的日子订航班吧，你帮我订国航的。"

玛丽又双手接过了便笺，看着，问了一句："您不坐新加坡航空公司的吗？不是都说新航服务好吗？"

洪钧选国航，其实是为了积攒他的国航知音卡上的里程，但他没明说，而是换了个冠冕堂皇的理由："新航的机票贵，国航的便宜不少呢。"

玛丽露出了一种又钦佩又感动的表情，好像面前的洪钧简直是个光辉高大的楷模似的。

洪钧又补了一句："不过订国航的时候你要注意一下，我不要经停厦门的，你帮我订直飞的。"玛丽点头答应了。

洪钧笑着说："我想想，从新加坡能给你带些什么呢？那儿好像实在没什么东西可带的。纪念品嘛都是那种鱼尾狮，可是做得怎么看怎么像是个鱼尾狗。估计我只能给你带些巧克力什么的糊弄一下你了。"

玛丽愣了一下，因为这的确出乎她的意料，但很快她就高兴起来，看着洪钧笑了，摆着手说："哎呀，您什么也不用带，真的。"

洪钧也很高兴终于让玛丽开心一些了，他知道不是因为什么巧克力的小恩小惠，而是玛丽看到了他并没有成见和恶意，终于不再提心吊胆了。玛丽笑着又问了一句还有没有别的事，洪钧摇头说没有了，玛丽才转身出去了，洪钧仿佛可以听到玛丽的脚步轻快了许多。

洪钧的脑子里还在想着航班的事，他想起了新航的空姐，娇小的身材，可人的笑脸，脚上的凉鞋，尤其是柔软的衣裙，紧紧地裹着身子，她们的腰怎么都那么细呢？但洪钧受不了她们身上浓烈的香水味，而且

第八章

好像有一种东南亚特有的气味,但洪钧又一想,如果不是这样,像他自己这样的苍蝇、蚊子恐怕早都叮上去了。

洪钧脑子里的原本不愿意去新加坡开会的想法,在他收到一封电子邮件以后,就一下子改变了。亚太区老板的秘书发了封邮件来,是发给所有将要出席会议的人的,邮件里提到了大家住宿和开会的地方都将是新加坡的里兹·卡尔顿酒店。洪钧对邮件中还列出的出席人员名单、议题和日程都没什么兴趣,这种会他已经参加过太多次了,而且他这次完全就是去"凑数"的,是替杰森"点卯"去的,但是,选定的这家酒店倒让洪钧想去开这个会了,甚至变得有些期待。

洪钧去新加坡已经去过 N 次了,也已经把鱼尾狮雕像北面那片出名的酒店区里的各家酒店差不多都住遍了,从西面的斯坦佛酒店、莱佛士酒店,到东面的滨华、东方、康拉德和泛太平洋等几家酒店,都住过了,惟独没有住过的就是这家里兹·卡尔顿酒店,洪钧曾经在附近经过时注意到这座板型建筑的酒店,从上到下有一溜溜八角形的窗户,他就觉得有些好奇,是在客房里有这种形状的窗户,还是有什么特别的功用?

现在,当洪钧打开自己在里兹·卡尔顿酒店的房间的大门,把行李扔到地毯上,站在房间的中央四下一打量的时候,他就看见了那八角形的窗户,是在卫生间里的,窗下就是浴缸。

洪钧走进卫生间,看见了马桶旁边还有一个像马桶一样的东西,只是没有盖子,也没有那么大的水箱,他知道那是做什么用的,反正不是给他预备的,他想起来朱利亚·罗伯茨在电影《漂亮女人》里冲到阳台上,对李察·基尔喊着她终于搞明白这个东西是做什么用的了,不禁一笑。

洪钧走到浴缸边,把水龙头打开,调好温度,关上浴缸里的下水阀,从浴缸边的台面上拿过来两个精致的小瓶子,把整整两瓶浴液都倒进了浴缸,龙头里流出来的水搅拌着浴液,很快就把整个浴缸都充满了晶莹透亮的泡沫,洪钧又从台面上的一个瓷罐里舀出不少浴盐,撒进了浴缸里,一粒粒蓝紫色的浴盐起初都被泡沫托着,慢慢坠下去、溶化了,看不见了。

一切准备就绪,洪钧没有忘记还有一个动作要做,他走到卫生间的门口,按了下开关,关上了整个卫生间里所有的灯。他一回头,呆住了,卫生间里暗下来,却能看见这时的八角窗就像一个精美的画框,窗外的美景就像一幅高清晰的画面,镶嵌在墙壁上。八角窗让洪钧想起苏州园林里的那些精致的杰作——窗含岫色，他终于领略到了这种东方特有的意境。

洪钧脱了衣服，借着窗外照进来的光亮，走到窗前，坐进浴缸半躺下来，脑袋枕在浴缸边沿上，左手边就是八角窗，他抬着手腕用手指敲打着玻璃，歪着头看着窗外。他的房间是朝向北面的，能看见远处泛岛高速公路上长串车灯组成的流光溢彩的光带，左面的几条是红色的，因为都是尾灯，右面的几条是白色的，因为都是前照灯，这里的交通是左行的。洪钧想，如果住在南面的房间里，应该正好可以看见中心商务区的那些鳞次栉比的楼群和月色下的海湾，景色应该更美，他有些后悔刚才应该专门要一个南面的房间的。

十年前，当他刚入行、还在打杂的时候，头一次到上海出差，住的是一个晚上二十块钱的招待所，还是和一个什么乡办机械厂的长得像李逵似的销售员同住一个房间，因为洪钧包不起一个人住这个房间，四十元一间的房价超标了。他一直为他身上的那笔五百块钱的"巨款"提心吊胆，那是他全部的差旅费。他最初把钱放在枕头下面，结果怎么也睡不着，后来只好找了个小塑料袋，把钱放进塑料袋里再把塑料袋塞在内裤里，终于安然入睡。就在当时，他的一个朋友同样也是个打杂的，但人家是在IBM打杂，也到上海出差，人家住的却是锦沧文华。洪钧当时对IBM每年有多少销售额、在世界五百强里面排第几名还不甚了了，但一听说这事，就觉得IBM的实力绝对太了不得了，让他咂舌了很长时间：打杂的都住锦沧文华，啧啧。不仅对他震撼不小，他那个住了锦沧文华的朋友，在后来的一年里面都常常动不动就说"上次在锦沧文华……"，自豪得意之情溢于言表。

洪钧曾经想不通，外企让员工住那么贵的酒店，得花多少钱啊，这外企得多有钱啊。后来，洪钧慢慢想明白了，其实这是外企非常精明的地方。外企鼓励员工甚至不相干的人都入住同一家酒店，靠消费总量就可以和顶级的豪华酒店谈下很好的公司价格，比普通档次的宾馆再贵也贵不了多少，正是这不大的代价，却可以非常直接地提升公司的形象，展示着公司其实可能并不怎么强大的实力，让客户、合作伙伴甚至公众都会肃然起敬。另外，对员工也有很有效的功用，员工出差住进当地最好的酒店，会成为他一段长久的美好回忆，让他以在这家外企工作而自豪，让他的虚荣心得到极大的满足，他也会有意无意地把这美好体验向

第八章

他的家人、同学、朋友分享。当外企经营发生困难需要节约开支的时候，他们会毫不犹豫地控制差旅的数量，能不出差就不出差，能只去一个人就不派两个人，但他们不会降低差旅的规格标准，不会改住低档的地方。

洪钧躺在浴缸里，想起他在 ICE 的时候，正是因为这种考虑，他规定员工不分级别，出差时都可以住当地一流的酒店，他严加控制的是出差的次数、人数和天数，但他不在酒店的单价上省钱，算下来，这样"奢侈"一年，比大家即使都去住大车店也没高出多少钱，酒店费用占全部经营费用的比重仍然很小。

现在，他到了维西尔，他出差住哪里，其他人出差住哪里，这些已经不是他能说了算的了。

第九章

洪钧在里兹·卡尔顿酒店已经住了两个晚上,每晚都在八角窗下舒适的浴缸里泡很久,他也已经在会议室里开了两天的会了。

会议室里的长条桌排起来,组成了一个"U"形的图案,不过"U"的底部是直线,不是弧线,所有参加会议的人都坐在"U"型长桌的外圈,"U"字的开口处朝着一面墙,用来打投影和幻灯,讲话的人就站在投影旁边。组成"U"形的长桌子上都铺了深绿色的绒布,桌旁边总共坐了大约二十个人,每人面前都摊着笔记本电脑、稿纸和文件,还有一个高脚玻璃杯,放在杯垫上,桌上每隔两、三个人的距离就放着一个更大的有把手的玻璃杯,里面放着用来喝的冰水,放在盘子上,盘子上垫着餐巾。

洪钧坐在"U"字的一条边线和底线的拐角结合处,这位置很好,是洪钧精心挑选的,他可以把两条边线和一条底线上的所有人都一览无余,而其他人无论坐在哪个位置,都不会把他放在视野的中心。

在两天的会议里,除了在一开始的时候做了下简单的自我介绍,洪钧就一直没再发言。会议的内容本身的确像杰森说的那样空洞无物,这样的会议洪钧也参加过多次了,以前他常常很活跃地像个主角,而这次他就是个旁观者,所以更觉得乏味。来自维西尔公司在亚太各个国家或地区的负责人,轮番介绍他们各自的业务状况,亚太区的各个部门的业务负责人再做相应的汇总,都是苍白的数字、空洞的承诺、糊弄人的故事，夹杂着各种插科打诨用的笑话。但洪钧也理解，这种会议是一定要开的，而且至少一个季度要开一次，要不然，整个亚太区的管理机构就好像根本无事可做。

都说国内国营企业的会多，其实外企的会更多，而且每次都是名正言顺、理直气壮地游山玩水，专找度假胜地。洪钧起初曾经纳闷他们这次为什么就简单地留在新加坡开，怎么没去巴厘岛？也可以去澳洲的黄金海岸嘛。洪钧想，如果不是在新加坡开而是又去哪个度假胜地的话，也许杰森就会欣然前往了吧。慢慢地，随着会议的进行，随着洪钧对维西尔在亚太区各地的业务状况的了解，洪钧开始明白了：因为形势严峻，不容乐观，现在不是游山玩水的时候。

洪钧在这两天里，利用吃饭的时间也和不少人聊了，也已经交了些朋友，但始终没有张扬，他一直在观察每个人，在熟悉每个人。像这样的亚太区会议，有两种常用的语言，第一种当然是英语，会议正式通用的语言。第二种就是汉语，中国大陆、香港和台湾来的人自然用汉语，而新加坡和马来西亚的负责人又一定是华裔，也可以说汉语，亚太区一些部门的负责人也有不少华人，所以汉语就成了会下非正式场合最主要的语言了。

奇怪的是，从一开始，洪钧就有一种感觉，他感觉有人也在注意着他，也在观察着他。时间一长，他的这种感觉就更强烈，等到为期两天的会议即将结束，他也已经彻底验证了，的确有个人在一直观察着他。这个人，就是现在正站在大家面前，做着会议总结发言的人：维西尔亚太区的总裁，澳大利亚人，科克·伍德布里奇。

科克说完话，大家参差不齐地鼓了一下掌，会议就算结束了，晚上还有最后一场聚餐，但有些人急着要赶飞机回去，不会参加聚餐了，就在这时和大家告别。会议室里乱哄哄的，洪钧整理着自己的东西，不时和过来告别的人应酬一下，等到都收拾好了，他正准备回自己的房间，忽然有一只手搭在了他的肩膀上，洪钧还以为是维西尔台湾公司的总经理，一回头，却发现不是，而是科克·伍德布里奇。

科克冲洪钧微笑着，见洪钧脸上闪过诧异的神情，便说："Jim，明天离开吗？今晚一起吃饭吗？"

洪钧回答："明天上午的航班，我会参加晚上的晚餐。"

科克开着玩笑："但愿不是'最后的晚餐'。"他顿了一下，说："晚

第九章

饭后,我想请你喝一杯,可以吗?"

洪钧立刻说:"没有问题,我没有其他安排。"

科克很高兴,便伸出手来,和洪钧握了下手,说:"很好,一会儿见。"

洪钧说了拜拜,便离开会议室,走进电梯,按了自己房间所在的楼层,脑子里忽然闪过了一个念头:"也许晚上和科克聊天,能让这次新加坡之行变得有些意义?"

晚餐说是七点钟开始,可是差不多到八点了才真正进到海鲜餐厅里面落座,之前都是围在吧台四周喝酒、喝饮料、聊天。虽说经历了太多这种场面,洪钧还是有些不习惯,害得洪钧饥肠辘辘,又灌了一肚子的各种液体,感觉都可以听得到自己肚子里像演奏着交响乐,他连曲子的名字都想好了:D大调饥饿奏鸣曲。

海鲜大餐吃了将近两个小时,洪钧早已预见到的局面又不幸应验了,他吃海鲜从没吃饱过,一道菜上来,吃完以后就是漫长的等待,一般都要等到把上一道菜完全消化之后,下一道菜才千呼万唤始出来。

十点左右,大家才散了。科克用目光找寻着洪钧,示意他一起走,洪钧便被科克领着,来到酒廊。这酒廊很别致,高高的玻璃拱顶,仿佛能看到天上的星空,里面的陈设,包括沙发、桌椅都色调明快,远比一般低矮阴暗的酒廊让洪钧感觉到惬意。

科克也看出来洪钧对这里的环境和气氛很满意,脸上便露出一丝欣慰的神情,和洪钧一起坐下,准备点些喝的。科克自己要了杯啤酒,什么牌子的洪钧没听清,但好像是澳大利亚产的一种。洪钧自己点了杯热巧克力,弄得科克和侍者都扬起了眉毛,一副不解的样子,洪钧又接着点了几种小吃,像花生豆、爆玉米花和曲奇饼。侍者记下了一串名字离开了,科克还睁大着眼睛看着洪钧,洪钧便笑着说:"老实说,我没吃饱,现在正想吃些东西。"

科克听了哈哈大笑,说:"其实我也没吃饱,但我想忍着的。你做得对,我也要吃一些曲奇饼。"

很快,好像知道这两个人都急等着要吃似的,侍者把吃的喝的都送上来了。洪钧喝了口巧克力,手上抓着几粒花生米,一粒一粒往嘴里送着,脑子里忽然想起了自己在那家京味饭馆先吃炒饼再夹花生米吃的样子,不禁笑了一下。

科克见洪钧笑，自己也笑了起来，吃着曲奇饼说："我发现你的英语很好，没有口音，不像新加坡人，他们老带着一种'啦'的音。"说着，就学着新加坡人说话时常带的"尾巴"。

洪钧笑了，其实科克自己的澳洲口音就很重，"吞"音吞得厉害，每次洪钧和澳大利亚人说话，刚开始都不太习惯，这次已经听了两整天，总算是适应了。洪钧开玩笑说："我的英语比大多数中国人好一些，比大多数美国人差一些。"

科克又瞪大了眼睛，问："那就是比一些美国人好了？不会比美国人的英语还好吧？你开玩笑。"

洪钧便笑着解释："因为美国也有很多婴儿和哑巴的，我的英语比这部分美国人的好。"

科克听了大笑，非常开心的样子，然后，止住笑，冲洪钧眨了下眼睛说："而且，美国也有更多的傻瓜。"

洪钧知道，有不少澳大利亚人对美国人是很不以为然的，他们觉得美国人无知而又自大，目中无人，科克的话里可能也带有他对维西尔美国总部那帮人的不满。但洪钧心里也明白，科克也可能是有意无意地在用嘲笑美国人来拉近他和洪钧的距离。

洪钧便笑着说："我同意。至少我相信，大多数中国人对美国的了解，比大多数美国人对中国的了解，要多得多，美国人觉得美国就是整个世界。其实我们中国人在好几百年前也是这样的，所以中国后来才落后了，美国这样下去也会落后的。"

科克连着点头说："是的，美国一定会被中国超过去的，我完全相信，而且我认为可能用不了多久，可能五十年，最多一百年。Jim，你可以看看亚洲的发展，这几个国家都在增长，像中国、香港、台湾和韩国，亚洲一定又会成为世界的中心的。"

洪钧立刻接了一句，脸上仍然带着笑容，但是语气很坚定，不容置疑地说："科克，我不得不更正一下，香港和台湾都不是国家，只是中国的两个地区而已。"

科克愣了一下，也立刻笑了起来，指着洪钧说："Jim，你是对的。你提醒得好，以后我去中国，不，不管在哪里，当我见到中国人的时候，都会注意这一点。"

洪钧知道，科克其实很可能根本不在意台湾是不是属于中国的，在

第九章

他心目中这些地理概念都只是他的市场的不同区域而已。洪钧清楚自己不可能改变科克对这些问题的看法，但他必须让科克明白，当他面对中国人，尤其是中国的客户的时候，他必须有意识地留神这些敏感的话题。

就在这个时候，一个身材非常高大的人走进了酒廊，站在门口向四处张望着，然后朝科克和洪钧的桌子走了过来。洪钧认出来了，是维西尔澳大利亚公司的总经理，名字叫韦恩。

韦恩走过来，冲科克和洪钧扬了下手，对洪钧微笑了一下算是打了招呼，然后问科克："我们明天要去马来西亚的柔佛州打高尔夫，你去吗？"说完又转头问洪钧："Jim，你呢？"

洪钧笑着说："我明天一早的飞机。"韦恩耸了一下肩，就看着科克，等着科克回答。

科克说："我不去的。有太多事要做，而且我这次都没带球杆来。对了，为什么不在新加坡打，还要专门跑到马来西亚去？"

韦恩又耸了一下肩，撇了撇嘴说："新加坡太小了，我开球的时候，要么一杆就打到海里去了，要么一杆就打到马来西亚去了，所以干脆直接去马来西亚打好了。"说完，他自己已经笑了起来，又说："没关系，我只是过来问你们一下。"他伸过手来和洪钧握了一下，又拍了拍科克的肩膀，算是告别，然后转身走了。

科克喝了口啤酒，看着洪钧，说："这两天的会议上你都很安静啊，是不是还不太熟悉，有些拘束？"

洪钧知道刚才的前奏曲已经结束，该进入正题了，便停住了不再吃那些小吃，用餐巾擦了嘴和手指，把餐巾折叠着搭在桌子上，说："现在已经了解了很多了，我这次来主要就是来听的，来学习的，这是个新环境，有太多新东西。"

科克立刻接了一句："还有新挑战。"

洪钧笑了一下，说："是的，我只希望我已经准备好了，不会有太多让我觉得意外的，希望不要比我之前想的……"洪钧说到这里停了一下，看着科克的眼睛说："更糟。"

科克的脸色变得严肃了起来，沉默了一下，点了点头，转而问道："你之前在 ICE 做了多长时间？三年？"

洪钧说："差两个月三年。"

科克又问："你去的时候就是去做销售总监？"

洪钧回答："头衔虽然是销售总监，但刚开始的时候其实只有我一个人，后来才逐渐招了一些人。"

科克又问："是你把 ICE 每年的销售额从一百万美元做到了一千两百万美元？"

洪钧愣了一下，科克看来的确对他的背景做了不少了解，刚问的这些怎么有些像是在面试自己？他想了想，让自己的注意力更集中，然后说："不是我一个人，ICE 的团队是个很棒的团队。"

科克听了以后点了点头，若有所思，再抬眼看着洪钧说："你以前和维西尔打交道多吗？你觉得你对维西尔了解吗？"

洪钧笑了，怎么会打交道打得不多？维西尔、ICE 和科曼，就像是软件行业里的三国演义，在哪个项目里这三家都会到齐的。洪钧刚想说三国演义，又想起来科克恐怕不知道三国演义是什么吧，便说："经常打交道，差不多在每个项目、每个客户那里都会碰到。但我不能说我了解维西尔，一个人不可能站在外面就可以了解里面的东西的。"

科克也笑了，他也想把气氛弄得活跃一些，说："那好，你就说说看，你当时在 ICE，站在维西尔公司的外面的时候，你怎么看维西尔这个竞争对手？"

洪钧开始觉得为难了，他很难实话实说，他也把握不好应该说到什么深度、说到多么严重才是恰到好处。说维西尔的问题，不可能只说维西尔北京公司的问题，而应该说维西尔中国公司的问题，其实就是在说他现在的顶头上司杰森的问题，而且更复杂的是，洪钧自己已经成了维西尔的一员了，所以这些问题他自己也会都有份的。但是，洪钧还是决定要把话说透，要把问题都点出来，不然的话只会使科克对他失望，也可能错过解决这些问题的机会。

洪钧非常小心地字斟句酌地说："我在 ICE 的时候，很重视维西尔这个竞争对手，因为我知道维西尔是个有实力的公司，尤其是产品非常好，可能比 ICE 和科曼的产品都好。但是后来，我慢慢发现维西尔并不是一个强有力的竞争对手，更不是可怕的对手。好像只有竞争对手才知道维西尔的产品好，而客户都不知道这一点，维西尔没让客户认识到维西尔的优势和价值。"

科克马上接了一句，说："所以你觉得维西尔的问题就是销售的问题？销售团队太弱了？"

第九章

洪钧慢慢摇了摇头，端起热巧克力喝了一口，看着科克正期待地盯着自己，就接着说："我觉得可能还不能这么看。可能应该想一下，是某一个销售人员弱，还是整个销售队伍都弱？是销售队伍自身的问题，还是整个公司对销售的支持不够？是撤换销售人员就可以了，还是应该加强对销售人员的培训、指导和管理？这些就不是我在 ICE 的时候能了解到的了。"

科克仔细地听着，好像不想漏掉一个字，他抿着嘴，既在琢磨着洪钧的话里的意思，也在对照着他所了解到的维西尔中国公司的问题，看能不能和洪钧的分析对应上。过了一会儿，看来他还想让洪钧把所有的意思都直接倒出来，他又追问道："你在 ICE 的时候，都看到维西尔的哪些问题呢？或者你当时觉得应该怎么解决这些问题呢？"

洪钧心里暗暗叫苦，看来很难草草地一语带过，可是越深入地谈，就越和他现在的小小维西尔北京的销售负责人的角色不相符了。洪钧又觉得似乎科克并没有把自己当作是维西尔北京的小头目，好像还是把自己当作 ICE 的销售总监和代理首席代表，洪钧忽然有一种冲动，他想充分地展示自己，他好像感觉自己就像是在南阳茅庐中的诸葛亮，要把自己对天下三分格局的韬略一吐为快。

洪钧没有立刻回答，而是仔细地考虑了一阵，科克就一直耐心地等着，又过了一会儿，洪钧开始说话了："我自己没有注意到维西尔有非常优秀的销售人员，但这并不重要，就像一支橄榄球队，如果没有任何大牌球星，所有队员都并不出众，照样可以获胜，甚至还可能获得冠军。我们的销售方式都是'团队型销售'，一般的项目也是要靠一个团队合作赢下来的，遇到大项目甚至是靠整个公司的合作才能赢到。所以，输掉一个客户，可能是一个销售人员有问题，输掉一个市场，就一定是公司有问题。"

洪钧说到这儿，停下来看了一下科克的反应，科克专注地听着，没有插话或提问的意思，脸色也很平和，没有流露出丝毫的不快，洪钧像是受到了鼓励，便深吸了一口气，接着说："我觉得，维西尔的问题在于，维西尔不是一个由销售驱动的公司，没有销售第一的文化，销售人员在公司的地位太低，而且像是一个恶性循环，没有地位，没有信心，没有调动公司资源的影响力，就很难赢得销售，赢不到项目，就更没有地位，更没有信心。任何人都可以指责销售人员，公司的任何问题都可以算到销售人员的头上，好像销售只是销售人员的事，其他人都没有责任。我在 ICE 的时候，所有人都在前方，即使前台的接待员都知道她对公司的销售业绩有直接的责任，她没有接好一个电话，就可能让一个客户离开；她错发了一份传真，就可能让我们输掉一个投标，在 ICE，所有人都觉得自己是销售人员。而维西尔有很明显的前方和后方的划分，只有销售人员在前方，其他人都守在后方。"

洪钧一口气说了一大段，说完了，胸口好像还在一起一伏的，他赶紧端过热巧克力喝了一口，让自己的情绪稍微缓和一些，同时脑子里回想着刚才说的话有什么纰漏。

科克听到这，好像情绪也开始激动起来，开始坐不住了，他挺直身子说："这是维西尔中国公司的文化，不是我们维西尔本来的文化！"

洪钧明显地感觉到了科克对维西尔中国公司现状的不满，但是，经过这两天的观察，他觉得这种文化并不是只在维西尔中国公司存在，其他地方包括亚太区也大多如此，头头们高高在上，远离客户和战场，高谈阔论，但洪钧并没有把这些想法表露出来。

科克长出了一口气，喝了口啤酒，冲洪钧笑了一下，笑得很勉强，他换了个话题说："你是在北京吗？"

洪钧答应着。

科克说："杰森是在上海吧？北京和上海，哪个地方做中国公司的总部更好些？"

洪钧知道这是个更敏感的问题，直接和他的顶头上司杰森有关了，但洪钧现在已经放开了，管他呢，科克也是自己的老板嘛，还是更高一级的老板，有什么不能说的？

洪钧说："我们可以看一下，维西尔的客户和 ICE 的客户一样，都主要是在四个行业，金融、电信、政府部门和制造业。金融业里，中国的中央银行在北京，五大商业银行里有四家在北京；电信业，中国的四大电信运营商有三家在北京；政府部门，不必说了，北京是首都；制造业，当初的客户主要是跨国公司在中国的合资和全资子公司的时候，客户大多是在上海，但是现在的客户主要是中国本土的企业，在地理上的分布就比较平均了。而且，维西尔的合作伙伴，包括硬件厂商、咨询公司、系统集成商，在北京的也多一些。"

科克的眉头皱得紧紧的，鼻子里哼了一声："哼，杰森就是离他的客

第九章

户太远了,他为什么不去北京?"

洪钧笑了,他很清楚,屁股决定脑袋,他本人在北京,自然希望维西尔能把更多业务重心移到北京,所以可以讲出刚才那一大套道理,而假如洪钧自己希望维西尔的总部放在上海,他一定也可以找出有说服力的放在上海的理由。其实可能本来就没有绝对的对与错,各人的立场不同,决定了各人自有一套道理。洪钧相信杰森一定也可以如数家珍般地列出把总部放在上海的理由,但让洪钧觉得有些惊喜的是,自己是个新来的小人物,居然有机会可以在科克的脑子里来个先入为主,而杰森以前似乎都没有想过要给科克洗洗脑。

洪钧觉得现在应该轮到他活跃一下气氛了,便说:"这我可不清楚了,我想杰森一定有他的考虑吧。可能是因为他喜欢上海,其实,如果是你,我猜想你也会愿意住在上海的,大多数外国人都会更喜欢上海。"

科克一听就来了兴致,情绪也好转了,问着:"为什么?你为什么猜我会喜欢上海?上海和北京我都还没有去过。"

洪钧心里立刻觉得有些不是滋味,科克居然到现在都没去过中国,一个亚太区的总裁居然还没有去过在他的地盘里最有潜力的市场。洪钧猜也可能是因为杰森不想让科克来中国,所以一直找理由把科克挡在外面,这更让洪钧觉得哭笑不得,这公司、这两个人都够有意思的。

洪钧想着,嘴里解释着:"我也不太肯定,只是一种感觉,上海好像比北京更舒适些、更自由些、更商业化一些、更现代、更西方化一些。我想,可能你会喜欢上海的那种……"洪钧顿了一下说,"味道。"

科克抿着嘴"嗯"了一声,似懂非懂,琢磨了一会儿,便笑着说:"反正,这两个地方我都是要去的,越快越好,我已经太迟了。"

洪钧听到科克这么说,觉得科克总算认识到了他以往的疏忽,亡羊补牢,也还算精神可嘉。

科克冲吧台旁边的侍者招了一下手,招呼侍者过来,他又要了一瓶啤酒。侍者端来啤酒,想替他把酒倒进玻璃杯,科克连着摆手制止了,他就是想直接用瓶子喝,看来他现在情绪不错。科克仰着脖子,把酒瓶的口对着自己的嘴,咕咕地喝了一大口,然后手里攥着瓶子说:"维西尔在中国有三个办公室吧,北京、上海和广州。Jim,你觉得这三个团队合作得怎么样?"

洪钧笑了,想开个玩笑,也想吊一下科克的胃口,说:"你想听什么?

真话还是假话？"

科克立刻正色道："当然是真话。"

洪钧也就一本正经地说："我在 ICE 的时候，感觉是在和三家维西尔公司竞争。"科克歪了一下脑袋，眉毛扬了起来，看来在琢磨洪钧话里的含义。洪钧便说得更明白一些："维西尔在北京、上海和广州的三个团队，实际上很少合作，各自专注在自己的区域里，而且，这三个团队之间似乎在暗地里竞争。我曾经感觉到，比如说，当 ICE 和维西尔北京公司在争夺一个北京地区的客户时，似乎维西尔上海和广州的人，在心里更希望是 ICE 赢，而不希望看到维西尔北京赢得项目。"

科克愣住了，慢慢地把酒瓶放到桌子上，嗓子里发出表示惊讶的声音："呃哦。"然后苦笑了一下，说："我真希望另外两个办公室的维西尔人没有帮助你们击败他们的同事。"

洪钧也笑了一下说："当时他们的确也帮不上 ICE 什么忙，因为维西尔的三个团队互相都不信任，他们各自的保密工作做得很好，我们从一家维西尔办公室很难了解到另两家办公室的信息。"

科克却根本笑不出来，而是独自沉吟着："看来他们当时的确想帮你们，可是没有做到。"然后，又抬眼看着洪钧说："这究竟是文化的问题呢，还是组织结构的问题？你们中国人经常会这样内部竞争吗？"

洪钧的脸唰地一下红了，他自己都能立刻感觉出来。科克的确是对政治很敏感的人，而且他绝对不是对中国一无所知。洪钧脸上的笑容也收敛了起来，缓缓地用低沉的声音说："我也承认，在我们中国人中间倡导合作、开放和共享，似乎比不少其他地方的人要难一些。可能是因为中国人太多，所有的资源包括生存空间都不够用，所以人们就有一种很强烈的危机感，假如不去争、不去抢，自己可能就没有机会生存下去。每个人在头脑里都有意无意地划分着三个圈子：自己的敌人、自己的合作伙伴、与自己无关的人。自己的同事不一定就是合作伙伴，有时候恰恰同事是最主要的竞争对手，所以不少人会热心地帮助陌生人，因为陌生人与自己无关，对自己没有威胁，但却不会去帮助自己的同事。所以，在制定组织结构的时候，必须想办法尽可能地消除内部争斗的起因，而不是鼓励内部争斗，假如不能在目标和利益上使同事之间都成为合作伙伴，也不要让同事变成竞争关系，因为很难保证他们之间会健康地竞争，而不会恶意地竞争。"

第九章

　　科克全神贯注地听着洪钧的分析，不住地点头，一直等洪钧说完了，才接着说："事实上，人类的本性都是如此，不单是中国人喜欢内部争斗，中国人也并不比其他地方的人更喜欢内部争斗。但是，很显然，在维西尔中国，这个问题的确很严重。"

　　洪钧听出来了，科克的前半段话是要表明自己对中国人没有偏见，不想让洪钧因为他刚才那样问问题而不舒服，而科克的后半句话，明显地是在指责杰森，因为他觉得正是杰森一手造成了维西尔在中国的三个办公室之间不仅没有合作，反而可能有彼此拆台的情形。

　　到这个时候，洪钧心里一直悬着的石头，才终于落了地，他踏实了。在科克说这句话之前，洪钧一直担心，假如杰森知道了洪钧这次和科克谈话的内容，洪钧在维西尔的日子就走到头了。洪钧刚才向科克讲的大量对杰森不利的话，虽然大多是事实，而且是对事不对人，也没有添加洪钧个人的感情色彩，但洪钧并不清楚科克会怎样利用这些东西，他也不清楚科克在利用这些东西的时候会不会顾及洪钧的利益。洪钧刚才是在赌，他首先押的是科克是个理性的人，是按常人的合理逻辑思考和行事的人；其次，科克还要是一个可靠的人，说话谨慎，不会无意走漏口风；最后的也是最重要的，就是科克需要洪钧，他不会在和杰森的交锋中出卖洪钧。科克刚才的一番话，让洪钧相信科克对杰森的不满与杰森对科克的不满是同样强烈的，科克和杰森之间的矛盾是不可调和的，科克不会用洪钧来和杰森做交易。

　　洪钧的头脑高速运转着，但嘴上却一句话也没说，脸上也很平静，因为科克刚才的最后一句话既然明显地是在说杰森，那洪钧此时说什么都不合适。科克从桌上拿起啤酒瓶，但并没马上喝，而是问洪钧："Jim，你觉得，维西尔亚太区应该怎样做，才能更好地帮助维西尔中国公司？"

　　洪钧马上连着摆手说："不，不，这个问题你应该问杰森的，我不是回答这个问题的合适的人。"

　　科克摇着头，握着酒瓶的右手伸出来，食指离开酒瓶翘着，指向洪钧，说："我是在问你，Jim，我知道我是不是问对了人，你必须回答我，现在就回答。"

　　洪钧看着科克，科克脸上虽然带着微笑，但声音里却含着明确的信息，科克是非常认真的。

　　洪钧只好不再推托，想了想，说："我在 ICE 的时候，在和维西尔竞争的项目中，好像没有发现维西尔的团队中有维西尔中国公司以外的人。而ICE常常有从亚太区、美国总部甚至欧洲请来的行业顾问和技术专家，他们的确有很多经验，中国的客户面临的问题，他们在其他地方已经遇到过并解决过了，这对中国的客户很有价值，这也是他们选择与像ICE和维西尔这样的跨国公司合作的主要原因，但维西尔好像没有让中国的客户看到维西尔在全球有丰富的经验和资源。"

科克立刻就说："我们愿意帮忙，帮维西尔中国就是帮我们自己，但是，维西尔中国似乎从来没有向任何人表示过他们需要帮助。"洪钧刚张了张嘴，可还没说出来，就被科克摆着手制止，科克接着说："你不用讲，我也相信中国市场的潜力，我也相信中国客户对维西尔产品的需要，我相信中国能为维西尔贡献很多很大的合同，甚至最大的合同。不是我不重视中国，不是我不想帮助，而又是因为杰森，杰森不让我或者别人帮助他。我猜想，可能有两个原因，第一，他不相信我，他怕我派去的人了解太多维西尔中国公司的事情；第二，他不相信他自己，他没有信心赢得大的项目，所以他在每个项目上都不敢投入，更不敢请求亚太区甚至总部的资源来帮他，他担心输掉项目后没法交待。"

洪钧越来越领教到这个澳大利亚人的厉害了，科克对杰森的分析的确是一针见血。洪钧还感觉到，科克是一个比较坚决果断的人，他目标明确，言语中没有丝毫的忸怩作态。当他觉得洪钧是个可用和可靠的人才时，他会不加掩饰地直接让洪钧明白这一点，而不会绕弯子、打哑谜。

说到这儿，科克话题一转，又聊到了洪钧本人身上，他问洪钧："Jim，告诉我，是什么使你下了决心，让你决定加入维西尔的？"问完了，便用期待的目光看着洪钧。

洪钧笑了，脸不自觉地红了，他缓缓地，像是一个字、一个字的蹦出来似的说："因为我没有其他地方可去。"

这句回答大大出乎科克的意料，他呆住了，好像不太相信自己的耳朵，而后又似乎在琢磨着这句再简单不过的话的深意，最后，他忽然间哈哈大笑了起来，手情不自禁地拍打着椅子的扶手，等他停住了笑声，嘴角仍然带着笑容说："Jim，我喜欢你，我很喜欢你的风格，你很坦率，也很聪明。你这句话，可以理解为是对你自己和维西尔的善意的嘲讽，也可以理解是对你自己和维西尔的最大的肯定。和你聊天我真的很开心。"

第九章

洪钧仍然笑着，一副不卑不亢的表情。

看来科克已经觉得聊得差不多了，只是还想再闲聊几句，便随意地问了一句："你来维西尔还不到一个月，怎么样？有什么让你觉得不习惯的吗？"

洪钧想了想，他想再一次用半开玩笑的方式做一次试探，他也不太确信他这么做的分寸是否合适，但今天和科克的谈话，让他似乎觉得可以毫无顾忌，科克好像就是要让洪钧把内心深处压抑着的东西都张扬出来。

洪钧想到这儿，就说："我还是怀念我以前坐飞机可以坐商务舱的日子。"

科克脸上的笑容消失了，他一脸严肃，盯着洪钧的眼睛，盯了足足有好几秒钟，才非常郑重地说："Jim，请你向我保证，你不会转而习惯于去坐经济舱。我相信，会有一天，你又会重新开始坐商务舱的，我希望这一天的到来，比你和我想的都要快。"

第十章

　　洪钧在星期六下午从新加坡回到北京,星期一早晨刚走进维西尔北京的办公室,他就有了一种恍如隔世的感觉。洪钧对自己说,还是先忘了新加坡的会,更应该赶紧把和科克的谈话都忘到脑后去吧。洪钧很清楚,他现在首先要证明自己的能力,在维西尔先站住脚,生存下去,然后再用不断的成功为自己搭出向上爬的台阶。

　　杰森好像也根本没把新加坡的会放在心上,他只是在星期一上午来了个电话,客套地问了一句是否一切顺利,洪钧说还好,没什么不顺利的。杰森就又说了一句:"怎么样?我没有讲错吧,是不是很无聊?"

　　洪钧知道杰森只是在发泄他的情绪,并没有想听自己说什么,便只是"呵呵"地笑了一下。看来杰森并没有想请洪钧传达会议"精神"的意思,而洪钧其实也想不出这次会议有什么真正的"精神"可言,唯一的一点收获就是那个晚上和科克的一场交谈,但交谈的内容乃至有过这么一场交谈的事都是不能让杰森知道的。

　　杰森似乎早已料定洪钧会比较认同自己事先的判断,便再也懒得提这个"无聊"的会议,随便和洪钧嘻嘻哈哈了几句,便挂了电话。

　　洪钧可丝毫没有嘻嘻哈哈的心情,他得和他手下的三个兵开会了。他刚一来维西尔上任,就让他们都做好准备,他要听他们介绍目前各自在做的项目,如果不是冒出来这个去新加坡开会的事,他自己布置的这个会早该开过了。也好,让他们几个能多几天时间准备,希望不至于太糟，洪钧心想。

四个人坐在洪钧的小办公室里，拥挤得像是沙丁鱼罐头，洪钧觉得这样也好，起码先打消了他和他们在物理上的距离，再打消心理上的距离就容易些了。

还不到半个小时，洪钧就知道自己曾有的希望和幻想都破灭了，他明白了，即使再给他们三个一年的时间，他也休想从他们嘴里听到让他满意的项目汇报。

刚开始当洪钧召集他们三个一起开会的时候，郝毅和杨文光都愣了一下，弄得洪钧也愣了一下，便问："怎么？有问题吗？"

郝毅和杨文光你看看我、我看看你，用眼神互相推托了半天，最后还是郝毅嗫嚅着低声说："几个人都在一起开呀，我们还以为您是要分别听我们的汇报呢。"

洪钧明白了，他们没想到会四个人一起讨论各自的项目，便说："没关系，大家都是同事。咱们这么小的公司，这么小的团队，没什么要担心的，大家都靠得住。"洪钧当时还觉得这两个人还有些保密意识，不愿意把手里的项目拿出来被别人了解，后来，洪钧才意识到，其实是因为他们自己都觉得他们的那些项目实在是拿不出手。

三个人都在洪钧的办公室里挤着坐下了，外面的人想进来恐怕连门都推不开。洪钧笑着，目光从郝毅扫到了杨文光，又扫到了菲比，然后再往回扫，开口说："怎么样？一直想听听你们说说正在做的一些项目的情况，然后大家可以一起出出主意，看看怎么做更好，我也很想和你们一起去见客户，咱们都是 sales 嘛，应该很容易沟通。怎么样，谁先说说？"

郝毅和杨文光又开始了他们非常默契的你看我、我看你的交流方式，像是用目光玩儿着太极推手。菲比闪着眼睛，一会儿看一下洪钧，一会儿又看一下她右边的郝毅和杨文光，嘴闭着，可洪钧仿佛听到菲比的眼睛在说："他们男生为什么不先说？"

这么沉默了一阵，洪钧刚要开口点将，郝毅说话了："我把我的项目情况做了一份 EXCEL 表，想到的就都写在表里了，您可以看一下。"说着，便递给洪钧一张表格。

洪钧把表格接过来拿在手里，很快扫了一遍，看到大约有十多个项目，分别列出来客户公司的名称、公司的大致简介、郝毅在这些公司里的联系人都是谁、具体的联系方式，每家公司后面都写着三组数据，一

第十章

个是日期，是郝毅觉得能和各家客户签合同的时间，一个是钱数，是郝毅估计能和客户签的合同金额，最后一个是百分比，是郝毅判断的在各个项目上获胜的可能性。洪钧没有细看表里的各项内容，而是抬起头，看着郝毅说："嗯，整理得挺清楚的，一目了然。你看这样好不好，你把这些项目给我分别做一下分析，表里已经有的这些基本情况，你都不用再讲，我会仔细看的，你把表上没写的每个项目的竞争情况说一下。"

郝毅看起来有些紧张，似乎不太明白洪钧想让他说的是什么，愣在那里。洪钧便又很耐心地解释了一句："比如说，你可以挑一个你觉得希望最大的项目，说说看，你觉得要想赢得这个项目，还需要做些什么工作？"

这时郝毅好像明白了，探过身子用手指着洪钧手里拿着的表格说："这第一个，就是我觉得应该能赢下来的项目。已经去做了好几次 presentation 了，他们还让我们给他们做了 demo，我们也已经把方案书和报价都给他们了，他们说让我等消息，大概月底他们就能最后决定了。"

洪钧看了一眼表格，知道了郝毅指的是排在最上面的那家客户，在末尾的一栏里填的百分数是 80%，就是郝毅觉得最可能赢的项目。洪钧刚想说什么，好像忍住了，只是沉吟了一声，接着问郝毅："这第二个呢？你也给它标的是 80%，你觉得这个项目是不是也有比较大的把握？"

郝毅立刻回答："是，他们是主动来找咱们的，说对咱们的产品初步了解以后感觉有兴趣，想深入了解一下。他们提出要看 demo，我们就给他们做了，他们说印象挺好的，后来他们说想去走访一下咱们的老用户，我给他们安排了，还陪着他们去了，那家老客户帮着说了不少好话，我觉得效果不错。这个项目我也向 Jason 汇报过，Jason 也觉得这个项目希望挺大的，还特批了折扣，所以客户觉得咱们的报价挺有竞争力的。他们说年底以前肯定会定的，因为时间比刚才那家晚一点儿，所以我就把这家排在第二位了。"

连着如数家珍一般地说了这么多，郝毅似乎神态自然起来了，眼睛看着洪钧，等着洪钧接着问，又像是在期待着洪钧的赞许。

洪钧笑了，把手里拿着的那张表格轻轻地放在桌面上，忽然问郝毅："谁给你发工资？"

郝毅一下子愣住了，旁边的杨文光和菲比也都呆住了，好像不相信自己的耳朵，快速地瞥了一眼张着嘴的郝毅，就都转过来盯着洪钧。

郝毅见洪钧依然面带笑容看着自己，便硬着头皮说："工资？工资都是直接打到我卡里的，每个月 Helen 发给我一张工资单。您是问这个吗？"

洪钧便笑了起来，说："这么说，是维西尔每个月给你发工资喽，怎么我觉得好像是客户给你发工资似的。"洪钧看见三个人仍然一脸莫名其妙的样子，便慢慢收敛了笑容，认真地说："因为客户让你干什么你就干什么。"

三个人都愣着，郝毅最先明白了过来，脸一下子红了。洪钧接着便看出来菲比和杨文光也都先后琢磨出来了，但他不想就这个问题纠缠下去，因为现在不是深入点评他们每个人的时候，更不可能靠说教就能解决他们可能已经根深蒂固的毛病，他也不想再听郝毅说其他的项目了，便把目光转向了杨文光，说："Vincent，说说你目前的项目吧。"

杨文光手里拿着个黑色的小本子，看来他准备的一些东西都写在本子上了，他说了没几句，洪钧心里已经有数了，这个杨文光的能力和悟性看来一点也不比郝毅强些，但洪钧还是耐着性子听他讲了个大概，他总不能一棍子把他的几个兵仅有的一点自信心全都打掉吧。

轮到菲比了，菲比把一个很精致的真皮封面的文件夹摊开在膝盖上，用一支圆珠笔在文件夹里的纸页上指指点点着，向洪钧介绍着她目前在做的几个项目，当洪钧听见她说到其中一个项目的时候，立刻变得非常专注了。菲比说："我现在还在跟的一个项目就是普发集团，从我了解的情况来看，普发可能是个很大的项目，估计他们在软件上的预算就要在一百万美元以上。我听说 ICE 和科曼盯这个项目也盯了很长时间了，尤其是 ICE，你和小谭，不，小谭他们应该和普发的人挺熟的。我现在的问题就是还没见到他们的高层，我都是和他们下面的一些人打交道，我一个小 sales，人家的大老板怎么会愿意见我呢，再说，我就是见了他们的大老板，我和他说什么呀。我和 Jason 提了好几次，希望他能出面去拜访一下普发的人，可是普发的人能抽出时间的时候 Jason 都是在上海，他不肯单单为了普发专门飞来北京一下，他来北京每次就只呆一两天，他让我安排他和普发的人见面，可普发的人不是你想什么时候见就能什么时候见的。所以我挺为难的，现在你来了，我想让你帮我去见普发的老板，光凭我自己，我可搞不定他们。"

菲比一口气连着说了这么多，洪钧都想关切地问问她是否需要喝口水，一看桌上只摆着自己的杯子，就算了，心想，以后和菲比说事，得

第十章

让她自己端着水杯来。

洪钧等菲比说完,就笑着对他们三个人说:"行,今天就先聊这么多吧,大致的情况我有了一个初步的了解,我会分别和你们每个人单独沟通。"

洪钧心里感觉很不是滋味,他原本计划这个会得热热闹闹地开一个上午的,没想到半个多小时就已经让他决定结束了。他起初还想让他们三个人互相分析一下别人的项目,彼此多出出主意,对别人对自己都能有所启发,三个臭皮匠顶个诸葛亮嘛,现在看来,他们都不是臭皮匠。

三个人都站了起来,挪着椅子以便腾出空间好把门打开,菲比把她的文件夹抱在胸前,用一只手正搬着一把椅子,听见洪钧叫着自己的名字说:"菲比,你留一下吧,我和你商量一下普发集团的事。"

郝毅和杨文光都回头看了一眼洪钧,便又拉开门,走了出去。在门刚被打开的一瞬间,洪钧看见外面的办公区里有个人正趁着门开时往里张望着,洪钧看见了这个人的脸,是李龙伟,那个做技术的工程师。自从洪钧来维西尔上班的头一天,李龙伟结结巴巴地和洪钧打过招呼以后,两个人就没有再说过话,洪钧还是想不出来为什么他觉得以前就知道这个人的名字,而且洪钧似乎感觉到,这个李龙伟对他的兴趣,一点不比他对李龙伟的兴趣小。这时,两个人的目光就正好撞上,李龙伟发现洪钧在看着他,便立刻低下头走开了。

洪钧看见菲比关上了办公室的门,坐回到自己的椅子上,便问了一句:"要不要去把你自己的水杯拿来?"

菲比怔怔地看着洪钧,大大的眼睛瞪着,摇了摇头,反问道:"干嘛要拿水杯?"

洪钧笑了,解释着:"没事,就是想你可能要喝水了。"

菲比一听也笑了,双手猛地一抱拳,结果右手里握着的长长的圆珠笔差点扎到自己的脸,说了一声:"谢谢老板关心。我拿水杯干什么?又不是我要做报告。"

洪钧听出菲比话里的意思,就说:"我也不是要给你做报告,要不我这报告的听众也太少得可怜了。咱们必须好好讨论一下普发这个项目。"

菲比的表情变得严肃了起来,正了正自己的身体,右手把圆珠笔握紧了,做出好像随时准备记录的样子。

洪钧的脑子里在想,究竟应该把话对菲比说到什么程度。洪钧从见到菲比的头一面就感觉这个女孩具有很好的心态，或者说心理素质，而这在洪钧看来，是成为一名出色的销售人员的最重要的条件。今天听菲比介绍她做的项目的情况，洪钧也已经看出她的经验、能力和技巧的确还非常"初级"。洪钧决定毫不保留地实话实说，不留任何情面，菲比的承受能力应该能够经得起他的话，普发项目目前面临的关键局势也使他不能再顾及婆婆妈妈的事。

洪钧的脸色仍然很温和，甚至还带着刚才的那种微笑，但是话语里已经带着足足的分量了："菲比，刚才你说的那些项目里面，我目前想和你谈的，只有普发这一个项目。要和你谈普发，并不是因为你已经在普发项目上有很大的机会，恰恰相反，我可以不客气地说，现在维西尔在普发项目上是没有赢的可能的。我和你谈普发，是因为我相信你的所有那些项目里面，只有普发才是真正的项目，而且肯定会是一个很大的项目，而其他那些，在短期内根本不会有结果，甚至永远也不会有结果。我们必须把宝全都押在普发项目上，必须赢得普发的单子。你现在首先要做的，就是把其他项目从你的纸上划掉，从你的脑子里划掉，只想着普发这一个项目。"

洪钧说完，忽然觉得倒是自己该喝口水了，他端过杯子喝了一口，眼睛始终看着菲比，他也搞不清自己这么啰嗦地讲了一大通，菲比有没有听明白。

显然，菲比完全听明白了，她圆圆的白皙的脸变红了，原本像机关枪一样的快嘴也卡了壳，手攥着圆珠笔，大拇指的指肚一下下地按着上端的揿钮，下意识地把笔尖不断地弹出来又收回去，洪钧小小的办公室里一片寂静，只有菲比手里圆珠笔的揿钮和弹簧"咔"、"咔"地响着。

忽然，菲比像是被圆珠笔的声音惊醒，脸一下子更红了，简直让洪钧想起来"猴子的屁股"那个比喻，洪钧没笑出来，当前的话题太严肃了，另外，洪钧好像也不愿意把那么不雅的形容放在菲比身上。菲比回过神来，甩了一下脑袋，好像要把耷拉在脸颊上的头发甩到耳朵后边去，又像是要把刚才脑子里的凌乱也一并甩掉。

菲比开口说："老洪，怎么样？忍不住开始做报告了吧。"可她的这句玩笑，既没有让自己也没有让洪钧笑出来。菲比接着说："我知道普发项目的希望不大，我刚才就和你说了，我到现在都还没见到他们的高层，所以，就是因为我觉得普发的单子可能没戏了，我才想争取其他的单子，

第十章

总不能在一棵树上吊死吧。我觉得另外的几个项目里面,还是有机会的,你可能觉得我是捡了芝麻丢了西瓜,可总比最后连芝麻都没捡到强吧?"

洪钧完全理解菲比现在的心情,其实菲比的反应比洪钧做的最坏估计要平静得多,洪钧也清楚,另外的那些项目里,如果真花大力气去做,也可能把一两个项目催熟,没准儿能签个合同下来的,但是这种合同只会是客户碍于面子,实在不忍心看着菲比等人这么忙活,而施舍出来的小单子,的确也就会是芝麻大的东西。菲比现在追求的是签成合同,就像在麻将桌上打了几圈,一直没"和"过牌,一心想和一把,哪怕是"小破和"也行,而洪钧要的不是小破和,小破和对他没有任何意义,他是要和一副大牌。洪钧不想把这一点对菲比挑明,他要彻底打消菲比对其他项目所抱的幻想,同时增强菲比对普发项目的信心,让她和自己一起赌一把。

想到这儿,洪钧对菲比说:"我担心的恰恰是那几个项目连芝麻都不是。那几家公司,要么是根本没立项、没预算、没需求,就根本没打算买软件,只是下面的几个人想了解咱们的东西,甚至可能只是他们不好意思明确拒绝你,所以才和你一来一往地接触着;还有的,可能要恶劣得多,客户已经拿定主意买别家的软件,但不是都要求要货比三家吗?他们必须找几家陪绑的,找咱们就是要用咱们做'分母',他们的选型报告里面就可以这样写,经过对包括维西尔等国际知名公司的产品的多方详细调研,综合评估,最终决定选择某某公司的产品。你的所有心血和努力,只是被他们用来在报告里面提一下维西尔的名字。像刚才郝毅的那两个项目,他都觉得形势挺好,希望挺大,都估计了至少有80%赢单的把握,可我凭直觉就相信,那两个项目咱们都是在陪绑,他一路按照客户的要求把该做的都做了,就等着客户通知他去签合同,可我敢说,客户一定会和别人签合同,恐怕到最后都不会通知他一声,这些我会自己找郝毅谈的,你就不要和他讲了。你要记住,销售就是一个引导客户的过程,而如果你被客户引导着,这个合同一定不是你的。"

说到这里,洪钧自己一下子噎住了,因为他忽然想到了合智集团那个项目,他不正是被合智集团和俞威一起"引导"着最后走到今天这步田地的吗?自己居然还有脸教训菲比。

菲比趁着洪钧顿住的空隙,毫不客气地说:"郝毅那两个项目都是你当初和小谭设计好的吧?耍郝毅是不是就是你在ICE的时候教客户做的?我的那几个项目,是不是也都是你们ICE已经赢定了的?"

洪钧还没把自己从合智项目的阴影中拉回来,又被菲比的这番话噎得够呛,他生气了,盯着菲比的大眼睛,一字一顿地说:"菲比,我最后说一次,你和我现在是维西尔的同事。ICE也好,小谭也好,是你和我共同的对手。"

菲比被洪钧的气势镇住了,其实她自己刚才话一出口就已经后悔了,她也不知道自己中了什么邪,竟然这样和新来的老板说话。她自己也觉得奇怪,明明脑子里对自己喊着"停,别说了",可嘴里却越说越快,而且不仅说了郝毅的项目,还傻乎乎地把自己也带了出来。菲比盯着洪钧,心里还在奇怪,到底应不应该对这个家伙心存敬畏呢?按理说是必须的,可自己怎么对桌子后面的这个人一点都不怕呢?

菲比迎着洪钧的目光,又甩了一下头,口气软了很多,可是目光里毫无畏缩的意思,说:"本来嘛,你想啊,你说我在普发项目上根本没有赢的可能,其他项目呢,要么根本不是项目,要么就是陪绑,照你这么说,我还有什么可做的?"

洪钧被菲比气乐了,他暗自检讨自己刚才的一番话还是说得重了,菲比就算再有承受能力,也受不住被别人说得一无是处啊,而且洪钧意识到,自己只是把面前的菲比当作是手下的一名销售人员,而没有把她当作是一个女孩儿。

洪钧面带微笑,目光柔和了很多,刚才是为了打消菲比对其他项目的幻想,下面该给菲比打气了,洪钧说:"大小姐,把我的话听清楚了再叫唤好不好?我说的是现在咱们在普发项目上没有机会,不是以后还没机会。如果我觉得普发一定不会买咱们的软件了,我干嘛还要和你全力以赴地去争这个项目,我有病啊?"

洪钧稍微顿了一下,看看菲比的反应,见她没有插话的意思,看来觉得没有必要对洪钧到底有没有病做出判断,便接着说:"说实话,ICE和科曼的确一直盯着普发,这只是恰恰说明了普发的确是个货真价实的大项目,他们两家比咱们现在有优势,但都没有胜势,咱们还有机会,关键看咱们能不能在剩下的时间里扭转局势,后来居上。依你看,你觉得咱们下一步应该采取什么样的策略?"

菲比把圆珠笔的一端顶在下巴上,然后又移到嘴唇上,再从嘴唇上挪开的时候才说:"我就是觉得,关键是要见他们的老板。"

第十章

洪钧对菲比的回答不是很满意,她的脑子里的确是没有什么策略可言,可她始终坚持无论如何要见到客户的老板,这种执着和目标明确,倒让洪钧觉得高兴。洪钧笑着说:"说对了一半,你讲的是一步很关键的动作,但还不是策略,咱们现在的策略就是一个字:拖。如果普发现在就敲定买谁的软件,一定不会选维西尔的,但三个月以后,普发就会决定选咱们。咱们现在最需要的是时间,在争取来的时间里用比对手更高的效率来做客户的工作。"

菲比兴奋起来,说:"三个月?咱们三个月以后就能拿到普发的合同?你真神了!"

洪钧嘴上只好说:"我相信咱们能拿到普发这个单子,而且是个大单子。"其实,洪钧心里也没底,如果有把握,那还能叫赌博吗?

洪钧正想和菲比商量去拜访普发集团的安排,忽然想起了什么,随口问菲比:"哎,对了,李龙伟有英文名字吗?叫他龙伟总觉得有些别扭。"

菲比笑了,说:"像龙的尾巴吧?我们都这么说。他的英文名字是Larry,我们都不叫他 Larry,就叫他龙伟,你注意到他的大脑袋了吗?我们叫他虎头龙伟,哈哈。"

洪钧没有跟着菲比笑,其实菲比说的后几句话他都没听进去。Larry,李龙伟就是 Larry Li,洪钧想起来了,他知道自己为什么觉得这个名字以前听到过了。

普发集团的总部在北京城的北部,四环路的旁边,楼层不高,正好八层,但是非常气派,尤其是大楼正门的台阶和廊柱,简直就像是按比例缩小了的人民大会堂,但是把整个大楼作为总体一看,就觉得有些滑稽了,好像人的一张脸,被嘴和下巴占去了一大半。

洪钧还是按照自己的习惯,比和菲比约定的时间提早十分钟,坐着出租车到了普发的楼下。车刚停稳,洪钧抬头看了眼普发的大门,就发现不对劲了。台阶上围了很多人,吵吵嚷嚷的声音也很大,洪钧再往上看,看见上面几层的窗户上都布满了人脸,都把鼻子压在玻璃上向下看呢。

洪钧不是个爱凑热闹的人,他现在也不是和民工们同场放歌时的那个洪钧了,他付了车费,收好发票下了车,便远远地站着,看着大楼台阶上的人群。台阶上站着一些穿蓝色衣服的人,洪钧一看便知道是普发集团的员工，蓝色的套服是普发集团统一的工作服，似乎不太受员工的欢迎，否则员工们也不会抱怨大家都成了"蓝精灵"；还有一些人好像穿着一种也是统一制作的马甲，黄色的，上面有字，但看不清楚写的是什么。"蓝精灵"大多站着不动，看来是在看热闹；"黄马甲"们大多四处忙活，看来是热闹的制造者。洪钧再往四周一看，看见了几辆被涂得花花绿绿的南京依维柯，停在马路对面的不远处，车上面也写着不少字，这次洪钧看清楚是什么字了，他也明白这场热闹是怎么回事了。洪钧以前就听说过已经有剧组利用普发大楼的台阶拍电视剧的外景，普发集团的保安已经客串了不少次群众演员了，没想到自己正好赶上了这么一场。

洪钧看了眼手表，还早，但他也没心思看热闹，便抬脚向普发大楼的门口走。台阶中间已经被清了场，看来是等一会儿演员们要在此出没，"蓝精灵"们被"黄马甲"们向两边轰着，站在台阶高处的一些人被轰了下来，也有的干脆被轰进了大门里面。洪钧沿着台阶的最边上，三步并作两步地上了台阶，被几个"蓝精灵"夹着裹进了普发大楼的大门，进到前厅里面。

前厅里面其实挺空的，有些人围在大门两旁的落地玻璃上，墨色的玻璃再加上反光，外面的人看不到玻璃里面的人，所以他们得以在玻璃里面看热闹。但一圈落地玻璃容不下太多人，挤不上去的人只好跑到楼上寻找有利地形去了。洪钧孤零零地站在前厅里面，和他在一起的只有前台的两个接待员。接待员看着洪钧，洪钧只冲她们笑了一下，他不想去填访客单，那是菲比应该做的，就转头去看墙上张贴着的东西。

洪钧站着等了一会儿，抬手看了下表，快到十点了，便要拿出手机给菲比打电话。就在这时，一个高高瘦瘦的骨感美女从大门里挤了进来，菲比一脸兴奋地出现在洪钧面前，上面是西服上装，下面是条西服长裤。

菲比还没站稳，就比划着说："呀，你到了。你看见了吗？他们说那谁，就那谁，待会儿就该走这个台阶了，然后在台阶上被别人叫住，他们在台阶上说话，那谁叫什么来的？就是演那个什么的那个。"

洪钧本来有些着急，让菲比这么一通胡说八道彻底逗乐了，他用下巴往前台指了一下说："爱谁谁，就算你想起来了，我也不知道是谁，快填单子吧，要晚了。"

菲比笑着，扬了一下自己的手，洪钧看见她手里捏着一张纸片，已经让她攥得皱皱巴巴的了，知道她刚才早就到了，是先填了访客单，才

第十章

溜出去看热闹的。

菲比翻着自己挎着的大包，嘴上说："我先给孙主任打个电话。"她翻出手机，一边拨号一边嘟囔着："我还是觉得，没必要单独见孙主任，这样一个一个按顺序见，得见到什么时候才能见到他们的大老板呀？"

洪钧没回答，因为他估计菲比的电话已经拨通，果然，菲比不等洪钧说话就已经对着手机说话了："孙主任吗？您好啊。我是小刘，维西尔公司的，……，对对，我在您楼下呢，……，对，我们洪总也在呢，……，那行，那您先忙，我们等一下，……，没事没事，您别客气，好，再见。"

菲比挂了电话，对洪钧说："他说他手头正忙着一份文件，让咱们等他几分钟，他就下来。"

洪钧点点头说："办公室主任嘛，他不忙谁忙，咱们等会儿。"说完，又想起了什么，接着说："对，刚才说为什么要专门见他。我上次不是说了吗？我在ICE的时候，没有专门拜访过他，都是那个小谭约的他，我见他们的周副总和柳副总的时候他倒是都在场，但是都不是专门和他谈。我现在来了维西尔，要像以前没和普发接触过一样，要先拜访他，不能越过他直接去见周和柳，因为毕竟孙主任是这个项目名义上的协调人，虽然他什么都说了不算，但不能让他对我、对维西尔有情绪。"

菲比嘴上说着："嗯，明白了，咱们就从山脚下开始磕头，一直磕到最上面。"说完，眼睛就往大门外面瞟着，还踮起脚尖、抻长脖子向那边张望着，让洪钧想起来在电视上的动物栏目里看过的那些猫鼬。洪钧笑了，心想不知道菲比想没想起来"那谁"究竟是谁，真有意思，连名字都想不起来的"星"，还值得这么去"追"吗？

洪钧好像能听到外面的人群安静了下来，黄马甲们也都各就各位，看来是要实拍了。过了没几分钟，又乱了起来，看来是已经走了一遍。洪钧抬起手腕看了下表，十点十分了，菲比注意到洪钧的动作，也看了下表，说："都过了十分钟了，怎么还不下来？要不我给他打个电话？"

洪钧摇了摇头说："不用，再等会儿吧，不要催人家。"

然后，洪钧话题一转，笑着问菲比："哎，我问你，你注意到所有的手表广告了吗？广告上手表的指针都指的是什么时间？"

菲比懵懂着想了想，摇了摇头说："没注意，都是同一种时间吗？"

洪钧说："对，不信你从现在开始可以去找、去看，都是同样的时间。而且就是现在这个时间，十点十分。"

菲比像个孩子似的笑了，说："真的吗？你没骗人？可为什么呢？"

洪钧笑着说："真的。我也没研究过为什么，不过我想可能因为这时候指针的位置看上去最美观。你看，十点十分，"洪钧说着把手腕抬起来给菲比看他的手表，"两个指针都向斜上方，之间张开差不多是一百二十度角，而且两个指针沿着中线对称。不对称就不好看了，张开的角度太大或太小也不好看，就现在这样最好看。"

菲比歪着脑袋看了看，还转了几个角度，好像是想象着其他时刻指针的位置，然后说："真的哎，我以前怎么没注意到。我这个周末就去太平洋啊、东方广场啊什么的专门看表去，我倒要看看是不是都是十点十分。"

洪钧接了一句："不是去看表，是表的广告，报纸杂志上的、广告牌上的。"

这时，外面又静了下来，没过多久又一阵忙乱，这次简直有些像骚乱了，黄马甲们开始收拾家伙装箱，蓝精灵们蜂拥着往大门里挤，看来是拍完了。洪钧一边和菲比往旁边挪着躲避着人流，一边心想，估计不是什么精心大作，不然怎么走了两遍就算拍成了呢，看来这位导演不是什么精益求精的大师。转念又一想，普发的管理也够"人性化"的，外面的电视剧什么时候收工，里面的普发就什么时候才开始上工。

菲比把踮着的脚尖放下来，活动了几下脖子，看了眼表，时针和分针已经成了一条直线，样子的确不好看，已经过了十点二十了。菲比又问洪钧："都过了二十分钟了，该打电话了吧？"

洪钧"嗯"了一声，眉头稍微皱了起来，他有一种不太好的感觉，但没说出来，他不想影响菲比打电话。

菲比又拨通了手机，洪钧听着她说："喂，孙主任，还是我，对，小刘，怎么样啦您忙得？……哦，突然要开个会啊，……，周副总刚通知的，大概多长时间呢，……说不好啊，哦，……那我们等着？……，先回去，下次再约？……您等一下，我问一下洪总啊。"

菲比没有挂电话，两只手把手机捂得严严的，她不想让孙主任听到她和洪钧的谈话。她看着洪钧，洪钧却不等她说话，就用手指指着脚下站着的地方，张大口型，不出声地说："等。"菲比明白了，洪钧的意思是就在这儿等着。

菲比又对着手机说："孙主任，要不这样吧，您开您的会，我和洪总在下面等您，……，我们没其他安排，……，没事，您别这么客气，……，

第十章

那您先忙,好的,再见。"

菲比挂上手机,望了一眼洪钧,两个人都苦笑了一下。

洪钧问:"他都没说安排咱们先去楼上的会客室等着?"

菲比摇了摇头,说:"真怪了,都约好了的,刚才也没说要开会啊。"

洪钧笑了笑说:"人家不是说了嘛,周副总刚通知的。你觉得是真的吗?"

菲比又摇了摇头,像是自言自语似的说:"不像,他是故意不想见咱们。如果真是突然要开会,他肯定刚才会主动打电话告诉咱们,而且他应该下来和咱们打个招呼。"

洪钧用赞赏的目光看着菲比,点了点头说:"嗯,有道理。只是有一点不太准确。"洪钧看见菲比歪着头在等着,就接着说:"他不是故意不想见咱们,而是不想见我,不包括你,如果你一个人来,他肯定下来见了。嗯,也不是不想见我,而是不想这么轻易地就见我。"

菲比一听就嚷了起来:"凭什么呀?"她立刻意识到自己的嗓门太大了,因为前台的两个接待员都看着她,她一边吐了下舌头,一边缩了下脖子,小声说:"他不就是个小主任吗?我都觉得你不用专门见他,他还摆什么谱啊。"

洪钧笑了,说:"我起初也是这么想的,我洪钧专门来见你孙主任,你还不立刻来见?看来是我错了。首先,前天约他的那个电话应该我自己打,而不是由你来打,而且,刚才我应该主动接过你的手机和他说话。你知道吗?越是咱们认为是小人物的,他们越不希望被咱们看作是小人物。我以前在 ICE 的时候都是越过他直接见他的老板,他心里就已经不舒服了,现在我来维西尔得从头开始拜山门,他还不趁此机会摆摆谱过过瘾?"

菲比撇着嘴,一脸不屑,说:"那咱们怎么办?真这么等着?还是回去吧,下次再来,他让咱们白跑一趟,也应该可以满意了吧。"

洪钧摇了摇头,说:"不回去,不然下次再来又得把今天这些重来一次,而且又耽误了几天的工夫。咱们就在这儿等,再等半小时,等到十一点的时候我给他打电话。我今天不仅要满足他的虚荣心,还要满足他的虐待狂心理,我要让他彻底满意一回。"

时间一分一秒地向前挪着,洪钧和菲比各自看手表的时间间隔也越来越短了,起初每看一次手表,表都往前走个五、六分钟,后来每看一次,才走个两、三分钟,而且,他们都觉得这时候的手表表盘可真难看啊，两个指针就像是两根枯树杈，怎么摆怎么不是地方。

洪钧和菲比都把整个前厅扫了好几遍了，的确是没有一张椅子，洪钧甚至在想会不会是姓孙的昨天特意把椅子挪走了，心里骂着："姓孙的，真够孙子的。"

前台里的两个接待小姐也看着洪钧和菲比觉得奇怪，早早地填了访客单，可是就见着给楼上打电话，却见不着人下来接，而且还坚持着不走，开始时眼光里满是狐疑，慢慢地也多了份同情。

洪钧最不习惯于站太久了，可是现在他又不能在人家的前厅四处走动，也不能大庭广众之下舒展腰腿，只能小范围地挪着地方，慢慢地晃着腰算是活动活动。

两个人不约而同地又看了一眼表，立刻不约而同地看着对方，笑了一下，十一点到了。

洪钧让菲比用手机拨了孙主任的座机号码，然后接过手机放到耳边，通了，里面传出孙主任的声音："喂，哪里？"

洪钧说："孙主任，我洪钧啊，以前在ICE，现在来维西尔了，这不是专门向您报到来了吗？"

孙主任立刻故作惊讶地说："哎呀，洪总啊，你们不是回去了吗？我刚才是个很急的会。我还以为你们已经回去了呢，看这事闹的，怪我怪我，还在楼下呢吗？"

洪钧笑着，而且故意让孙主任听得到他的笑声，爽朗地说："没事没事，我就知道这种很急的会都不会太长，等一下没关系。您那么忙，下次再想抓您的时间就更难了，我干脆来个死皮赖脸，今天非见着您这位真佛不可。"

孙主任忙说："哎呀哎呀，我能有什么事？你有事电话里和我讲一声就行了，哎呀，别说了，我马上下来接你们。对了，你都等这么长时间了，看来中午也没什么安排吧，我叫他们准备一下工作餐，就在这儿吃了。你等我一分钟，我马上下来。"

洪钧挂上电话，把手机还给菲比，笑着说："怎么样？没白等吧？这下马威来得值，人家已经答应管饭了。"

菲比也笑了，说："谁稀罕。他足足晾了咱们一个小时。"

洪钧认真地说："希望中午吃饭的时候只有他一个人陪咱们吃，那样的话，我保证这顿饭以后，让他孙主任成为咱们的办公室主任。"

第十一章

还是那张大班台,还是那张高背椅,但这个房间的主人已经不再是洪钧,而是俞威了。

俞威已经在这间办公室里坐了几天,早已没有最初的新奇感,但他还是老觉得在这房间里左右都不自在。最初两天他还以为是因为皮特也在这间办公室里,就坐在他对面的缘故,可是专程从新加坡来北京的皮特,在将新到任的俞威正式介绍给ICE公司的全体同事之后,只呆了一天就飞走了。俞威觉得有些遗憾,因为他曾以为皮特会在北京搞一个媒体见面会,让他有机会高调对外亮相,结果皮特只在公司内部开了个会,俞威这位ICE中国公司的首席代表就这样悄无声息地上任了。皮特走了以后,俞威开始明白他为什么在这间房间里总感觉不舒服了,因为这是洪钧曾经用过的办公室。俞威总觉得洪钧的影子在周围晃悠着,他真想换个房间,或者把这个房间里的"洪钧时期"的家具、摆设全换掉,可他最终还是忍住了。ICE公司里洪钧的影子、洪钧的烙印无处不在,他首先要消除掉的洪钧的"余孽"太多了,而且远比这些桌椅、陈设重要得多。

办公室的门开着,小谭出现在门口,举起手轻轻敲了下门框,其实即使他不这么做,俞威也已经知道他到了。俞威刚才给前台的简打了电话,让她叫小谭来一下,这时候正盯着门口等着他来呢。

小谭看到俞威正看着自己,笑了一下说:"俞总,您找我?"

俞威也笑着，一边招手示意小谭进来坐下，一边说："是啊，想问你现在有没有空，想和你聊聊。"

小谭坐下了，忙说："有空啊，您找我我哪儿能没空啊。我还想好好找您聊聊呢，我是怕您没空。"

俞威笑了，小谭的这些话让他听着舒服，虽然他不相信小谭在心里真对自己这么服帖，但起码他嘴上的这种态度让俞威觉得受用。俞威一再告诫自己不要满足于这些表面的东西，但他现在的确爱听顺耳的话，他情绪好了很多，问小谭："哟，那好啊，那就你先说，你想和我聊什么？"

小谭也笑着，显然两人都想让这场初次谈话能够始终在亲切友好的气氛中进行，他说："我还能找您说什么？说项目的事呗，我手上现在正跟着的几个项目，都想向您汇报一下，而且都还要靠您亲自出马支持呢。"

俞威其实并不着急谈什么项目，可是小谭来找他汇报项目上的事是顺理成章的，他只好说："唔，好啊，我也很想听听现在的项目情况都怎么样，我可还指望你这个大 sales 给我抱个大单回来呢。"

小谭做了这么久的销售，脸皮已经很厚了，可居然被俞威最后这句话弄得脸微微红了，因为他很清楚，丢了合智集团的项目，他今年到现在的业绩其实很不怎么样。小谭镇静了一下，硬着头皮说："其实我现在跟的项目里面，重要的就是普发集团的项目，应该会是个百万美元以上的单子，已经跟了也快一年了，感觉还行，争取年底能拿下吧。您以前在科曼肯定也和普发接触过，所以项目的情况您肯定挺清楚的，我就是想听听您的意思，这项目挺关键，现在又到了关键的时候，您得拿主意啊。"

俞威知道小谭自从输掉合智集团的合同以后日子就不好过，加上洪钧离开了 ICE，他简直有些像个没娘的孩子了。而俞威也知道小谭做销售是很用心的，肯花力气，手下还带着几个销售代表，也算是 ICE 的中坚力量了，所以，俞威才下决心要搞定小谭，把他从洪钧的旧将变为自己的心腹。俞威很有信心，因为他觉得现在小谭正是需要重新找个主心骨的时候，小谭一定很需要归属感。

俞威翘着二郎腿，双手放在脑后，很随意地说："说实话，我自己和普发的人接触还真不多，前一阵子心思都花在合智项目上了，净和他们泡在一起。"俞威注意到，小谭一听到合智这两个字脸就又红了。俞威心里很惬意，他最大的快乐莫过于找出他所面对的人的痛处。

第十一章

俞威停顿了一下,观察着小谭的反应,见小谭无话可说,俞威便接着说:"那你说说普发的情况,形势怎么样?下一步咱们怎么做比较好?"俞威觉得自己真是大人有大量,既然已经看够了小谭的尴尬和狼狈,便很大度地换了话题。

小谭好像在心里也暗暗地舒了一口气,把身子挺了挺,开始说普发的事:"普发这项目,估计还是这三家争,ICE、科曼和维西尔,国内做企业管理软件的几家公司机会都不大,咱们不用在意他们。您刚才说科曼以前跟这个项目跟得不紧,现在您又来了 ICE,他们估计现在正乱着呢,肯定力不从心。洪总现在去了维西尔,他……"

小谭正说着,已经被俞威猛地抬了一下手,打住了他的话头。俞威笑着问小谭:"你说洪钧去维西尔了,你现在和他联系多吗?"

小谭感觉脑子里乱乱的,俞威的微笑更让他觉得心里没底。他刚才说到俞威"来了 ICE"的时候,已经自己乱了阵脚,他不知道是说俞威"离开了科曼"好呢还是"来了 ICE"好,虽说看来是明摆着的一回事,可小谭觉得怎么说都不好,一个下属当着老板的面来描述老板工作的变化,的确怎么描述都不合适,因为这本来就不是下属该提的事。而且,当他说到"科曼正乱着呢",也生怕俞威有什么不好的感觉,是啊,说俞威一走科曼就乱了,到底是夸俞威是顶梁柱,科曼离开他就乱了?还是暗指俞威不地道,置老东家于不顾就一甩手走人?小谭正乱着,被俞威打断了这么一问,愣住了,才意识到是自己话里把洪钧带出来了,而且还是称的"洪总"。

小谭加倍地小心,尽量轻描淡写地说:"从洪钧离开 ICE 以后就一直没怎么联系,前几天想起来了,打个电话,结果他说在新加坡呢,我问是去玩儿吗?他说是开会,他到维西尔去了,我这才知道。"

俞威一听,沉吟了一下,怎么是去开会?他想起来上次在嘉里中心迎面撞见洪钧的时候,洪钧说是去新加坡培训的,便像是随口问了一句:"唔,他去维西尔了,坐什么位子?"

小谭回答说:"我也不是很清楚,好像是负责他们北方区的销售吧。"

俞威心里舒坦了下来,原来洪钧不过是在维西尔做个地区主管,看来是随便找个地方混口饭吃罢了,想到这儿,俞威居然对洪钧产生了一丝怜悯,他也搞不清楚是因为自己岁数大了心变软了,还是有些兔死狐悲。

俞威不想看着小谭这么拘束，他希望看到小谭真实的一面，便笑着说："刚才说到哪儿啦？维西尔，对，你觉得普发项目上咱们形势不错？"

小谭再一次定了定神，集中精力，还是说他喜欢说的项目让他觉得轻松些，他接着刚才的话头说："我觉得维西尔应该机会也不大，他们盯普发项目的是个女孩儿，太嫩了，一直和客户尤其是高层没把关系做透，都只是在表面上客客气气的。您如果有时间，我把普发的几个关键人物的情况给您介绍一下，主要说说我和他们每个人沟通的情况。"

俞威开始有些喜欢甚至欣赏面前的这个小谭了，他一听小谭上来就要逐个分析普发集团里每个关键人物的情况，就觉得他是个不错的销售。销售，就是做人的工作，看来小谭真正明白这一点。

俞威笑着，特意让小谭看到自己对他的满意，说："好啊，我就想听这些。对了，时间怎么样？你刚才说年底，那还剩两个月，时间挺紧的啊。"

小谭的心情也轻松起来，说："是啊，这么大的项目，两个月里得做好多事呢，所以想好好听听您的意思，怎么样争取不要在最后关头忙中出错、功亏一篑。"

俞威想都没想，就脱口而出说了四个字："趁热打铁！"他说完顿了一下，看了眼小谭，接着说："洪钧去了维西尔，他肯定也清楚普发的情况，他以前和普发的人肯定也有些关系，所以我们要抢时间，越早让客户下决心，我们就越有把握。"

俞威拿起桌上的水杯，很轻，发现里面已经没有水了。他便按了桌上内线电话的免提键，拨了前台简的号码，等简一接起电话，就对着电话大声说："简，给我倒杯水。"听到简答应了，便又按了下免提键，挂了电话。

俞威想在听小谭详谈普发的那些客户之前，随便聊些别的，聊些他原本叫小谭来时想谈的，便和颜悦色地说："小谭，刚才说到洪钧，你在他下面做了挺长时间了吧？"

小谭随口应道："两年多一点儿。"

俞威说："哦，感觉怎么样？"

小谭有点摸不着头脑，便愣愣地问："您是说……什么怎么样？"

俞威笑了："没什么，就是你和他合作得怎么样？你和他关系怎么样？你觉得他这个人怎么样？"

第十一章

　　小谭的神经又绷紧了，可他觉得自己神经越绷紧脑子却越不够用。正好，简在这个时候进来给俞威的水杯里倒水，他正好可以利用这宝贵的片刻时间思考一下应该如何作答。可是，这宝贵的片刻很快就过去了，简显然一秒钟都不想在这间办公室里多呆，倒了水就转身出去了，又剩下了小谭和俞威两个人。小谭不敢拖到让俞威追问自己，就只好说了，就像开车不久的新手，忽然发现面前的路上有个坑，但也不知道该怎么办，干脆就这么开过去，同时把眼睛一闭。

　　小谭说："觉得他人挺好，一直挺帮我的，销售上，项目上，我是跟他学了不少东西。"说到这儿，小谭停了一下，看着俞威的反应。小谭心里盘算着，总不能说洪钧什么坏话吧？虽说俞威和洪钧从朋友变成了对手，可毕竟不能说前任老板的坏话，因为现任老板没准儿会推断自己将来也会说他的坏话呢。

　　小谭见俞威没有要说话的意思，而是平静地看着自己，看样子是要听自己接着说，便说："关系嘛，就是老板和下属的关系，一般吧。"

　　听到这儿，俞威觉得都很满意，他开始觉得这个小谭不仅有希望被俞威"收编"的主观愿望，也有实际行动。俞威想再多了解一些，便问了个更直截了当的问题："洪钧到底是因为什么离开 ICE 的？"稍微顿了一下，又补充了一句："方便吗？你要是不方便说也没关系。"

　　小谭惴惴地说："您来的时候，Peter 没和您说过他走的事？"

　　俞威很喜欢看到小谭面对自己这种忐忑不安的神情，笑着说："Peter 就提了一句，因为洪钧在业务上有重大过失，给 ICE 公司造成了重大损失，所以终止了和他的合同。我是想私下里问问你，具体有些什么情况？"

　　小谭脑子里又乱了，只好说："就是因为合智集团那个项目。当时我们以为合智真要和我们签合同了，Peter 专门来北京，他也肯定已经先向我们在旧金山的总部报了喜，结果我们不是被合智和你们……嗯，合智和科曼……给骗了吗？Peter 觉得下不了台，后来听说他本来是想让洪钧把我给开掉的，结果洪钧不肯，他说他来负责，Peter 就把他给开了。"

　　俞威开始觉得不快了，他冷着脸问了一句："是洪钧自己告诉你的？"

　　小谭就像开车时本来想刹车却一脚踩在了油门上，他已经不知道自己在说什么了："他什么也没跟我说，是公司里大家瞎聊的时候别人说的，我听了一想，觉得的确是这么回事。所以我觉得洪钧这老板真不错，他替我扛了事，还不肯告诉我。"

小谭嘴上说完了，心里也沉了下来，他原本是不想说这些的，他也真想和俞威这位新老板搞好关系，做销售嘛，一个接一个项目做着，签单拿钱就行了，管谁是自己的老板呢？小谭也不知道是怎么了，是因为自己真的对洪钧心存感激，才这样不顾一切地脱口而出？还是因为俞威有种魔力，让自己无法隐瞒、憋不住要实话实说？现在反正已经都吐露出来了，小谭就摆出一副死猪不怕开水烫的架势，等着俞威发话了。

俞威脑子里转得飞快，在短短的片刻之间已经想了很多东西，他已经不喜欢小谭了，甚至觉得有些厌恶。俞威向来是鄙夷那些知恩图报的人的，他自己从来不去花心思记住别人对他的什么恩惠，因为他认为一切都是他自己努力争取的结果；他也从来不指望别人记住曾受过他的什么恩惠，在他看来，一切都是利益交换、两厢情愿罢了，谁也不欠谁，都只是生意而已，没有什么恩情二字可言。

俞威之前想到了小谭可能对洪钧是有些情谊的，毕竟他们俩曾在一个战壕里打过仗，但俞威没想到小谭居然把洪钧视为恩人，这让俞威瞧不起。俞威希望小谭对自己心存畏惧，也希望小谭有求于自己，他觉得这样才能很好地笼络住小谭，因为利益纽带是实实在在的，但他没想过要给小谭什么恩情，他觉得累，也觉得恩情这东西是最容易被"清零"的，最靠不住。

而让俞威更感意外的是小谭居然如此没有城府，三问两问就把心里话给套出来了，俞威觉得小谭简直没有一点政治头脑，除了知道做销售挣钱之外，对政治毫无感觉、不知利害。俞威盘算着，如果自己手下的干将都是这样的家伙，当自己需要他们的时候，恐怕他们一个也立不起来。想到这儿，俞威忽然又想到了洪钧，洪钧苦心经营了三年的ICE，手下怎么是这样的人，难怪在关键时刻只得自己一走了之。俞威在心里叹了口气，居然有些同情起洪钧来了。

俞威打定了主意，这个小谭只知道打打杀杀，最多是个跑腿的角色，对自己不可能有太大的用处。他已经在以他自己为中心的一组同心圆中，把小谭划到了最外圈，既然对小谭没了兴趣，俞威也就立刻没了情绪，不想再和小谭聊普发的事。

但是，俞威立刻又想到了更深的一层：看来也不能再把这个小谭放到重要的战场上去了。俞威已经知道普发项目的分量，而且看来又是要和洪钧有一场较量，万一小谭在项目上演一出华容道，像关羽放走曹操

第十一章

一样对洪钧网开一面，普发的形势可就难料了。想到这儿，俞威定了定神，看来这个普发项目，一定要自己亲自上阵了。

于是，他的脸上又出现了轻松的笑容，摆着手说："哦，这样啊，咳，我也是好奇，都是过去的事，没工夫再闲扯了，我看咱们还是聊正事。"说着，俞威把桌上的一摞空白的 A4 大小的纸推到小谭面前，在上面放上自己的万宝龙签字笔，接着说："这样，你边说边画，把普发的组织结构图画出来，再一个人一个人地把你和他们接触的情况都详细说说，我也好好听听。"

小谭没想到俞威居然对自己刚才的话什么也没提，像什么也没发生一样，就松了口气，觉得俞威看来和自己一样，都是一心只关心着普发这个大项目，便立刻来了精神，咽了口唾沫，如数家珍一般地开始介绍他和普发集团的那些关键人物以往沟通的情况。他根本没有想到，他已经在按照俞威的期望，开始向俞威交接普发项目最核心的东西了。

普发集团总部的那座八层大楼的第八层，被电梯间无形之中从中间分成了两个区域，一边是普发的老总们各自的办公室，普发集团的董事长金总的办公室就在走廊最深处的那一端；另一边是几个大大小小的会议室，位于走廊的尽头和金总的办公室大门遥遥相对的是最大的一间会议室。此刻，在这间最大的会议室里，维西尔公司正在向普发集团介绍着他们的软件解决方案。

洪钧坐在会议室前部的侧面，一面听着菲比在中间的台子上做介绍，一面打量着会议室和里面坐着的人。这间会议室够大的，足足能容纳一百多人，是个很规矩的长方形，前面主席台的位置放着张桌子，菲比的笔记本电脑连着投影仪都放在桌子上，投影直接打到墙面上，墙上在投影位置的上方贴着八个大字："团结"、"奋进"、"求实"、"创新"，洪钧能判断出这些字都已经有些年头了。洪钧和一起来的工程师肖彬坐在旁边的两把椅子上，在他们的对面，主席台的另一侧，放着张黑板，上面用粉笔草草写着"维西尔公司软件产品研讨会"，看来是刚写上去，显然也将会很快就被擦掉。听众席是一排排的长桌和椅子，最后一排椅子后面的墙上，贴着两排大字："学习三个代表 实践三个代表"、"开创普发集团建设的新局面"，洪钧相信这些字是才贴上去不久的。

会议室里除了洪钧他们三个维西尔的人，其他二十多个人都是普发的，其中只有几个人没有穿普发统一的蓝色制服，其余的都是一色的蓝精灵,一眼就知道是"小喽罗",洪钧的注意力自然全放在蓝精灵以外的那几个人身上。前几排桌椅都空着,后几排桌椅也都空着,二十几个人都挤在中间那几排,结果形成了一幅可笑的场景,偌大的会议室只坐了不多的人,还分成了两个区域,洪钧他们被孤零零地晾在前面,面前是几排像隔离带一样的空桌椅。

　　洪钧在心里苦笑,这也是没有办法。开讲之前菲比就像是走江湖耍把式的人一样,一个个拉着普发的人往前面坐,可是蓝精灵们好像都腼腆了起来,都只肯远远地坐下看着。菲比在搞这个研讨会之前就有情绪,她不明白洪钧为什么非要在项目的后期还搞这种初步接触时才搞的销售活动。其实洪钧也是不得已,他是要"拖",他就是要用这种在项目早期软件厂商初次在客户面前亮相时常搞的活动,来冲淡普发的人脑子里那种项目已接近尾声的意识,让普发的人觉得还有很多工作没有做完,不能急于拍板定案。

　　别说菲比有情绪,普发集团项目组的人也有情绪,多亏了普发的孙主任,否则洪钧连这次研讨会都开不成。洪钧亲自向孙主任解释,维西尔和普发接触了这么久,还没有一次正式地把想讲的话都讲到,让该听的人都听到,还没有让普发项目组的每个人都能对维西尔公司和维西尔的产品有个全面准确地了解,请孙主任帮忙成全。孙主任还真帮忙,连拉带哄地把软件选型项目组的人都叫齐了,只是他自己在最后一刻找了个借口溜了。洪钧并不在意孙主任此刻在不在场,因为他的价值就在于"召集"而不是"出席"会议。

　　台上的菲比手里拿着个激光笔,在墙面的投影上打出一个亮晶晶的红色圆点,在投影的字里行间比划着。她穿着一套正装,棕色的上衣和裤子,上衣翻开的领口上别着个胸花。菲比说话的语速虽然比较快,但是字正腔圆,让人觉得很入耳,她说:"这种业务流程正是由我们维西尔公司最早在一九八几年的时候就开始在软件中加以实现的,这才使这个业务流程得以被广大的企业用户所采用,其他几家软件公司后来也都模仿我们,也在他们的软件中加进了这些功能,实际上,就连他们自己也都承认,维西尔软件中包含的这种业务模式已经成为了业界的标准。"

　　刚说到这儿,听众中有人举起了手,所有人的目光立刻都投向了这个人。这是个四十多岁的中年男人,位于普发那帮人的最前面,实际上那一排只有他一个人,他侧身坐在靠墙的一把椅子上,穿着一身皱皱巴

第十一章

巴的西服，没打领带，翘着二郎腿，脚上的皮鞋也早该擦了，瘦瘦的，戴着眼镜。因为是侧身坐着，所以一个胳膊搭在自己的桌子上，另一个胳膊搭在后面的桌子上，他可以看到会议室里的所有人，而此刻所有人也都在看着他，他的座位俨然成了主席台了。洪钧认出来了，他姓姚，是普发集团信息中心的主任，但他不喜欢别人叫他姚主任，好像在他的姓后面带个官衔是对他的侮辱，所以大家都叫他姚工。

姚工的眼睛看一下菲比，又看一下洪钧，然后慢条斯理地说："刘小姐，好像有人说咱们的易经和八卦是最早的二进制，还说所以是咱们中国人最早发明计算机的原型的。可是呢，事到如今我们还不是只能买你们这些外国软件？你们还不是都跑到外国的软件公司打工去了？当年中国人还最先发明了火药呢，不照样被洋枪洋炮害惨了。所以啊，就算真是你们最先做的，也不一定就是最好的，你就别提当年了，还是就讲讲现在吧。"

菲比的脸红了，又慢慢地变白，比平时的白好像更白了几分，没有任何血色了，她原本举着激光笔的手也僵在那里，但她马上意识到了，便放下手，关掉激光笔的光束，看着姚工，又转过头来看着洪钧，眼睛里流露出求助的神情。

洪钧心里明白，这个时候菲比如果能够轻松地把姚工冒出来的这些话一带而过，接着该讲什么还讲什么，其实这个小插曲也就到此为止，波澜过后很快会恢复平静的，也不会有谁去真正在意。但现在看来，菲比有些像是被打懵了，根本不知如何应对，真成了"下不了台"。洪钧想这肯定是因为菲比从未在大庭广众之下被什么人这样抢白、调侃过，便只好亲自出马了。

洪钧站起身，看着姚工，笑着说："刚才姚工的话挺有意思啊，我现在还在回味呢。"然后便转向普发的众人，仍然面带微笑，接着说："其实啊，我们这些中国人之所以到外国的软件公司工作，就是去教外国人应该怎么样在中国做软件，要不然老外们不懂啊。"

普发的蓝精灵们有几个笑了起来，气氛变得轻松了一些。洪钧接着便转过头，依然笑着，对菲比说："这样，下面你把维西尔在国内做的几个典型项目的情况给大家介绍一下。"说完就坐了下来。

菲比立刻回过神来，脸上也露出轻松的笑容，把笔记本电脑上的讲解文件迅速往后翻了几页，就开始讲维西尔公司的成功案例了。

这场研讨会总算结束了，蓝精灵们一哄而散出了会议室，有几个级别高的没穿统一制服的人走上前来与洪钧、菲比和肖彬握手告别，姚工站起身，冲洪钧笑着，挥了挥手，然后转身走了出去。

洪钧等着菲比和肖彬把东西收拾好，然后三个人各自提着一个电脑包，走进了电梯。菲比按了"1"层，等电梯门刚关上，就长出了一口气说："哎哟，快噎死我了。他怎么回事啊？我还从来没被谁这么噎过。"

洪钧微笑着看着菲比，没说什么。菲比接着说："老洪，这姚工你以前打过交道吗？他怎么是这么个人呐？"

这时，电梯到了六层，停了，进来两个蓝精灵。洪钧便转过头，不看菲比，而是盯着电梯门上方变动着的楼层数字。菲比又问了句："哎，你说呀。"

洪钧仍然仰头看着别处，嘴上说了句："现在打车，路上肯定堵啊。"

菲比愣着，瞪着眼睛，直到电梯到了一层大家走出电梯，没再说话。

走下普发大楼那段宏伟的台阶，还没走到楼前的街上，菲比刚要扬手招呼排队等在街边的出租车，洪钧却把她的胳膊按住了，说："不要这些等候的，到对面截过路的车。"

菲比和肖彬都丈二和尚摸不着头脑，只好跟着洪钧穿过马路走到街对面。三个人站定了，洪钧才对菲比说："菲比，以后记住啊，在电梯里，尤其是有客户公司的人在的时候，不管你认不认识，别说项目的事，要说也只能说些无关的话。"他顿了一下，想起了什么，又说："对了，还有，不要打普发门口排队的出租车。像普发这种大单位，独门独户，不少在门口等活儿的出租车都是长年在这儿趴着，长年拉这个单位的人，都快成普发内部的司机了。这帮的哥无孔不入，消息灵通，嘴也快得很，咱们上了他们的车，我是一句话都不敢说，谁知道他听了会和谁说去。"

菲比一边听一边点头，情绪好了很多，笑着说："老板，佩服啊。"

这时，远处开过来一辆红色的夏利出租车，肖彬刚要扬手，又被洪钧按住了，洪钧说："别打夏利了，至少拦个每公里一块六的啊。"

菲比笑着对肖彬说："就是，你不知道给老板打一辆高级点的？想替公司省钱啊？"

肖彬红着脸，不知道该说什么，正好又来了一辆捷达，他便看着洪钧，不知道该不该招手拦车。洪钧笑了，说："就是它了。在客户门口，坐个好点儿的车形象好些，咱们三个也可以舒服一点儿。"

捷达车停在面前，肖彬坐在了司机旁边的副驾驶位置，洪钧和菲比坐

第十一章

在后座,菲比一坐下就冲着司机说:"喂,你认识普发集团的什么人吗?"

车里连司机在内的三个男人都愣住了,司机从后视镜里看了眼菲比,确定她是在问自己,便嘟囔着说:"普发?做什么的?不认识。"

菲比便说:"那行,没事,开你的车吧。"然后转过头来,冲洪钧做个怪脸说:"好啦,怎么样?现在可以说了吧?"

洪钧这才明白她闹的什么花样,被她逗笑了,说:"怎么?现在不觉得噎得慌了?"

菲比一噘嘴说:"谁说的?我还记着呢,要不怎么急着问你。你说,这个姚工是不是已经被ICE搞定了?你和小谭当初早就把他变成ICE的人了吧?也太赤裸裸了,明目张胆地攻击咱们。"

洪钧的神情变得严肃起来,转过脸看着坐在旁边的菲比说:"菲比,不能用这种思维方式,尤其不能轻易下结论。我可以告诉你,姚工不是ICE的人,我从ICE来,我知道这一点。但是,我要对你说的是,千万不能简单地在客户里划一条线,一种是支持我们的人,一种是反对我们的人,就像不能把人简单地分为好人坏人一样,尤其不能只看到表面现象就轻易下结论。其实,咬人的狗是不叫的,恰恰要提防对咱们很客气、始终对咱们微笑的人,因为真正反对咱们的人是不会当面对咱们亮相、摊牌的。像姚工这样,如果仅仅因为他没说咱们的好话,就把他定为反对咱们的人,这样反而会把他推到竞争对手的阵营里去。"

菲比一直静静地听着,显然这些话都说到了她心里,但她嘴上仍然犟着:"他哪儿只是没说好话啊?他简直就是给了我一个大耳光,我还得笑着,我可是个女孩子啊,想起来就恐怖。"

洪钧笑了,拍了一下前排肖彬的座椅靠背,说:"什么意思?对我们男的随便打耳光就没事?"

菲比嘟囔着说:"谁说了?你自己瞎想。那你说,姚工这家伙怎么对付?不理他?"

洪钧摇着头说:"不,一定要理。依我看,姚工好像有些玩世不恭,而且没有太深的城府,又是做技术出身,有些书生气,性格比较直、比较倔。这种人,大家都会公认他是比较正的人,不容易被利益所打动,很难收买,所以,他的观点往往会被大家所重视,因为大家都觉得他不会存着私心。如果他在最后讨论拍板的时候说的话对咱们不利,真正反对咱们的人就会利用他的话大做文章。"

菲比听到这儿，撇着嘴说："这个家伙，一看就是油盐不进、软硬不吃的家伙，怎么做他的工作？"

洪钧立刻说："哎，这点你算说对了。对姚工，要攻心为上。如果咱们能和他聊得投机，让他觉得遇到了知音，他就会真把咱们当作朋友，到时候，不用咱们说话，他都会主动帮助咱们，而且不会要任何回报。"

菲比笑了，说："那也太理想了，我看够呛，还是你负责搞定他吧。"

洪钧也笑着说："我来就我来，这样，你负责把情况搞清楚，我要知道他有什么样的爱好，不是那种物质上的，他一定有某种精神上的追求，让他痴迷让他陶醉的。"

洪钧三个人回到维西尔公司所在的写字楼，出了十八层的电梯，拐弯抹角进了维西尔的办公室，洪钧现在已经可以闭着眼睛从电梯口径直摸到自己的小房间了。

洪钧在门口对菲比说："你赶紧了解一下我刚才让你问的事，有结果马上告诉我。"

菲比笑着点了点头，转身就往自己的座位走去。洪钧却又叫住她："哎，菲比，卸磨杀驴啊？人家肖彬辛苦了半天，你连句'谢谢'也没有？"

菲比忙转回身，蹦到洪钧和肖彬旁边，先冲肖彬敬了个礼，又握着肖彬的手说："谢谢了啊，你今天讲得很好，普发的人都问不出什么问题来。我是因为你是我的死党，所以觉得就不用和你客气了，既然老板说了，我就谢谢你，呵呵。"

说完，她又转过脸冲洪钧说："我就不用谢你了吧？你帮我做什么都是应该的哟，谁让你是我老板呢。"

然后，菲比就把洪钧和肖彬晾在身后，向自己的座位走去。洪钧和肖彬互相看着，肖彬满脸通红，半天才小声说："那，洪总，没什么事我先干活去了。"

洪钧笑着，拍了拍肖彬的肩膀，说："辛苦了啊。"然后走进自己狭小的房间。

洪钧心里苦笑，其实他对肖彬刚才在普发做的产品和技术介绍并不满意，菲比夸的那句"普发的人都问不出什么问题来"恰恰是让洪钧觉得效果不好的地方，肖彬的介绍，平淡而无味，都是从维西尔公司的角度出发，没有站在客户的角度去讲客户关心的东西，难怪引不起普发的

第十一章

人的任何共鸣。但洪钧也清楚,肖彬已经尽了力了,他是不知道什么样的讲演才是出色的讲演,因为他从来没见识过。

洪钧拿起桌上的内线电话,拨了李龙伟的分机号码,听到对方接起了电话,就说:"龙伟吗?我是洪钧。你现在有时间吗?哦,那正好。你来一下吧,和你说些事。"

洪钧放下电话,等了一会儿,李龙伟才出现在门口,望着洪钧。洪钧笑着请李龙伟进来坐下,看着李龙伟一副忐忑而戒备的样子,便开门见山地说:"龙伟,没别的事,是我想请你出马,帮帮菲比普发那个项目。"

李龙伟诧异地看着洪钧,半天才说了一个字:"我?……"

洪钧笑着解释:"是啊,普发项目很关键,售前支持、技术方案,还有以后可能会搞的投标,要做的事很多,可现在的人手不够,实力也弱啊。所以我想请你来,和菲比一起商量商量普发的项目,也请你出出主意、出出力。"

李龙伟听得很明白,可还是觉得突然,便说:"哦,可我以前一直没参与过普发这个项目,不好一下子介入进来吧?"

洪钧的语气变得坚决起来,不容置疑地说:"龙伟,咱们就这么几个人,这么小的团队,就不用分那么多彼此了吧?你现在来了,不就是开始参与了吗?"

李龙伟只好嘟囔了一句:"那,我就先听听。"

洪钧笑了,刚伸手去拿桌上的电话,想叫菲比来一起讨论,菲比已经风风火火地跑了进来,看见李龙伟坐在洪钧面前,先是愣了一下,立刻便径自朝洪钧说开了:"老洪,我打听出来了。你真说对了,那个姚工还真有个爱好,你猜是什么?他喜欢研究历史,尤其是明朝的历史。"

洪钧笑了,先示意菲比把门关上,然后对菲比说:"正好要找你来呢,我想让你给龙伟介绍一下普发项目的情况。"

菲比愣住了,觉得很奇怪,便问:"我刚才说的你听见了吗?"

洪钧回答:"听见了,全听见了。麻烦你先去拿张椅子进来,再去把你那个宝贝文件夹也拿来,咱们讨论项目。"最后,他又补了一句:"另外,你赶紧约普发信息中心的人,咱们和他们一起吃个饭,记住,别人可以不来,但姚工必须来。"

菲比笑了,她听见洪钧最后这句话,又看到洪钧一脸自信的笑容,她知道洪钧已经有了主意。

第十二章

北四环外面，离普发集团大楼大约几站地之遥，是一条餐饮街，各种风味的餐馆比肩接踵，粤菜海鲜、湖北炖菜、京味烤鸭、重庆火锅等等，还有一家韩国烧烤和一家日本料理。其实，不仅是这条街上有各种风味，就连每家餐馆里也都有各种风味了，打的牌子只是块招牌，餐馆必须照顾到所有进门食客的口味，所以，在湖北馆子里可以点到京酱肉丝，在重庆馆子里可以点到梅菜扣肉，也就不足为奇了。顶级的餐馆和街边的小摊，都可以痛快地对食客说"不"，人们到顶级餐馆只是为了脸面，到街边小摊只是为了果腹，这两种需求其实都好满足，恰恰是中档的饭馆难做，因为还要照顾到食客的各种需求，绝对是不能说"不"的。

洪钧是专门选择了这条街，来安排和普发信息中心几个人的晚饭的，说好了的只是一起吃顿晚饭，而不是晚宴。姚工虽然是信息中心的主任，但信息中心在普发属于技术部门，归总工程师管，是一个二级部门，而不是直接归总经理管，所以姚工属于中层领导，姚工的那些部下，更是重实惠超过重形式，招待中层的人，自然要找中等档次的饭馆了。洪钧理解这些中层干部难当，他也早已体会到做这些中层干部的工作是最难的，因为他们的需求最多最杂。

洪钧选了这条街上那家潮州菜馆，要菲比定了间六个人的包间，普发会来五个人，加上洪钧和菲比共七个人，但洪钧没有要更大的包间，而是要服务员加放了一把椅子和一套餐具，他想和姚工坐得越近越好。

洪钧和菲比刚到包间里坐下没多久，姚工就带着人准时到了。洪钧心里暗想，自己又没猜错，姚工虽然玩世不恭，但一定律己甚严，他不愿意别人挑他的毛病，尤其是不愿意沾上不守时的坏名声。五个人都进了包间，大家都看似随意地坐下了，说是随意，其实规矩都在里面了。姚工并没有虚意客套，大大咧咧地坐在了主位，洪钧尽可能紧挨着姚工坐下，姚工的副主任坐在姚工的另一边，然后是菲比，这四个人是来谈事的，菲比和洪钧之间的另外半圈坐着其他三个人，他们就是来吃饭的。

服务员捧着厚重的菜单，眼睛扫着众人，想判断出来会是哪位负责点菜。菲比伸手接过菜单又转递给姚工，嘴上说着请姚工来点，姚工又是摆手又是摇头，说："我不点我不点，你们谁点都成，点什么我吃什么。"

菲比一只手举着图文并茂、像百科全书似的菜单，眼看举不动了，便用眼睛望着洪钧，洪钧笑着说："菲比，你就点吧。就你一位女士，我们把权力让给你。"

菲比便双手捧着打开的菜单，开始上下搜寻着，很快，便抬头问已站到她身旁的服务员："凉菜先要个卤水鹅掌吧。对了，你这里鹅是怎么做的？烧的还是蒸的？我们几个人要一只烧雁鹅够吗？"

洪钧立刻摆着手说："吃鹅你可别算上我啊，我不吃，你们六个人随意。"

菲比睁大眼睛，诧异地问："来吃潮州菜你不吃鹅呀？"其他人也都奇怪地看着洪钧。

洪钧便不慌不忙地解释说："我脖子后面生了个疖子，本来没事的，这两天忽然又红又肿，弄得我不敢掉以轻心了。鹅肉是发物，我可不敢吃，烧鹅也好，蒸鹅也好，我怕吃了就该像徐达那样完蛋了，你可别学朱元璋逼着我吃蒸鹅啊。"

菲比和其他几个人都有些莫名其妙，菲比也顾不上洪钧的后半句话是什么意思，反正知道洪钧是不愿意吃带"鹅"字的菜了，便低下头继续看着菜单。

姚工一边整理着餐巾，一边很随意地冲旁边的洪钧说了一句："看来你知道这个典故？怎么？你对明史挺有些研究吗？"

洪钧笑着说："什么'研究'啊，我这也就算是一点儿兴趣。上次去南京，还专门去莫愁湖看了胜棋楼，又到太平门外面去看了徐达的墓，明孝陵是以前就去过了。"

第十二章

这时,菲比正在问服务员六个人点一只烧鹅够不够,姚工立刻冲菲比摆着手说:"你这个小刘也真是的,你们洪总不能吃鹅嘛,我们又不是非吃不可,不要点鹅了,那么厚的菜单点什么不好嘛。"

洪钧笑着谢了姚工的好意,菲比红着脸,很快就点完了菜,然后站起身给大家倒茶。

姚工点上烟,深吸了一口,问洪钧:"你是对明史特别有兴趣呢?还是对各代历史都有兴趣?"

洪钧转动着桌上的托盘,把一个烟灰缸移了过来,放在姚工手边,然后说:"我呀,就是个杂家。从小到现在都喜欢历史,那时候是最喜欢看各种演义,《东周列国》呀、《三国演义》呀什么的,后来才慢慢地开始看正史。又到了后来,二十四史一路看下来,岁数也大了,就开始喜欢明史了。"

姚工听到这儿,不再像刚才那样试探,而是直接挑明了说:"不瞒你说,我也喜欢明史,我不知道你是为什么喜欢明史啊,但我知道我是为什么,因为就是在明朝,中国开始比欧洲落后了,后来越落越远。明朝就像是咱们中国历史上的一块疤,我就是喜欢把这块疤揭开来,看看究竟怎么回事,看的时候心里疼啊,我是越看越疼,越疼越看。"

洪钧又一次感到自己的判断是对的,姚工是个性情中人,他活在他自己的精神世界里,洪钧从心里开始喜欢这个姚工了。这时,凉菜上来了,菲比把托盘上的几个菜都转到姚工和他的副主任面前,请他们先动筷子。姚工心不在焉地夹了个卤水鸡蛋放到自己的小盘上,并不马上吃,而是看着洪钧。

洪钧知道姚工在等着听自己说话,便没动筷子,而是立刻说:"呵呵,我和您的出发点有所不同啊,我喜欢看明史,起初是因为明朝是中国历史上唯一的夹在两个少数民族政权之间的朝代,明朝开国是推翻了蒙古族的元朝,最后又把江山送给了满族的清朝,当时觉得这里面有太多的经验教训了,可是这几年我看明史,是越看越自豪,越看越解气。"

姚工好像有些不解,迟疑了一下才说:"解气?我可没觉得,我倒是觉得整个明史就是一本太监史、窝囊史。王振、汪直、刘瑾、魏忠贤,全是太监乱政,就那段郑和七下西洋还算扬眉吐气,结果郑和也是个太监。"

洪钧笑了,一边看着服务员开始往桌上上着热菜,一边说:"姚工,我给您讲个故事啊,是个真事。前几年我有个客户是一家日本的电气公司,有一次和他们社长的翻译一起喝酒。日本人有个特点,喜欢喝酒,而且一喝就醉,这翻译也是,喝了没多少就有点儿不行了。他告诉我,他是在早稻田大学学的汉语,他跟我讲,日本人大多数瞧不起他们这些学汉语的,学英语和法语的受尊重,但是,也有一些人特别赞赏他们这些学汉语的,说他们是在忍辱负重地学习'敌国'语言,将来是会派上大用场、做出大贡献的。这家伙问我,他不理解为什么中国把元朝也算进自己的历史里面,中国不是被蒙古人给灭亡的吗?他还说,在日本,研究元朝历史的人非常多,比中国、蒙古研究元朝的都多,为什么呢?因为日本是蒙古人唯一一个想打而没有打下来的国家,成吉思汗和忽必烈不是号称世界征服者吗?日本人特别自豪,因为只有日本没被他们征服。"

说到这儿,洪钧停了下来,喝了口茶,他忽然意识到包间里鸦雀无声,刚才忙着夹菜的那几个人也都停了下来,姚工也目不转睛地扭着头看着自己,洪钧就接着说:"听他这么讲,我就对他说,我不研究元朝,我研究明朝,因为明朝推翻了元朝,日本只不过是因为一场台风而侥幸躲了过去,而明朝是真正击败了元朝。最后,我又加了一句,我喜欢研究明朝,还因为明朝是中国历史上唯一一个没有自欺欺人地宣扬中日友好,而是坚决地打击日本,并且取得了全面胜利的朝代。"

姚工旁边的副主任忙问:"那个翻译听了以后怎么说?"

洪钧笑了:"他后来已经醉得不行,第二天什么也想不起来了。"

副主任惋惜地说:"哎呀,可惜了,让他记住该多好。"

姚工若有所思,又从烟盒里拿出一支烟,过了一会儿才说:"这倒真是,不管是海战、陆战,还是在浙江福建、朝鲜,最后都是打赢了。嘉靖和万历那两个皇帝都很昏庸,抗倭倒是都挺坚决的。"

这时候,洪钧对面、坐在菲比旁边的一个人说了句:"来,洪总,您尝尝这个,菜胆炒扇贝,挺不错的。"说着,就已经转起了桌上的托盘。

洪钧看了一眼托盘,菜胆炒扇贝刚才正好放在那个人的面前,而洪钧面前的是这桌菜里最贵的焗龙虾,那人把菜胆炒扇贝转过来送到洪钧这里时,就正好把焗龙虾转到了他自己的面前。洪钧心里暗笑着,看来那个家伙是自己急着要吃龙虾,便假借让洪钧吃扇贝的名义,把龙虾"让"到了自己鼻子底下。果然,转着的托盘刚定住,那个家伙就已经迫不及

第十二章

待地把筷子插到龙虾上去了。

洪钧看了一眼姚工,发现姚工正瞪着那个下属,目光中简直充满了厌恶和憎恨。洪钧明白,姚工也一眼看穿了那人的小把戏,看来,姚工很"直",但不"迂",挺聪明的,而且,姚工一定也生气那家伙打断他和洪钧的切磋。

菜已经上齐了,洪钧和姚工都只喝茶,姚工的副手和三个下属喝啤酒,菲比也要了啤酒,喝了大约两杯就不肯喝了,那三个下属开始还想劝菲比接着喝,被姚工训了一句就老实了,三个人互相敬着酒,倒也自得其乐。洪钧觉得,姚工已经把洪钧和菲比当成了自己人,哪怕是在细节上都关照着他们。

接下来,姚工一直在津津乐道地说着明宫三大案,洪钧认真地听,不时加一些自己的评点,插话不多,更没有刚才的那种长篇大论,但都很到位。姚工谈得很开心,基本上没怎么动筷子,烟倒是抽了不少,他好像是寻觅了好久才碰上洪钧这么个知音。

点心和果盘也都上过了,姚工和洪钧还在聊着,那三个人一边用牙签剔着牙一边搭讪着,菲比出去结了账回来,看见她旁边的副主任一个人干坐着,便看了看洪钧,洪钧注意到了,就找了个机会对姚工说:"怎么样?您几位都吃好了吗?要不咱们今天先到这儿,明天都还得上班。"

姚工说:"好啊,不错不错,今天吃得挺开心,你们几个人也吃好了吧?那咱们散了吧。"

大家站起来,走出包间,来到餐厅外面的台阶前,洪钧没开口,他在等着姚工说话。果然,姚工说:"我看这样,你们先走吧,我今天难得和洪总聊得开心,我要和他找个地方再聊聊,你们别管我。"

洪钧猜到了,他就知道姚工意犹未尽,而且,这么不避嫌疑地让所有人都知道他要和洪钧单独留下,也是典型的姚工作风,他不怕别人说三道四,别人也就没什么可说三道四的。

洪钧和姚工站在台阶上,看着菲比在路边叫了出租车,先把副主任和三个下属送走,菲比自己在临离开时冲洪钧挤了下眼睛,洪钧冲她笑了笑,再看一眼旁边的姚工,姚工根本没注意,他已经发现不远处挂着个圆盘形状的霓虹灯,上面是个绿色的"茶"字,便拉起洪钧的胳膊向那家茶馆走去。

直到进了茶馆,直到被服务员领着找了张桌子坐下,姚工拉着洪钧胳膊的手才放开。服务员递过来一个做得像战国竹简一样的茶单，姚工连看也不看，就摆了下手说："就来壶菊花。"然后对着洪钧笑着说："说话说太多了，口干舌燥的，他们几个知道，我从来没说过这么多话的。"

洪钧笑着，他知道姚工想拉着自己接着好好聊那些明朝的事，可是洪钧心里惦记的却是当前普发项目的事，他必须把姚工拉回到现今的世界里来。洪钧先叮嘱服务员替姚工拿一包香烟，等服务员转身走了，就对姚工说："姚工，刚才您提到郑和下西洋，您说那是明朝里面唯一扬眉吐气的事，可我不这么看。"

姚工一脸兴奋，急不可待地等着又开始这一轮新话题，嘴上催促着："嗯，你说你说。"

洪钧接着说："您刚才说，明朝是中国从强盛到衰落的转折点，正是从明朝开始比欧洲落后了，我觉得，郑和下西洋恰恰正是明朝从强盛到衰落的转折点。郑和下西洋，从永乐年间开始，到后来的洪熙，再到后来的宣德年间结束，您肯定知道，明朝的前四帝，不算那个下落不明的建文帝，从朱元璋的洪武到永乐、洪熙、宣德，这祖孙四朝是明朝强盛的时期，后面接着的明英宗就发生了土木堡之变，连皇帝都被蒙古人俘虏了，后来就一直再也没有大的转机，连一次像样的中兴都没有。"

正好服务员端着茶上来，洪钧便停住了，姚工皱着眉头，说："宣德以前的确是强盛，那时候都是在海上就把倭寇给干掉了，倭寇根本上不了岸。可我觉得英宗以后的混乱是由太监专权造成的，如果不是那个王振哄骗英宗亲征，英宗也不会被俘，后面也不会那么乱。"

洪钧先给姚工倒上茶，又给自己倒上，也不让茶，就先喝了一口，说："太监专权，是朝政混乱的根本原因，但朝廷里的政治斗争，还不至于马上影响到整个国家的国力。而郑和下西洋，前后下了七次，把国库都弄空了，倾尽了国家的人力物力，而国家却没有得到任何实质性的好处。明成祖为什么下西洋？主要的目的是为了宣扬明朝的天威，出去转了七圈，四处宣扬老子多强盛，老子多威风，图的是虚荣心的极大满足，造成的是极端的狂妄自大。他的孙子宣德皇帝在郑和最后一次下西洋以后，一算总账就傻眼了，他没想到下一次西洋花这么多钱，更没想到自己已经快成穷光蛋了。"

姚工插了一句："下西洋也做了很多贸易嘛，不能说经济上什么收获也没有。"

第十二章

洪钧笑着说:"郑和的船队本身干的那些事,不能算是做贸易,他给别人的东西叫赏赐,他收别人的东西叫贡奉。跟着郑和屁股后面的一些民间船队倒是做了些贸易,但明朝根本不重视,连像样的海关制度都没有建立起来,所以虽然的确有些人发了财,但国家却是只出不进。这也难怪宣德皇帝后来一怒之下决定再也不下西洋,而且更走极端,最后把郑和的船也烧了,连航海图都给烧了。我估计啊,要不是郑和死在印度,宣德皇帝都会对郑和掘墓鞭尸的。"

姚工没说话,一边喝茶一边琢磨着,洪钧知道火候已到,话题一转,说:"姚工,我现在有个感觉,不知道该讲还是不该讲。"

姚工没抬头,脑子里还在想着洪钧刚才的一番话,嘴上说:"你说你说。"

洪钧沉吟了一下,说:"姚工啊,我感觉,普发现在搞这个软件项目的阵势,怎么有些像郑和下西洋啊?"

姚工一下子抬起头,放下茶碗,直直地看着洪钧,足足看了半分钟,忽然,他的眼睛亮了起来,笑着说:"哎呀,洪钧。哎,对了,以后我就叫你洪钧吧,别老'总'啊'总'的,你也别老'您'啊'您'的了。从开始要搞这个项目,我就总觉得有什么地方不对,可又说不清是什么地方不对,刚才你冷不丁这么一点,我一下子就全明白啦。"

洪钧笑了,他绕了这么大的一个圈子,终于可以直截了当地谈正题了,他立刻接着说:"姚工,那我先说说我的看法,你看和你的感觉一样不一样。普发这次要买企业管理软件,也是只算政治账,没算经济账。普发发展到现在,也是行业里的老大了,不花个几千万人民币上一个软件项目,不买最贵的软件,好像就感觉说不过去似的。实际上,软件是普发买来给自己用的,而不是买来给别人看的。我和普发的一些人聊,发现他们最关心的是同行里都有谁也买了软件了,别人都花了多少钱,别人都打算什么时候上软件项目,可是好像都没有仔细想过,普发自己是不是真应该上软件项目了?买软件究竟为了什么?普发用什么样的软件最合适?"

说到这儿,洪钧停了下来,看着姚工。姚工举起右手,用手指点了一下洪钧,放下了,欲言又止,又举起来点了一下洪钧,又放下了,才说:"你呀,说得太对了,全都太对了。说,你接着说。"

洪钧便趁热打铁,说:"普发的软件项目,是外面看轰轰烈烈,里面看冷冷清清。软件公司、咨询公司、硬件公司像走马灯一样来登普发的门，全世界恨不能都知道普发要上大项目了，普发也没少出去听讲座、参观考察，热闹得很。可是，普发到现在也没有充分论证过为什么要上这个项目，为什么要现在马上买软件，也没有明确定出用了软件以后要达到哪些目标，获得哪些效益。好像到现在普发还没有确定谁是这个项目的负责人吧？也没有一个专职的项目组吧？孙主任只是负责具体协调，不能算是负责人，但没有总负责人，大家都是只参与、不负责，这项目肯定搞不好。说老实话，普发还远远没有做好买软件、上软件的准备，这样就急于买软件，就像郑和下西洋一样，是好大喜功，得不到任何实际收益，买来的软件和硬件最后也都会变成一堆垃圾。姚工，你愿意普发的项目最后落得这样的结果吗？"

姚工神色凝重，胸脯剧烈地起伏着，他在尽量让自己平静下来，这样过了一会儿他说："洪钧，我见了这么多做生意的，直到现在，你是我见过的唯一一个站在我们的立场、替我们考虑的。你说的这些，我们普发很多人根本没考虑，有些可能考虑了，但也觉得和自己没什么关系，反正也不是花自己的钱，就也不提出来，惭愧呀。洪钧，你今天和我说这些，说白了，是你看得起我，咱们今天聊的，我都要讲出去，要讲给每一个人听。我说话虽然不管用，但我还是要说，我要说，不要急着买软件，自己的事情都还没搞清楚呢。"

洪钧忙接上话头说："就是嘛，现在离选定买哪家的软件还早呢，还有很多很重要的工作没做。依我看，应该搞一次正规的招标。首先，要确定标书的内容，这样就可以把为什么买软件，对软件有什么要求，用软件要产生什么效益都明确了。其次，招标就要有领导小组，从写标书到评标，这样就形成了以后的项目组，要想保证项目成功，有一个强有力的专门的项目组很重要。"

姚工右手的食指和中指夹着烟卷比划着，洪钧这才注意到，姚工从进了茶馆直到现在，夹在手上的烟都没顾得上点着过。姚工的嗓子有些沙哑，但很坚决地说："有道理，就这么做，明天我就找我们的总工谈一下。下个礼拜一又是中层以上干部的例会，我还要开它一炮。"

洪钧笑了，忽然，他开始觉得有些饿了，因为刚才的那顿潮州菜他几乎没怎么动过筷子。

第十二章

第二天，洪钧把自己关在他的那间小办公室里，他必须按杰森要求的做出一份报告发给他。洪钧心里很不情愿，杰森如果真想了解这些项目的事，应该打电话过来和洪钧直接谈，而且，最好是让洪钧安排他一起去拜访客户。但是，洪钧已经发现，杰森就像不愿意去见亚太区的科克一样地不愿意去见客户。杰森最愿意见的是记者，只要是各种媒体的编辑、记者要采访他，杰森立刻就会欣然应允，而且他还经常主动出击，直接联系记者请人家来采访他。

过去的这段时间里杰森只来过一次北京，而且根本没有到维西尔的北京办公室，只是在他住的酒店里和一家报社的记者聊了一个上午。后来洪钧还真看到了那个记者发的采访报道，让洪钧觉得又好气又好笑，通篇的报道都是在说林杰森自己如何如何，只是在提到他的头衔的时候，提到了一句维西尔公司。洪钧心想，这种宣传无非是杰森在为他的下一次跳槽做准备，对维西尔公司的业务是毫无帮助的。更让洪钧生气的是，既然杰森最关心的是自己的"上镜率"，对维西尔的市场占有率和项目上的赢率并不真正关心，却装腔作势地定期要看书面的汇报。

洪钧正应付着那份报告，有人敲门，洪钧只说了声"请进"，头也没抬，门被推开了，是菲比。洪钧抬起头看着菲比，却见菲比故作神秘地轻轻把门关严，又咬着嘴唇憋着笑，蹑手蹑脚地走到洪钧的椅子旁边。洪钧正诧异地不知所以，听见菲比笑着说："老洪，你把头低下去。"

洪钧才不会由菲比摆布，而是摆着手，又指着桌子对面的椅子，示意菲比走回到她原本该呆的地方坐下，嘴上说："你犯什么毛病了？有事说事。"

菲比讨了个没趣，却也并不在意，嘟囔着："没劲。我就是想看看你的脖子后面是不是真长了个疖子。"

洪钧笑了，这才弄明白菲比想搞什么花样，他整理着脖子上的领带说："这个嘛，无可奉告。"

菲比也笑着说："爱说不说，我猜你就会这样卖关子。对了，你是以前就知道那么多明朝的事呢，还是这几天拼命恶补的？"

洪钧仍然笑着，还是那句话："无可奉告。"

菲比撇了下嘴，说："切，爱说不说。"然后，又立刻坚决地说："不行，你必须告诉我，要不然我以后遇到这种情况该怎么办呀？"

洪钧只好轻描淡写地说："其实也没什么，我不是说了吗？我是个杂家,当个杂家,对做销售有好处。对什么事都有点兴趣,对什么事都有些自己的看法,都能说上一二,也就行了。"

洪钧说完了,看着菲比,心想她怎么还不出去。菲比忽然想起了什么,说:"嗨,差点忘了我是来干什么的了。"说完,把手里一直拿着的一张单子放在洪钧的桌上。

洪钧拿起单子看看,菲比在对面解释说:"我晚上想请普发的周副总他们那些做销售和市场的唱卡拉 OK,这是费用申请,你批了我好找 Helen 预支现金。"

洪钧笑了,说:"哟,又要去腐败啦?"然后又问:"他们几个人啊?"

菲比回答:"四个。周副总,还有下面三个部门的头儿,一共四个人。"

洪钧点着申请单上面的金额说:"嗯,五、六个人,只打算花三千块钱,那就去不了什么太高档的地方了。"

菲比便接上说:"是啊,可是 Helen 和她老板 Laura 都说 Jason 对费用控制得挺严的,我也就不敢申请太多。"

洪钧说:"哦,周副总他们自己就是做营销的,见的世面太多了,你弄得缩手缩脚,太寒酸了,还不如不请人家。"

他想了想,又说:"这样吧,你把申请的数改成六千,我给你批,这样的话,六个人,平均每个人一千块钱,还凑合吧。"

菲比歪着脑袋,愣了一下说:"你是脑袋上长了疖子吧?他们四个加我是五个人,六千块钱,每个人一千?你怎么算的呀?"

洪钧笑着说:"看你这张嘴,没大没小的。是六个人,我也去。"

菲比一听,张着嘴,先是惊讶,立刻就高兴地笑了起来。

东三环的北面那个饭店扎堆的地方,有家五星级酒店的地下一层,是个很热闹的夜总会,进门右手的迪斯科舞厅震耳欲聋,左手的走廊走进去就是一间间的卡拉 OK 包房。这家夜总会和这家酒店一样,都已经有些显得陈旧和过时了,只是以往名镇京城的影响尚存。是洪钧提议的这个地方,菲比在电话里告诉周副总的时候,周副总立刻连声说:"好啊好啊,那地方好。"菲比把周副总的反应讲给洪钧听,洪钧心里暗笑,看来周副总也一定在很久以前就光顾过,而且美好的回忆至今犹存啊。

菲比去接周副总一行,洪钧一个人先到了,他让服务生安排了一间能坐十个人的包房。很快,包房的门被推开了,周副总首先迈了进来,

第十二章

他身材很魁梧，应该只比洪钧年长几岁，四十出头的样子，洪钧和周副总之前已经见过，现在又不是什么正式场合，便笑着很随意地握了手，打了招呼，后面跟着进来了菲比还有另外三个男人，都是周副总的下属。

洪钧请周副总先坐了，菲比很自然地紧挨着周副总坐下，另外三个人都上来和洪钧握手，然后各自找地方安顿下来。洪钧仍然站着，吩咐服务生上果盘和各种小吃，刚问服务生这里对开洋酒有什么规矩，正和菲比闲聊着的周副总立刻说："老洪，别开酒啊，没必要花那钱。"

洪钧摇着头说："那怎么行？其实他们这里还不算太黑，你可别替我省钱。"

周副总很坚持："老洪，我不是和你客气，咱们都干这行的，这些都见得多了，谁也不差这口酒，今天咱们就是自己关上门自己开心，你听我的。"

洪钧也就只好作罢，征求他们几个的意见点了些啤酒和果汁，然后对服务员说："差不多先这样吧，对了，你去把'妈咪'叫过来，我们这儿要四个小姐。"

正在说着话的周副总和菲比都抬起了头，周副总说："老洪，不用了吧，咱们自己热闹热闹就行了。"

洪钧笑了，冲周副总说："周总，看来你是'三个代表'学得不到家啊，你自己有我们刘小姐陪着，你就不代表我们这些最广大人民群众的利益了啊。"

周副总和他的三个下属都大声笑了起来，只有菲比红着脸，冲洪钧撇了一下嘴，瞪了他一眼。

这时，一个年纪不大的"妈咪"推门进来，一边堆着笑容殷勤地打着招呼，一边暗地扫视着这几个人，极老道地推断着这些人的来路和喜好。洪钧对她说："你呀，给我们找四位小姐。这里小姐的水准我也大致了解，就不啰嗦了，我就提一条，不要穿裤子的，只要穿裙子的。"

妈咪笑着答应着，退了出去。洪钧刚转过身，就为刚才最后那句玩笑话后悔了，因为他这才注意到菲比又是像平时一样穿着条西式长裤。洪钧愣在那儿，也不知道该不该解释，更想不出来怎么解释。这时，菲比站了起来，脸比刚才更红了，她走到洪钧面前，凑到他的耳朵旁边，咬牙切齿地说了四个字："我鄙视你。"声音不大，可周副总几个人全听得很清楚，大家都笑了起来。

洪钧也笑了，因为他从菲比的眼神里看出她并没有生气，便把菲比又让到周副总旁边坐下，自己也终于坐了下来。

门再次被推开，妈咪领着四个女孩儿走了进来，四个女孩儿在门口只停了片刻，见里面的男人没有挑选也没有拒绝的意思，就径自分别走到四个男人身旁坐了下来。洪钧知道那三个部下当着周副总的面是不敢挑挑拣拣的，但仍然冲他们客气地问了一句："怎么样？都还行吧？"

三个人立刻回答说："行啊"、"不错"、"可以可以"，洪钧便冲一直站在门口的妈咪挥了下手，示意她出去了。

洪钧安顿好一切，刚静下心来想端详一下坐在自己旁边的小姐，没想到人家已经抢先说话了："先生，怎么称呼你呀？"

洪钧连想都没想，立刻就脱口而出："洪钧。"

包房里突然沉寂了下来，周副总几个人都愣住了，坐在旁边的菲比更是惊讶地转过脸看着洪钧，她没想到洪钧居然敢在这种场所、对这种人如实地自报家门。

这时，那个小姐先笑了起来，然后说："红军？你要是'红'军，那我就是'黄'军。"

话一出口，又是很短暂的沉寂，然后立刻所有人都大声笑了起来，周副总笑得声音最大，好像他是冲着话筒在笑似的。菲比也笑了，现在她明白为什么洪钧敢告诉小姐他的真名了，因为反正小姐也不会相信的。菲比想，看来洪钧肯定早就很多次经历过这种对话了，所以才这么应对自如。

一直热闹到十二点多，周副总等几个人都还情绪高涨，菲比唱歌唱得很好，尤其是学唱的粤语歌很有味道，中间还陪周副总跳了几支曲子。洪钧倒是有些累了，可又不好由他来提议结束，就只好坚持着。这时，一阵手机声忽然响了起来，正和周副总表演情歌对唱的菲比立刻反应过来，叫了声："是我的。"就放下话筒，拿起自己的手包把手机翻了出来，走到门口，却并不拉开门出去，而是就拉着门把手接通了电话。

菲比对着手机说："喂，啊，没事，我正和客户玩儿呢，……，没事，您不用管，玩儿好了我就回去。……，哎呀不用担心的，我打车回去好了。行了啊，你们睡吧，我挂了。"

挂了电话，菲比就转回身，又有说有笑地回到沙发上坐下。周副总马上对洪钧说："老洪，都过十二点了，我看要不就到这儿吧。"

洪钧乐得到此为止，也想早点回去，就看了菲比一眼，菲比便拿起

第十二章

手包出去结账，洪钧对周副总说："哎呀，都没注意，时间过得还真快。怎么样？周总，有机会放松放松还是有好处。"

周副总笑着说："别人要约我玩儿，我还真不一定来，刘小姐说你晚上也在，我就说我一定来。咱们是同行，我从一开始就觉得你这人不错，爽快，不婆婆妈妈。来的路上我对他们说，玩儿的时候人家洪总一定不会扯上软件项目的事。怎么样？我没说错吧？"说完，就转过去看着那三个人，他们都笑着点头。

菲比推开门进来，把手包放到沙发上，但没坐下，而是手里拿着钱包，挨个走到每个小姐面前，轮流给四个小姐发小费。洪钧旁边的那个小姐从菲比手里接过钱，都不用点数就准确地感觉出究竟是几张百元钞票，把钞票攥成卷握在手心里，笑着说："今天真逗，还从来没有过小姐给小姐发小费的呢。"

刚转身走向另一个小姐的菲比一听，立刻停住脚，转过脸没好气地说："别瞎说啊！谁是小姐？！"

洪钧在旁边接上一句："就是，她要是小姐，你们这几个就全没饭碗了。"

菲比想都没想就随口说："就是。"可是刚转身走了一步，就定住了，她反应过来了，这时周副总等几个人都已经笑出声来。菲比慢慢地转回身，两只眼睛死死地盯住洪钧，大声说："我加倍鄙视你。"说完，也憋不住扑哧一声笑了出来。

大家离开夜总会，上到酒店大堂，等在那里的周副总的司机看见他们过来了，就马上跑出去把一辆小面包开了过来。洪钧刚说让菲比送周副总回去，周副总笑着说："不用不用，我都安排好了。今天晚上要喝酒，所以我们都没开车，司机把我们挨个儿送到家，你们不用管。"上车之前又对洪钧补了一句："对了，刚才人家刘小姐家已经来电话了，这么晚了家里一定担心，你还是别管我们，把刘小姐送回家吧。"

等周副总他们坐的小面包开走了，洪钧对菲比说："好啦，咱们也该撤了，打个车吧，我送你回去。"

菲比却说："老洪，我刚才喝了点啤酒，他们又不停地抽烟，连那几个小姐都抽，呛得我够呛，我好像有些头晕，弄不好会吐在车上，要不，咱们往前走走，等我舒服一些再打车吧。"

洪钧愣了一下，只好说："嗯，好吧。"便拔脚向酒店外面的三环路走，菲比忙快步跟了上去。

第十三章

进入十一月，应该已经入冬了，可是这几天北京好像很暖和。洪钧和菲比沿着三环路旁的人行道往前溜达着，两个人手里各自拿着件风衣，谁都不觉得有必要穿上。洪钧脑子里很乱，还在想普发项目的事，这些天应该说忙得初见成效，看来普发不会很快做决定，"拖"的战略是正确的，但是，如果普发真按洪钧期望的那样进行正式的招标，洪钧现在仍然毫无获胜的把握，把普发引向招标，虽然使竞争对手尤其是俞威刚去的ICE公司"速胜"的企图落空了，但洪钧也知道自己手里的这支队伍还没有赢得这种大的投标项目的实力。

洪钧一句话不说，只顾自己走着，他的确觉得有些累了，便转头看看后面有没有空驶的出租车开过来，却听见旁边跟着的菲比说："怎么了？才走这么两步就累啦？"

洪钧便站住说："不是。"然后很夸张地抬起手腕看了下手表。

菲比笑了，说："你不用故意做给我看，你觉得太晚了是不是？"

洪钧也笑了，说："我无所谓，可是刚才你家里不是已经来电话催了吗？早点儿回去吧，别让家里担心了。"

菲比笑出了声，用手指着洪钧说："你说你无所谓了啊，那我想几点回去就几点回去。实话告诉你吧，刚才我接的那个电话是假的。"

洪钧听了一愣，但好像很快就猜出了几分，但他这时的脑子好像是有些木了，也懒得再想，就问："什么假的？"

菲比得意得脸都红了，在路灯下都能看得出来，她笑着把手机掏出来，在洪钧眼前晃着说："哈哈，那是我自己事先设好的闹钟，手机到了十二点一刻就会响，我把闹钟摁断了，就像我接通了通话一样，然后对着手机一通胡说八道，最后再摁断一下，怎么样？像真的一样吧？把你们一大帮人全蒙了吧？"

洪钧刚听她说了头一句就已经全明白了，然后看着她眉飞色舞地说完，才笑着说："就你这些小儿科的小把戏，还值得这么得意？"

菲比歪了一下脖子，撇着嘴说："切，怎么啦？你还得谢谢我吧，要不然你还得坚持着呢，现在还完不了呢。"

洪钧就接着逗她说："我也实话告诉你吧，人家周副总可能也把手机上了闹钟了，人家可能上的是十二点半，因为你的先闹了，人家就用不着了。告诉你吧，我也上了闹钟，我上的是十二点三刻。"

菲比简直有些鄙夷地说："切，才没有呢，而且，就算你上了闹钟，你家里有谁呀？会有谁催你回家呀？"

话一出口，菲比就觉得说走了嘴，吐了一下舌头，不吱声了。洪钧一脸尴尬，只好四下看了看，掩饰着，嘴上说："那再往前走走吧。"

菲比便跟着洪钧走，没想到洪钧根本就不是在散步，步子很大很快，菲比只好快步撑着，马上就觉得不行了，先喊了一句："喂，你不能走慢点吗？"她看见洪钧立刻把步子放慢了，又说："哎，我发现那几个小姐怎么都那么喜欢你呀？"

洪钧头也没回就说："她们以为最后会是我给她们发小费呢。"说完，他停下来，像是想起了什么，看着菲比，一本正经地说："其实啊，她们这些'职业妇女'喜欢我，是因为她们觉得我和她们一样，都是卖东西的。"说完又接着向前走。

刚走了两步，洪钧觉得忽然有什么不对，便站住了，回过头来才发现菲比还定在刚才的地方，一动没动。洪钧等了一下，见菲比还没有挪动的意思，便只好走回来，等走近了，洪钧一下子愣住了，菲比脸色铁青，胸脯一起一伏着，咬着嘴唇瞪着洪钧。洪钧莫名其妙，心里没底，只好说了句："又怎么了？"

菲比气呼呼地说："你干嘛拿你和她们比？那我和你一样也是做销售的，你是不是也要拿我来和她们比？"

洪钧一面体味着菲比的话，一面想着怎么样向她解释，最后说："哎

第十三章

呀，我只是随口胡说的。而且我也只是拿我自己开了句玩笑，你干嘛往你自己身上揽啊？"

菲比大声说："那样说你自己也不行！"

洪钧只好陪着笑说："好好，那我谁也不说了，是我说错话了。走吧？"

菲比才又慢慢向前走，洪钧这时不敢再大步甩下菲比了，而是耐着性子和菲比保持着并排。走着走着菲比终于又说话了："我真搞不懂，究竟什么时候的你才是真实的你呢？你好像有好多面，可究竟哪一面真是你呢？"

洪钧笑着说："其实啊，你看到的都是真实的我呀。人本来就是多面性的，没有那么简单的真和假、好和坏。你呀，还是太单纯，做销售和做人，都不能太单纯的，但是，不单纯不意味着虚假，照样可以活得很真实，就像我一样。"

菲比轻轻叹了一口气，神情变得忧郁起来，说："咳，我就知道，你肯定觉得我幼稚。哎，你听说过这句话吗？天底下有三种人，男人、女人，还有女 sales。"

洪钧说："这种话听得太多了，凡是想拿自己说事儿的，就把自己说成是第三种人，像什么男人、女人还有女博士，男人、女人还有男护士，什么的。你自己这儿又冒出个女 sales，这我倒是头一次听说。"

菲比被洪钧这番话又弄得红了脸，她停了一会儿没出声，最后才鼓足勇气似的说："那，能不能这样，以后在上班的时候，你把我当 sales，在下班的时候，你把我当女人？"

洪钧一下子站住了，他呆呆地看着菲比，好像面前的菲比是个陌生人。菲比最后的这句话实在太出乎洪钧的意料了，从洪钧见到菲比这名下属至今，他俩就一直像是在战壕里并肩战斗，洪钧真是只把菲比当作一名战士了，菲比刚才的这句话才头一次提醒了洪钧，菲比是个女孩儿。

更让洪钧感到震惊的是，他刚刚还在教训菲比"人都是多面性的"，现在却发现原来他也犯了同样的错误，他直到刚才还只是看到了菲比的一面，而菲比最后的这句话让洪钧看到了她完全不同的另一面。

洪钧明白了，菲比并不单纯，更不幼稚，恰恰是洪钧自己在和菲比的接触中太单纯、太幼稚了，他根本没有去想过菲比对他有没有什么特别的意思。洪钧的脑子里觉得更乱了，这种措手不及是他最不喜欢的，他暗暗告诉自己，以后对菲比的一举一动都要多想一层含义了。

洪钧忽然觉得有些懊恼,他猜想菲比会不会是有意在洪钧疲累了一天、状态不好的时候对他突然袭击。这么一想,洪钧就板起脸,硬硬地对菲比说了一句:"你别忘了,咱们做销售的,从来没有下班的时候。"

菲比听到洪钧的这句话,本来一直红着的脸,一下子由红变青,又由青变白,比上次被姚工当众抢白时的脸色还难看几分,沉默了一会儿,她突然冲着洪钧身后的方向挥了一下手,洪钧立刻听到一声尖厉的刹车声,他下意识地一回头,看见一辆亮着顶灯的出租车已经停在了路边。

菲比走过去,拉开出租车的后车门,洪钧跟了过去。菲比坐进后座便要关门,洪钧一把拉住了车门把手,说:"哎,我得送你呀。"

菲比一边继续使劲拉着车门试图把门关上,一边冲洪钧大声说:"不用,我这么大人了,能自己回家。"

洪钧稍一迟疑,手上的力气就小了一些,菲比趁势猛地把车门关上了。

洪钧愣愣地看着车开远了,半天没回过神来,最后,才摇了摇头,把手里的风衣往肩上一搭,独自沿着路边向前走去。

接下来的几天,洪钧的心里一直觉得别扭,他在暗暗地埋怨菲比,那天夜里冷不丁地冒出来的一句话,把洪钧对菲比已有的感觉和定位全打乱了,可又没有产生新的感觉,也没有确立新的定位,菲比就这样在他眼前晃着,在他心里漂着,却始终安顿不下来。洪钧做销售做久了,凡事都讲究个目标和策略,现在他却想不出对菲比应该定个什么目标,应该采用什么策略,这让他心烦意乱。

正好这几天洪钧也该多花些时间在郝毅和杨文光的几个项目上了,所以洪钧一直有意无意地避免和菲比独处。洪钧悄悄地观察,发现菲比没有任何变化,好像一切都没有发生,仍然像风一样飘来飘去,走到哪儿都是笑声一片。菲比见到洪钧的时候,她的表情和眼神一如既往,和洪钧说话的时候,仍然轻松大方,没有一丝的不自然。洪钧觉得有些诧异,他愈发觉得对菲比不能小视,这丫头居然比他还沉得住气。

过了一个星期,又快到周末了,洪钧正站在郝毅的座位旁边,看着郝毅准备发给客户的一份电子邮件的内容,菲比手里拿着一张纸,笑呵呵地走了过来。

菲比冲洪钧扬了一下手里的纸,问道:"这会儿有时间吗?普发有新情况了。"

第十三章

在洪钧心里普发是所有项目中优先级最高的,但他仍然还是踌躇了一下,然后对菲比说:"嗯,那你去我办公室等我一下。"接着,又让郝毅把座位让开,自己坐下来,敲着键盘把郝毅起草的电子邮件做了些修改,再站起来对郝毅说:"这样就行了,发吧。"然后走回了自己的那间小办公室。

菲比坐在椅子上等着,洪钧走到自己的桌子后面坐下,菲比立刻在椅子上转回身,伸出手把门关上了,洪钧刚想制止,但没说出口,因为讨论关键项目的时候把门关上是很自然的事。

刚才在菲比手里的那张纸,已经被菲比摊在了洪钧的桌上,洪钧拿起来看,是普发集团发过来的一份传真,标题是"招标通知书"。洪钧笑了,仔细地逐段、逐句、逐字看完之后,把传真递回给菲比,说:"这不挺好吗?姚工说到做到,咱们的第一步已经如愿以偿了。"

菲比说:"好是好,可我没做过这么大的投标项目,下面怎么办呀?"

洪钧站起身,对仰头看着自己的菲比说:"你呀,先去把 fax 复印三份,然后叫上李龙伟和肖彬,咱们该讨论对策了。"菲比也站起来,刚要拉开门出去,洪钧又补了一句:"叫他们别拿椅子进来了,我这房间装不下,就站着说吧。"菲比笑了。

洪钧在办公室里挪着步子,向各个方向走不到三步就或者撞到墙或者出了门,但洪钧没有在意,他好像身处一片广阔的战场,一场恢宏的战役就要展开了。菲比很快和李龙伟、肖彬走了进来,她给每个人都递上了一份那张传真。洪钧笑着对李龙伟和肖彬说:"咱们都站着吧,以后熬夜写标书,有你们坐着的时候。你俩先把这份传真看看,然后我说说下一步的计划。"

肖彬很快把传真扫了一遍,李龙伟看得很慢,等李龙伟也看完了抬起头,洪钧就说:"说是招标通知书,其实只是告诉我们他们准备招标,而不是已经正式开始招标了,所以虽然时间很紧,但是我们仍然有时间。菲比,你说说,他们的时间安排是什么?"

洪钧记得传真上的每个主要内容,他只是想考考菲比,也调动一下他们几个的活力。菲比立刻回答说:"十二月一号他们发出标书,十五号截止投标并公开唱标。"

洪钧又问:"那咱们还有多少时间?"

菲比接着回答:"还有不到两个星期发标,拿到标书有两个星期的时间投标。"

洪钧立刻更正说："菲比，从现在开始，咱们不能再用星期做单位了，要用天做单位。从现在到发标，还剩十一天的时间，拿到标书有十四天的时间完成标书，投标截止前的最后三天，要按小时来倒计时。龙伟，你说是不是应该这样？"

李龙伟没想到洪钧会突然点到自己，有些慌乱，急忙点了点头说："是啊，要不时间一下子就过去了。"

洪钧笑着继续说："咱们的工作要分成两条线，一条是做人的工作，继续利用正式和私下的场合做客户工作；还要敲定一些商务上的合作伙伴，因为普发要买的远不只是软件，而且咱们作为软件公司，不能作为总承包商来直接投标，咱们只能是分包商，所以必须争取让更多投标商来投咱们的软件。第二条，就是做标书，标书必须按时按质完成，绝不能有硬伤。第一条线，我来负责，菲比配合我；第二条线，我们需要找一位合适的人来做投标经理，他要对标书的工作负全责。"

洪钧说到这儿，停顿了一会儿，看了看三个人的反应，目光在李龙伟的脸上多停留了一会儿，然后对菲比说："菲比，你马上要做的是和普发的姚工和孙主任他们沟通，由咱们来帮他们起草招标书，要是能由咱们替他们写就最好了。总之，在这十一天里面，必须争取最大限度地影响他们，让他们按咱们希望的那样，来制定标书要求、确定评标规则和形成评标小组。我会和你一起定一个详细的工作计划。"

然后，洪钧又补充说："还有肖彬，你马上和菲比一起，把从最开始和普发接触直到现在，你们给他们做的方案，还有搜集到的他们的业务需求，整理在一起，在写标书的时候，既要完全严格按照标书要求来写，又不能和以往给普发的方案有太大的出入。"

说完，他对菲比和肖彬一笑，说："好啦，你们俩先去忙吧，我和龙伟说点儿事。"

两个人出去以后，洪钧把门关上，然后拍了下李龙伟的肩膀，说："现在就咱们俩了，椅子够了，咱们坐下说吧。"

都坐下以后，洪钧微笑着看着李龙伟，说："这两年没再做过这种大项目了吧？"

李龙伟有些莫名其妙，"嗯"了一声。

洪钧说："你是维西尔的老人儿了，当初是做销售的吧？"

第十三章

　　李龙伟想了一下，然后说："刚来的时候是做 sales 的，后来转了部门。"

　　洪钧突然说："两年多前，那个药厂的项目。当时我在 ICE 做销售，维西尔负责那个项目的就是你吧？那时候我们都说维西尔的 Larry Li 很厉害，但不常提你的中文名字。从那个项目以后，我就没在其他项目上碰到过你，当时还想可能你出国了，或者跳槽做其他行当去了，没想到你还在维西尔。"

　　李龙伟的脸红了，过了一会儿，才说："那个药厂项目以后，我转去做 service 了。"

　　洪钧问："你做 sales 是一把好手，怎么转了呢？"

　　李龙伟又沉默了一下，然后，像是下了决心，很坦然、很流畅地高声说："那应该谢谢您啊。我和那家药厂就快签合同了，您杀了进来，使了一些手段，最后是 ICE 和药厂签了合同。我一直想找您当面问问，您当时用的是什么办法让药厂改了主意？"

　　这次轮到洪钧的脸微微红了起来，想了想才回答："嗯，也不是什么光明正大的办法，都两年多以前的事了，算了，不说了吧。"

　　李龙伟笑了一下说："看来，我当初了解的，再加上我猜的，应该八九不离十了。"

　　洪钧的脸又红了，显得有些尴尬，忙问："那你到底为什么转去做 service，不再作 sales 了呢？"

　　李龙伟仍然笑着，他的这种样子洪钧还是头一次看见，他说："所以我刚才说得谢谢您啊。药厂那个项目丢了，煮熟的鸭子居然飞了，Jason 气得够呛，二话不说就不让我再做 sales 了，先是让我去做售后服务，后来又转来做售前支持，帮着 sales 写写方案，有时候也写些宣传文章什么的。"

　　洪钧又问："你喜欢做现在的这些事吗？没想过换一家公司，接着做销售？"

　　李龙伟不笑了，眼神变得暗淡下来，说："没什么喜欢不喜欢的，混呗。我也不想再做销售了，我使不出你们那种损招。"

　　洪钧听到这儿，心里涌起了一种凄凉的感觉。他面前的李龙伟，和自己一样，也都是在成者王侯败者贼的商场上，只因为一战落败，就被杰森打入了深深的低谷。他又隐隐地觉得有些愧疚，犹豫了一下，说："在那个项目上，我是用了些损招。我们找到买过维西尔软件的一家河南的药厂,做了总工程师的工作,让这位总工给那家药厂的老总打了电话,劝他们不要也买维西尔的软件,说河南这家药厂发现维西尔的软件不适合药厂来用,正要和你们打官司退货呢。那家药厂的老总就犹豫了,他们买软件本来就只是为了应付国家给企业评级,眼看评级的时间快到了,也顾不上再仔细选型,就匆忙和 ICE 签了。你说你应该'谢我',那是气话,是我应该对你说声 sorry 的。"

李龙伟愣住了,下意识地卷着手里的那张传真,卷成一个筒,再放开,再卷。他看着洪钧,洪钧一脸诚恳的样子,好像又有所期待。李龙伟说:"你这么说就言重了,那时候咱们是竞争对手嘛,你死我活,各为其主,没什么对不起的。"

洪钧立刻注意到李龙伟已经把称呼从"您"改成了"你",这让他心里觉得舒坦,他刚要插一句,李龙伟已经接着说了:"我不做 sales 了,本来以为咱们就再也不会碰上,没想到你来了维西尔。我一方面不愿意和你打交道,毕竟当初是冤家,心里别扭,可又一直挺注意你的,想看看你究竟是个什么样的人,其实,我发现你做人做事还都挺地道的。"

洪钧庆幸自己刚才没有插嘴,如果一岔开话题,李龙伟就可能不会说出这些肺腑之言了,而且这些话里也含着对洪钧善意的称赞。

洪钧笑着说:"我很高兴咱们今天能这样聊,你现在的样子又让我看见了那个优秀的 sales——Larry Li。Larry,转回来做 sales 吧,咱们应该可以合作得不错。做销售的,哪有没丢过单子的?不看 sales 的能力和潜力,只要 sales 一丢单子,就立刻把他一棍子打死,这不算赏罚分明,这样当老板也太容易了吧?简直是自毁长城!"洪钧的情绪一下子激动起来,他想到了皮特对自己不是正如当年杰森对李龙伟一样的吗?

李龙伟低声说:"咳,做什么不是做?我现在也没有以前做 sales 的那种冲劲了,帮 sales 做做方案也挺好,有时候也能替他们出出主意。"

洪钧露出不以为然的样子,脸色也变得严肃起来,说:"Larry,你是个战士,还是个不错的战士,是个神枪手。你现在躲在旁边,给别人擦枪、上子弹,然后看着别人用你擦好的枪、用你上好的子弹却总是打不中目标,而你自己还不能亲自瞄准射击,你心里不难受?"

李龙伟被噎住了,一句话都说不出来,低着头,又开始卷着那张传真,许久才问了一句:"那你是什么意思?让我现在就转过来做 sales?"

洪钧笑了,轻松地说:"只要你想,我随时欢迎。不过我建议这样,

第十三章

你先来做普发项目的投标经理,你做过大项目,你知道投标经理对于一个投标有多重要。我希望你把普发当作你自己的项目来做,全身心地投入进去,咱们一定要拿下普发这个单子。然后,我会要求把你调回到 sales 部门来,把最有潜力、最关键的项目交给你来做。"

李龙伟显得有些激动,但又马上神色暗淡下来,洪钧注意到了,立刻问:"怎么了?有什么问题?"

李龙伟嘟囔着说:"这还得看 Lucy,还有 Jason 同意不同意。"

洪钧便说:"当然,这些是我要做的事情。我先和 Lucy 谈,让她同意你来做普发项目的投标经理,谁让你是既归我管、又归她管呢?做完普发项目以后,我会再和 Lucy 还有 Jason 谈你转回来做 sales 的事。你放心,我会让他们同意的,只要你自己不改变主意。"

李龙伟看着洪钧,脸又红了,但这次是因为兴奋得红了,他主动伸出手来,和洪钧在桌子上方握了下手,说:"我看得出来,你是个干事的人,而且是个能干成事的人,我非常愿意跟着你干。你放心,普发的投标我一定做好,以后咱们还能签更大的项目。"

洪钧和他握着手,心里非常高兴,等手松开了正想也说句什么,李龙伟却要开门出去,洪钧只好叫住他说:"等一下,我这就给 Lucy 打电话,你也一起听一下。"

洪钧按下桌上电话的免提键,拨了上海办公室的电话,让前台转接露西。在电话响铃的时候,洪钧想起来还是不要用免提来通话了,他觉得没必要让李龙伟听到那边的露西是怎么说的,而且露西也可能听出来这边不止洪钧一个人,所以,他一听到露西接起电话,就抓起了话筒。

洪钧说:"Lucy,你好啊,我是洪钧,Jim。"

露西那边回答:"Jim,你好。怎么?有何贵干?"

洪钧笑着说:"到现在都还没拜见过你,可已经老请你帮忙了,没办法,谁让你是贵人呢,你就得帮我呀。"说完,冲李龙伟挤了下眼睛。

话筒里传出来露西"咯咯"的笑声,连李龙伟肯定都听见了,他和洪钧不约而同地做了个打冷颤的动作。露西说:"哎呀,你是大老板嘛,我可以不听别人的,可哪敢不听你的呀。你说吧,又要我如何为你效劳?"

洪钧便说:"我只敢烦请你的举手之劳,那就已经是帮我很大的忙了。还是普发的那个项目,客户决定要招标了,我想请李龙伟来负责整个标书的协调工作,做投标经理,这得先请示你才行啊。"

露西笑着说:"你的项目都是大项目,我们当然得重点支持呀。投标经理?这头衔我还是头一次听说,算了,不管它,反正就是要李龙伟写方案书嘛,没问题,你让他做不就行了?"

洪钧忙说:"那怎么行?他是你的人嘛,我怎么敢不先请示你就直接找他,还是你和他打个招呼吧。"

露西肯定觉得洪钧的这些话很中听,就爽快地说:"好啦好啦,那我和他讲一下,你吩咐的,我马上就去讲好啦。"

洪钧又补了一句:"另外,从现在起大约一个月的时间,他恐怕都得忙这个投标,我只好请你好人做到底,就别再给他安排其他的什么工作了,他天天熬夜写标书都不见得写得完呢。"

露西拖着长音说:"好,我知道啦。Bye bye。"

洪钧说了声"bye",也跟着挂了电话。然后对李龙伟说:"那就这样定了,投标的事拜托了。你赶紧回去,Lucy 的电话可能这就到了。哦,对了,你要装出我没和你说过普发投标的事啊。"

李龙伟笑着回答:"你放心,这些我懂。"就站起身走了出去。

办公室里只剩下洪钧一个人了,他终于可以静下心来,好好把思路再整理一下。到现在为止,他只是把客户的一些外围工作做好了,普发的大老板金总还没有见到,更谈不上获得他的支持;普发在这个项目上至今还没有明确的负责人,这既是坏事也是好事,洪钧就有机会来"帮助"普发物色一个让洪钧觉得理想的人选;竞争对手在做什么?俞威一定也在发展 ICE 的支持者,他的目标会是谁呢?完成标书的工作量会很大,也很重要,但没有一个项目是单凭一份写得好的标书而赢下来的,标书写得好,只是让竞争对手无法从标书中找出漏洞来进行攻击。还有一点很关键,维西尔现在是孤掌难鸣,没有同盟军啊。

洪钧刚想到这儿,桌上的电话响了起来,洪钧接起来,机械地说:"喂,你好,我是洪钧。"

电话里首先传入洪钧耳朵的是一串笑声,然后是有些瓮声瓮气的声音说:"洪老板,你好啊。久闻大名啊,我是一直盼着有机会能见识一下。哦,对了,忘了自报家门了,我姓范,叫范宇宙。"

星期六的上午,洪钧一个人坐在公司的那间小会客室里,敲着笔记本电脑的键盘,处理着一堆已经积攒了几天的电子邮件,心里有些烦躁。洪钧换过好几家外企了,他开始越来越憎恶外企的这种 Email 文化,太

第十三章

多的人每天花太多的时间沉湎于太多的电子邮件里，写邮件、读邮件、回邮件已经成了工作的主要内容，利用电子邮件"玩儿"政治的水平也成了一个人在公司里能否生存和晋升的重要因素。洪钧玩儿这些是把好手，可是他现在真没心思陪那些人玩儿。

会客室的门开着，菲比、李龙伟和肖彬在加班，听着他们几个人忙活的声音，洪钧心里又涌起了一股暖意，他觉得这才像是能打仗的队伍。洪钧其实是在等人，他在等范宇宙。洪钧知道范宇宙和他的泛舟公司，也听过不少关于他的故事，但没有见过面。范宇宙在电话里说要聊一下普发集团招标的事情，洪钧当然有兴趣，他现在对任何有可能帮维西尔投标的人都有兴趣。范宇宙说可以一起吃饭，洪钧客气地推辞了，初次见面，又是谈项目上的事，还是来公司谈吧，洪钧这样对范宇宙说。

十点，约定的时间到了，洪钧听到外面的菲比在和什么人打招呼，他知道是范宇宙准时到了，但坐着没动。很快，菲比敲了一下小会客室开着的门，洪钧没有立刻反应，而是继续敲了几下键盘，好像很忙的样子，然后才抬起头，看见菲比和一个很敦实的男人站在门口。洪钧站起身，范宇宙已经伸出手来，笑着说："哎呀，洪总，周末还这么忙，我还来给你添乱，太不好意思啦。"

洪钧握了一下范宇宙的手，脑子里立刻想起刚从蒸屉里端出来的熊掌，嘴上说："没有没有，手头有些杂事。让你大周末的跑一趟，该是我不好意思啊。"说完，请范宇宙在小圆桌旁的一把椅子上坐下。

菲比问范宇宙喝什么，范宇宙仰头直直地看着菲比，张着嘴愣了一下说："啊，随便吧，什么都行。"菲比用一种奇怪的眼神看了洪钧一眼，转身出去了。

范宇宙坐正了，冲洪钧说："你的秘书吧？这个女孩子真漂亮。"

洪钧解释着："不是秘书，是我们的客户经理，就是她负责普发项目的。"

范宇宙一边往外掏着名片，一边说："你们这个办公室不大，看来是藏龙卧虎呀，啊不，是藏龙卧凤。"

洪钧听了这话觉得浑身不舒服，他现在明白刚才菲比那种眼神的意思了，这个范宇宙是够让人腻歪的。

洪钧没回话，静静地看着刚从范宇宙手里交换过来的名片。菲比又走了进来，把一杯白水放在了范宇宙的面前，范宇宙立刻仰起胖脸，一边说着谢谢，一边看着菲比的身影出了门。

洪钧心里的不舒服已经变成了不快，他咳嗽了一声，然后说："范总，说正事吧。你消息很灵通啊，我们刚收到普发准备招标的传真，你的电话就来了。"

范宇宙穿着一身棕色的西装，系着一条明黄色的很扎眼的领带，双臂放在小圆桌上，两只肥大的手把玩着一只非常小巧的手机，满脸笑容地说："洪总你这是骂我啊，你是怪我没早些来拜访，单等着普发要招标了才来抱佛脚啊。"洪钧刚要张口解释一下，范宇宙却已经接着说了："哈哈，洪总你不要介意，我开个玩笑。哦，对了，你叫我老范吧，大家都这么叫我。"

洪钧也笑了起来，说："那好，老范，我估计你不喜欢叫别人英文名字，你就也叫我老洪吧。我可绝没有怪你的意思啊，更不敢骂你。以前一直没机会合作，这次看来是缘分来了。"

范宇宙听洪钧这么说，非常高兴，连声说："缘分啊，咱们有缘分，来来，咱们这次合作一把。老洪，这次普发招标，你把你们维西尔的软件，交给我来投吧。"

洪钧也热烈地笑着，但嘴上并没有马上答话，他把笔记本电脑合上，不紧不慢地说："老范，普发给你们发招标通知书了吗？"

范宇宙摇着头说："没有没有，他们就给你们、ICE 和科曼这三家软件公司发了，还给 IBM、惠普、SUN 那几家硬件公司发了。像我们这些做系统集成的，天天围着他们转，不用给我们发我们也都知道。其实他们通知的这些外企，不管是做软件的还是做硬件的，都不会直接投标，像 IBM 他们肯定都是找他们的代理商来投标。"

洪钧微微点头，接着问："依你看，普发会选谁的软件？"

范宇宙又摇头，说："这不该问我呀，你们做软件的自己心里还不清楚？"

洪钧愣了一下，他觉得对面的这个人是典型的大智若愚，不可小视，便说："我当然是觉得普发会买我们维西尔的软件，没有这个信心，我不会请你来，浪费咱们的时间。你肯定也同意，不然你也不会主动要求投我们的软件。"

范宇宙笑了，但和刚才的笑容不一样，这次是真的觉得开心，他说："老洪，咱们刚见面你就唬我啊？不够意思啊。我和你不一样，我

第十三章

这人实在，怎么想怎么说。我觉得这三家软件里面，把握最小的就是维西尔，我这么说你可别生气啊。"

洪钧心里"咯噔"一下，表面上仍很平静，问道："唔，那你说说，你为什么认为我们的机会最小呢？"

范宇宙用手机轻轻地敲着桌子，好像是要加大一下自己话音的分量，说："我们比你们还关心普发会买谁的软件。软件是你们自己的，有戏没戏你们都得卖，我们可不一样，你们谁的软件也不是我们的，可你们谁的软件我们也都能卖，我们就是一定要卖普发想买的软件。我在普发里朋友不少，我上上下下打听了，就没有一个朋友劝我代理你们的软件来投标的，你说，这还不说明你们的机会最小？"

洪钧心里很不是滋味儿，他不喜欢这种被动的守势，但他手里的确没有什么牌可打，但他还是倔强地问了一句："你既然觉得我们维西尔没戏，那干嘛还要投我们的软件呢？"

范宇宙又笑了，露出一丝得意，说："所以我说这是咱们的缘分呐。咱们一起合着做，我来帮你们，你们的机会就大了呀。当然我也不白帮你，你得给我最低的投标价格，谁给我的利润最大，我就投谁的软件。"

洪钧立刻问："你可以怎么帮呢？"

范宇宙哈哈笑着，咧着嘴说："老洪，事儿是做出来的，不是说出来的。我在普发的关系到什么程度，我也不和你吹，到时候你想见谁我就能把谁约出来；你送东西，人家都不敢收，我替你送，人家肯定二话不说就能收喽。"

洪钧忽然感觉和范宇宙谈话，就像他当初和杰森谈加入维西尔的事一样，他没有更多的选择，他只能说"要"或是"不要"，而他还不能说"不要"。他还想争取一下，就问："你怎么能保证你会尽全力来支持我们维西尔呢？"

范宇宙又摇了下他的大脑袋，说："我保证不了。我实话实说，你们三家的软件我都会投，我自己的这家泛舟公司，会投 ICE 的软件，我会再用另外两家公司的名义，分别投你们和科曼的。我也不知道哪块云彩会下雨，我只能都投。"

洪钧很了解范宇宙的算盘，像他们这些做系统集成的，其实就是纯粹做商务贸易的，都想使自己立于不败之地，脚踩所有的船，不管普发决定买谁的软件他们都有机会中标。洪钧不想再多聊了，因为他发现看似大大咧咧、为人爽快的范宇宙，其实嘴上很严，现在不会吐露什么有价值的东西。洪钧只好说："我看这样吧，老范，咱们今天就先明确达成个意向，我欢迎你们在普发项目上代理我们维西尔的软件，具体细节咱们随时沟通，今天也不用谈太细的东西了吧？"说完，就站起身来。

范宇宙也站起来，和洪钧握着手，两人出了小会客室的门。洪钧正要送他出去，范宇宙却指着旁边不远的菲比大声说："老洪你就留步吧，这位小姐可以送我出去的，你先忙吧。"

菲比听见范宇宙这句话，看着洪钧，洪钧只好僵硬地笑了一下，菲比不易察觉地撇了一下嘴，走了过来。范宇宙立刻冲菲比伸出手，简直是拽过菲比的手握了一下，然后跟着菲比向电梯间走去。

洪钧在心里狠狠地骂了一句，主要内容是问候了范宇宙的母亲的母亲。忽然，洪钧的脑子里闪过一个念头：如果被范宇宙这样缠着的是玛丽或者海伦，而不是菲比，他会不会也这样难受和气愤呢？洪钧不敢深想，而是暗自解嘲道，反正范宇宙是不会缠着玛丽或者海伦的。

第十四章

洪钧在柳荫街的路口下了出租车，沿着后海南面的小街往里面走，因为已经入冬，后海边的酒吧大多把原来摆在外面的桌椅收了一些回去，所以路显得比早先宽阔了一些。快走到横跨后海的那座小拱桥了，洪钧看到了和小谭约定的那家酒吧。

时间还早，才晚上八点刚过，洪钧进到酒吧里，看见没什么人，小谭已经坐在一张沙发上，背对着门口和一个小伙子说着什么。洪钧心想，还好，这小子这次没让我等他。洪钧走到沙发旁边，听见小谭说："怎么你们这儿连嘉士伯都没有啊？算了，我就来瓶喜力吧。你们这儿有健力士黑啤吗？我朋友肯定要点这个。"

洪钧拍了一下小谭的肩膀，把小谭吓了一跳，那个服务生也看着洪钧。洪钧说："我就来听儿健力士黑啤吧，不会也没有吧？"

服务生忙说："有，有，您二位稍等。"说完转身走了。

小谭站起来，又和洪钧一起坐下，两个人都没马上说话，而是笑着互相打量，还是小谭先开了口："三个月了，老板还是老样子，没什么变化。"

洪钧说："是啊，三个月没见了。咱们都忙，而且也都要避嫌，尤其是你，俞威肯定没少找你麻烦吧？"

小谭苦笑了一下，说："还是老板你体贴我呀。咳，信不信由你，我真后悔当时没和你一起离开ICE，现在我可受了罪了。"

洪钧没有立刻回应小谭的话,他心里清楚,对像小谭这些"前下属"的这种表白,不管是出于客套还是发自肺腑,一概都不必太在意,反正都已经是过去的事了。这时服务生端了一个瓶子、一个易拉罐和两个玻璃杯上来,洪钧打开易拉罐,把黑啤倒进一个玻璃杯里,小谭让服务生把另一个杯子端走,就用酒瓶和洪钧干了下杯,洪钧笑着说:"看你还是老样子,气色不错,应该混得还不差吧?"

小谭喝了口啤酒,撇着嘴说:"哪儿啊?你还不知道我?我就是这么个没心没肺的样子,再苦再难在脸上也看不出来。"

洪钧也喝了一口,然后用纸巾擦了下嘴唇,像是随口问了句:"听普发的人说,最近几次ICE的人去普发,你都没去,怎么了?"

小谭"啧"了一下嘴巴,气哼哼地说:"别提了,这你还猜不出来?俞威不让我再管普发这个项目了。我现在倒是清闲了,负责未来重点项目的前期开拓,都是没影儿的项目,有劲儿使不上了。"

洪钧笑了,接了一句:"你不再做普发这个项目倒是件好事,免得到时候输在我手里,也省得万一我心软,便宜了ICE。"

小谭嘿嘿笑了几声,带着些幸灾乐祸的口吻说:"我听说了,前几天俞威在办公室里大骂,说普发那帮人是傻子啊,维西尔让他们招标,他们就招标,说肯定年底的时候这单子签不成了。"

洪钧只是笑了笑,悠闲地提了一句:"哎,对了,听说上次ICE去普发做演示,是Susan带着人去的,她去干什么?"

小谭立刻说:"噢,这可是个大事儿,好玩儿着呢,我估计我说了你都不信。Susan现在不做marketing了,俞威让她做销售总监了,连我现在都是向Susan汇报。"

洪钧一愣,他想起了琳达,琳达原来就是向苏珊汇报的,那琳达现在的经理是谁呢?洪钧尽量显得漫不经心地问了一句:"那现在你们那里谁是Marketing Manager?"

小谭没马上回答,他把啤酒瓶放在沙发前面的桌子上,抬眼看了看洪钧,然后才很小心地说:"是……,嗯,是Linda。"

琳达升作经理了?真让洪钧吃了一惊,他干笑了一声,喉咙里发出很奇怪的声音,忙拿起啤酒喝了一口,掩饰着,然后笑着说:"哦,她高升了,运气不错啊。"

小谭观察着洪钧的脸色,试探着说:"是高升了,不过人家可不是靠

第十四章

运气,是人家自己努力的结果。"

小谭停了一下,他看出洪钧一方面想知道个中原委,却又不愿意开口问,就接着说:"Linda 已经和俞威好上了,全公司都知道。我们现在私下里都把 Linda 叫做 'first lady','第一夫人',因为她专门给 ICE 的一把手当'夫人'。"

洪钧立刻感觉到自己的脸红了起来,他看了一眼小谭,小谭张着嘴坐在对面,也是一脸尴尬的样子。洪钧心里骂了一句,这个小谭什么时候能真正管住自己的这张嘴,他就不会在别人眼里老是这种没心没肺的印象了。

这时,一个人从酒吧后面的院子里走出来,笑着冲洪钧他们点头,洪钧估计是酒吧的老板,便立刻笑着说:"你们这酒吧刚装修过吧?我夏天来的时候好像屋子里都是那种浅灰的颜色,当时觉得挺凉快的,现在一到冬天,全改成大红颜色的了,看着就觉得暖和,不错。"

酒吧老板笑着拱了下手说:"您的记性还真不错,可是估计您不怎么常来这一片儿。我是新把这家酒吧给盘下来的,整个儿重新做了装修,和早先那家是两回事儿了。"

洪钧又愣了,只好又干笑了一声,说:"挺好,那你先忙吧。"

洪钧心里是五味俱全,却又说不出究竟是一种什么感觉。他刚才想和老板随便聊些闲话,好岔开有关琳达的话题,结果老板的回答让他再一次感受到了什么叫炎凉、什么叫沧桑。是啊,酒吧可以易手,琳达为什么就不能易主呢?只是为什么偏偏又是那个俞威?又一想,谁让自己败在俞威手上,只好眼看着俞威登上原本留给自己的位置,来了个全盘接收呢?不,俞威没有全盘接收,面前的这个小谭不是就剩下了吗?洪钧心里暗笑,估计这个小谭也曾经坚决要求被接收来着,没准儿他也惦记过销售总监的位子,看来又是他的这张嘴把俞威惹着了。

洪钧脑子里忽然闪过一个念头,让他一下子出了一身汗,琳达会不会对俞威谈起她和洪钧在一起的那些事呢?她会不会把洪钧的那些短处说出来讨好俞威呢?洪钧不敢想了,他觉得自己好像已经被剥得赤身露体地暴露在他的死对头面前,连一丝一毫的私密都没有了。

想到这儿,洪钧明白了,他刚才还在暗暗掐算着时间,想着琳达和俞威应该才认识几天,也就最多一个月嘛,比琳达当初闪电般的"钓"上自己还要快,洪钧实在想不通琳达为什么会变成这样,他鄙视琳达,更鄙视他自己。但他现在一下子就想通了，俞威，一定是俞威更主动，俞威知道洪钧和琳达的事，圈子里的人都知道，没有什么比占有琳达更能羞辱洪钧的了。洪钧越想越有道理，这也就不奇怪琳达为什么可以突然升为经理了，显然这也是俞威向琳达开出的极富诱惑力的条件之一。

　　小谭看着洪钧半天没说话，觉得自己不能也这么愣着了，就特意转了个话题，说："Susan当初还是你招来做Marketing Manager的呢，不知道你当时觉得她怎么样，反正我是根本没看出来她能做销售，我向她交接项目的时候，她一点儿感觉都没有，我当时都奇怪俞威怎么就敢让Susan来管sales。可没想到啊，后来我才发现了，这个Susan做销售还真挺厉害，她真放得开，可真敢奉献啊。"

　　小谭这么一说，把洪钧的思绪又拉回到了这个酒吧里，洪钧定了下神，问小谭："这么说，俞威还歪打正着发现了一个人才啊。哎，我问你啊，俞威，还有Susan，把你在普发的那些关系都接过去了吗？"

　　小谭犹豫着，连着喝了几口酒，洪钧知道小谭一时拿不定主意，就以退为进，又说了一句："我也是随口这么一问，你别为难，咱们随便聊。"

　　小谭心里在算计，虽然他人在ICE，可是他现在并不希望ICE赢普发这个项目，他不想看到俞威和Susan新官上任就大功告成，尤其是普发现在已经不是他负责的项目了，他希望将来人们都说，就是因为没有让小谭接着做普发，ICE才丢了项目。

　　小谭这么想着，嘴上却说："老板，要不是你这么问，我真不能往外说。你一直对我不错，上次合智那个项目你又那么仗义，我不能老对不起你啊。"

　　洪钧笑着，他知道小谭会这么说，他不想挑明小谭真实的想法。洪钧正想让小谭有个机会来还自己的人情，这样双方都轻松，洪钧说："你知我知，你这次就是帮我了。"

　　小谭一听洪钧这么说，立刻觉得师出有名，如释重负了，是啊，自己是为了报答朋友，也就怪不得他对不住ICE了。小谭说："老板，我就提醒你一句，你要小心那个柳副总，我劝你呀，就不用在他身上花功夫了，他已经是被ICE搞定的人了。还有，你不用担心ICE这次会给普发什么大折扣。上次合智的项目出了事，Peter就要求ICE在中国必须再签一个大合同，否则他整个亚太区的指标肯定完不成，俞威心里很清楚，把普发签成个小合同和干脆输掉其实都差不多，Peter都不会满意，

第十四章

俞威一定会赌大的。"

洪钧冲小谭举了一下手中的玻璃杯，然后喝了一大口，他心中有数了。

普发集团总部大楼的八层，位于走廊一端的那间最大的会议室里，维西尔公司的软件方案介绍会就快开始了。这是参与竞标的软件厂商在投标截止之前的最后一轮介绍会，之后就再也没有机会了，连着三家软件公司：维西尔、ICE 和科曼，每家用一个上午的时间，像走马灯似的做介绍，安排得既紧凑又公平。洪钧本来希望维西尔能被安排在头一个讲，为此还分别给孙主任和姚工都打了招呼，结果还是被安排在了最后，头一个讲的是 ICE。洪钧心想，看来这又是俞威在和自己较劲，再加上那个 Susan，洪钧开始领教了。不过洪钧不在乎，既来之则安之，最后一个讲也自有好处。

洪钧和菲比站在会议室门口外面，和每位进来的人都打着招呼，李龙伟在讲台上调试着投影仪，肖彬在台下的座位中间穿行着分发资料。快到九点了，会议室里稀稀拉拉地坐了不到一半，还不时有人不慌不忙地踱着步子向会议室走来。孙主任从会议室里走出来，笑着对洪钧说："洪总，时间差不多了，怎么样？要不你们也进去吧？然后咱们就开始。"

洪钧也笑着随口问了一句："你们金总不来呀？"又开着玩笑："我一直想拜见你们的董事长呢，这次是又没机会了，看来只能等签合同的时候再见了。"

孙主任似笑非笑地应付着："有机会，有机会。金总太忙了，这个会就没去请他参加，前两家来讲的时候，金总也都没听，很公平的。"

洪钧面带微笑，但并没有挪动脚步，他不急于进会议室。洪钧故意向走廊的另一头张望着，像是自言自语地说："也不知道金总今天在不在家。"洪钧所说的"家"指的就是普发公司和金总的办公室，公仆们都是以公司、以办公室为家的，说着听着都显得亲切，洪钧也就入乡随俗了。

正好，姚工也从会议室里走了出来，一听洪钧的这句话，就立刻说："在呢，在呢，我看见金总的车停在楼下呢，他又没出差，肯定在家。"

话音刚落，洪钧就看见远处一间办公室的门开了，从里面走出来两个人，他们正往与会议室遥遥相对的金总的办公室走。姚工也看见了，立刻说："那不就是金总吗？是刚从柳副总的房间出来吧？哎，柳副总应该来听这个会的呀。"

洪钧迅速地对孙主任和姚工说了一句:"我去打个招呼。"不等他们反应过来,就把他们俩和菲比都甩在一旁,大步朝走廊的另一端走去。

远处那两个人在走到金总的办公室大门前面时,停了下来,面对面站着说着什么。洪钧一边走一边想,天助我也,他就怕自己还没走到的时候他们就进了办公室又关上了门,洪钧就只得硬着头皮敲门,那可就远不如这种路上"偶遇"来得自然了。洪钧拼命迈开大步,并把频率加到最大,但他绝不能跑起来,哪怕是小跑也不行,不然就成了送快递的了。洪钧忽然有种感觉,这几十米的走廊怎么这么长啊,怎么走都到不了尽头。

那两个人说着话,肯定听见一阵脚步声由远而近,两人眼角的余光也都能看到一个身影正大步朝这边走来。他们不约而同地转过头,看见一个中等身材、西装革履的人走了过来,便下意识地不再说话,而是注视着洪钧。

洪钧看到他们发现了自己,心里轻松了许多,他放心了,因为他们不会甩下他走进办公室。洪钧脸上立刻浮现出笑容,一边继续大步走着,一边迅速打量着这两个人,一高一矮,一胖一瘦,一老一少,他猜测那个老而胖而矮的应该是金总,又回忆了一下在一楼前厅墙上张贴着的金总的相片,他确定了目标。

洪钧在还离两个人三四米的地方就向金总伸出了右手,走到金总面前站定,对金总说:"金总您好,我是维西尔软件公司的,我姓洪,我们今天来给普发介绍一下为普发做的软件方案,见到您很荣幸。"

金总虽然觉得有些意外,但出于礼貌还是把手也伸出来和洪钧的手握了一下。洪钧看了一眼金总旁边的人,身材和自己差不多,年纪似乎比自己稍微年轻一些,就也伸出手,对他说:"您好,我是洪钧,维西尔公司的,请问您是?"

那个人边和洪钧握手边回答:"我姓韩,韩湘,是金总的助理。"

洪钧又转向金总,双手递上自己的名片,韩湘在金总接过洪钧的名片正翻看着的时候说:"他们几家都是软件厂商,都想参与咱们的软件项目,今天应该是维西尔公司来讲他们的方案。"

洪钧在旁边笑着说:"是,我就是专门过来,想请金总也能去听听,就听一部分也好。"说完,又向韩湘递上自己的名片,韩湘也从兜里掏出名片,和洪钧交换了。

第十四章

金总面带微笑，看着洪钧说："好，欢迎啊，欢迎你们把国际先进的管理思想带给我们，也谢谢你们支持我们的工作。"然后，稍微沉吟了一下，面露难色地说："嗯，我下面正好还有个会，就不过去听你们介绍了。"说完又转向韩湘，说："小韩，要不你忙完手头的事，过去听一下？"

韩湘点了下头，刚说了声"好"，洪钧不等韩湘和金总挪动脚步就紧接着说："金总，我直接过来和您打招呼就已经够冒昧的了，那我就干脆斗胆再冒昧一下，我想请问，普发集团这次的软件项目，是要解决面子问题呢还是解决肚子问题呢？"

金总愣了，韩湘也愣了，洪钧不慌不忙的笑着解释："我这是打了一个不太恰当的比喻，面子问题，就是花钱买套软件，装装门面，也无所谓真正用得怎么样；肚子问题，就是真要用软件提高普发的管理水平，创造效益，让普发在以后更激烈的市场竞争中能够一直吃饱吃好，能够生存和发展。"

金总耐心地听洪钧说完，微微一笑，韩湘也随着笑了一下，金总看着洪钧的眼睛说："那你是怎么看的？"

洪钧迎着金总的目光，平静地说："我希望普发能选对软件，更要用好软件，我相信普发上软件项目是下决心要获得回报、取得成功的，因此您的参与就非常关键，所以我来请您。如果只是为了解决面子问题，那项目就太容易做了，您也没有必要在这个项目上花太多时间了。"

金总也很平静，两只眼睛一动不动地盯着洪钧，韩湘看一眼洪钧，又看一眼金总，刚想对洪钧说句什么，金总忽然开口说话了："小韩，你去把我桌上的本子拿上，我先去听听。"

韩湘立刻笑着答应了一声，又注视了洪钧一眼，转身走进了金总的大办公室。金总冲洪钧抬了下手，示意和他一起去会议室。

洪钧早已喜出望外，这下更是差一点兴奋得跳了起来。他刚才看见金总的身影就过来请金总去听维西尔的介绍会，完全是抓住时机搏一把，没想到金总这么痛快地答应了，而且主动和洪钧一起并肩走到会议室，这种举动向大家传递的信息太丰富了。

洪钧极力控制住自己兴奋的心情，微微欠着身子，跟在金总的旁边。金总迈的步子不大也不快，很稳健地走着，洪钧再也不用像刚才冲过来那样大步流星了，也稳稳地压住步子跟着。

金总转头笑着对洪钧说："刚才看你的名片，你可是状元啊。"

洪钧听了一愣，马上明白过来了，却并不挑明，而是故作纳闷地问："您的意思是？"

金总笑了起来，摆了下手说："没什么，我开个玩笑。你不知道吗？晚清的时候有个很出名的人啊，他也叫洪钧，和你完全一样的两个字，他就是状元，大才子啊，出使过欧洲，还带着那个叫赛金花的名妓，还算不辱使命吧，呵呵。"

洪钧当然知道一百年前这位和自己同名同姓的家伙，但是现在不是他炫耀自己是个"杂家"的时候，他陪着笑说："是吗？您不说我自己都不知道，我可太惭愧了。金总，您的学识可真渊博啊。"

金总又摆了一下手说："不行不行，只是爱看几本闲书而已。"

说着话，已经从走廊那头走到了走廊这头，两人到了大会议室的门口。菲比兴奋得满脸通红，她想不出洪钧用了什么办法竟然这么容易地就把金总给请来了，孙主任和姚工等几个站在门口的人也都很惊讶，但他们顾不上想菲比在想的问题，金总的突然驾到更让他们觉得紧张。孙主任忙把金总领进会议室，会议室里立刻产生了一阵骚动，坐在第一排的几个副总级别的人都站了起来，挪着桌上的东西给金总腾出最中间的位置，后面有些人忙拿起手机拨着号码，还有的干脆跑出了会议室，洪钧偷着乐了，他知道这些人都是正忙着招呼人来呢，金总都到了，下面的头头脑脑还不赶紧来？

韩湘快步走进了会议室，他手里拿着两个大记事本，一个是金总的，一个是自己的，当和洪钧的目光相遇的时候，他特意朝洪钧微笑着点了点头，然后把金总的记事本递给金总，自己坐在了头一排靠边的座位上。柳副总也匆忙走了进来，手里除了记事本还拿着个不锈钢的保温杯，看来保温杯里都没来得及沏上茶，他一边和金总等人打着招呼，一边叫服务员往他的保温杯里倒水。洪钧冲柳副总笑着拱了拱手，算是打了招呼，心想他肯定是原本没打算来的，听说金总来了才忙着赶来。洪钧以前见过这位主管财务的副总经理兼总会计师，柳副总是所有副总以上人员中唯一穿"蓝精灵"工作服的，估计是因为他也统管行政，得以身作则为他自己选定的工作服捧场吧，柳副总身材瘦小，还稍微有些驼背，像是长期伏案劳作的结果。

九点已经过了，但因为发生了这么一个小插曲，介绍会晚些开始也很自然。孙主任走到讲台前面，扫视了一下转眼之间已经坐得满满的会

第十四章

议室，便走到金总的座位前，弓着身子对金总说了几句，金总没说话，只是向上抬了抬手，孙主任便挺直身子，敲了敲手里的话筒，说："大家静一静啊，咱们这是第三场软件方案介绍会了，今天给我们做介绍的是维西尔公司，他们的情况我就不说了，留着他们自己来做介绍。我要特别提一句，集团领导也都很重视这次的软件项目，金总亲自到会，柳副总、周副总也都来参加，希望项目组和今天在场的所有同志都能认真地听，也积极地参与讨论。好，下面，我们就有请维西尔公司的先生们和女士来给我们做介绍。"说完，还象征性地鼓了几下掌，没想到金总很认真地鼓起掌来，带着所有人也都一丝不苟地鼓掌，孙主任一愣，便也又鼓了几下。

洪钧面带微笑，走上来接过孙主任手里的话筒，该他上场了。

洪钧已经在刚才短短的几分钟里临时改变了介绍的顺序和内容。原先的安排是由菲比首先介绍一下维西尔公司，然后李龙伟介绍维西尔为普发做的软件方案和项目计划，最后由洪钧做收尾，讲讲维西尔对普发项目的重视和承诺，肖彬没有任务，他就是来打杂和充数的。但是现在，一切都已经改变了，洪钧要先讲，而且他要讲的东西也变了，在洪钧眼里，满满的会议室里只有一个听众，就是金总，他要讲金总想听的东西。

洪钧首先环顾了一下会议室里坐着的所有人，然后把目光移向了前排，微笑着说："金总，柳副总、周副总，在座的各位大家好。首先感谢普发集团给我们维西尔公司这个难得的机会，让我们可以和大家一起交流。下面的内容我们是这样安排的，等一下我们维西尔公司的资深工程师李龙伟先生将向大家介绍一下维西尔为普发集团所做的软件方案。在此之前，我想先花一些时间，和大家聊一聊别的。"

说到这儿，洪钧停了下来，台下的一些人忽然意识到周围一下子变得安静了，便停下手上的各种小动作，抬起头一脸奇怪地看着洪钧。洪钧见收到了效果，便接着说："我做企业管理软件大约有十年了，亲身参与了不少项目，耳闻目睹的项目就更多了。很少有买了软件却不想把它用好的客户，也很少有卖了软件却希望项目失败的软件公司，但是，不可否认，一些企业买了软件以后一直没有用好，有的根本没有用起来，原因很多，而且每家都有每家的特定情况。普发集团决定上软件项目，最关心的是什么？是如何把软件用好，获得切实的收益。所以，我想和大家聊的，是我自己这些年总结出来的：决定软件项目成败的九个因素。"

金总拿起笔，在已经摊开的笔记本上，一笔一划地写下了洪钧演讲的题目，然后在"成败"二字下面又重重地划了两条线。洪钧事先准备演讲用的投影幻灯片里，只有三张和他临时改定的主题有些关系，洪钧就只用了这三张片子，足足讲了一个小时。在这一个小时里，台下几乎所有人都一直专注地听着，金总的到来足以把他们都"钉"在椅子上，使得他们不敢随意离场，但把他们的心思都"钉"在洪钧身上的，只能是洪钧自己的表现了。金总自己的笔记本已经记满了一页，又翻了一页接着写。

菲比坐在侧面，一直痴痴地盯着洪钧，恨不得把洪钧的每句话都印在脑子里，她早把洪钧分配给她的任务忘得一干二净。洪钧专门嘱咐过她要注意观察普发的关键人物们在听介绍时的反应，一个细微的表情或动作都不要漏掉，可菲比却直勾勾地看着洪钧，仿佛洪钧是在为她一个人做着精彩的表演，仿佛这间会议室里只有她和他两个人。

一阵掌声响起来，菲比在如醉如痴中被惊醒了，洪钧已经讲完，李龙伟站起身，走上前从洪钧手里接过话筒，贴着洪钧的耳边笑着说："干得漂亮，我讲下面的就容易喽。"

洪钧走到菲比旁边坐下，发现菲比的脸红红的，正觉得奇怪，台上的李龙伟开始讲了，菲比也故意躲避着洪钧的目光，做出一副要专心听讲的样子，洪钧也就不再多想，把心思都放到台下的那帮听众身上去了。

李龙伟讲完之后，就到了最后的交流阶段，孙主任站起身，招呼着大家有什么问题都可以提出来。洪钧走到台上和李龙伟并肩站着，准备回答台下的提问。

坐在中间的一个人举了下手就站了起来，对洪钧发问："你、你们刚才把你们的软件介、介绍了很多，听、听着是挺不错的。可是我也听、听说你们维、维西尔前一段做的几、几个项目都不成功，我还给一家公司打——啊——了电话去了解，具体是哪家我在这儿就——啊——就不方便说了，那家公司对你、你们意见很大。我想问的是，你们维、维西尔能不能保证我们普发——啊——集团的项目成功？你们如何来保证？"他的声音有些颤抖，不知道是有口吃的毛病还是太紧张的缘故，这个显然是事先准备过的问题，还是被他说得磕磕绊绊的。

洪钧不认识这个人，看来李龙伟也不认识，洪钧瞥了一眼菲比，菲比不出声地做了一个口型，可洪钧猜不出来她发的是哪个音，更猜不出

第十四章

来是哪个字。洪钧笑着,很自然地问那个人:"请问您是?"

那人犹豫了一下没有马上开口,孙主任已经说了:"小崔,财务部的,我们的业务骨干。"那人红着脸微微点了点头,坐下了。

洪钧明白了,这个结结巴巴的小崔原来是柳副总的人,刚才菲比冲自己做的那个口型就是在说"柳"字。洪钧用眼角的余光瞥了一眼坐在金总旁边的柳副总,只见柳副总皱着眉头,在本子上比划着什么。洪钧心里暗笑,看来柳副总作为导演也对这个小崔的表演不满意啊,他一定在埋怨小崔也太不会随机应变了,怎么也应该根据洪钧临时改动的介绍内容来调整事先准备好的问题呀?洪钧想,也难怪小崔,搞财务的嘛,看来是死板了些。

洪钧对着小崔,也是对着台下的众人说:"刚才您提的这个问题很好,说明大家都很关心怎么样把项目做好、做成,所以我刚才和大家聊的正是:决定软件项目成败的九个因素,如果我们一起针对这九个因素做好工作,项目就一定可以成功。刚才我在举例的时候,已经指名道姓地提到了维西尔做的几个项目中有不足之处,不知道您不方便透露的那家公司是不是就在我说的这几家之中。如果您同意我刚才列举的那九个因素,就会发现决定一个项目成败的因素是多方面的、复杂的而且是互相作用的。维西尔作为软件公司,作为软件的提供方,当然在项目中起着重要的作用,但不是唯一的作用。我可以向普发集团保证的是,维西尔公司的产品一定可以达到我们承诺过的功能和性能,维西尔公司也一定会按照对普发的承诺来支持普发项目。您刚才也说到了,这是普发集团的项目,那么,我想说一句比较直的话,如果希望由其他人来保证自己的项目获得成功,这种想法是有问题的。您刚才问,维西尔能否保证普发的项目获得成功,我只能实话实说,我们不能保证,也不会保证。我们会尽我们的全力,和普发集团以及其他参与项目的公司合作,共同来争取项目的成功。"

洪钧说完这番话,微笑着扫视会议室里坐着的人,但眼睛始终没有完全离开金总那一带。金总表情很平静,小崔刚才的提问和洪钧的回答好像都没有在金总脸上掀起任何波澜,他只是翻着刚才记下的两页纸,看着上面的文字。孙主任又张罗着继续提问题,信息中心的两个年轻人分别问了两个软件方面的技术问题,李龙伟一一做了回答。

这时，金总转了下手腕，低头看了眼手表，然后抬起头看着孙主任，孙主任立刻明白了，冲金总点了点头，然后对大家说："时间也差不多了，今天大家交流得不错，维西尔公司也给我们做了精彩的介绍，我代表咱们普发集团向维西尔公司表示感谢。今天就到这儿吧。"

大家鼓了鼓掌，就都一边收拾东西一边起身准备散了。洪钧望着金总，看到韩湘快步走到金总的座位前面，替金总收好记事本，又轻声对金总耳语一句，金总便抬起头，往洪钧站的位置望了过来，发现洪钧正在看着自己，就客气地笑了一下，扭头招呼孙主任："老孙，请客人们一起到餐厅吃顿便饭吧，我、老柳、老周也一起去。"说完，又转头冲洪钧笑着说："状元公，走吧，不要嫌弃，十块钱标准的工作餐，普发请客。"

洪钧又一次喜出望外，他克制着内心的惊喜，笑着点了点头。柳副总正站在金总旁边，轻声说："老金，好像前两家公司讲完之后，咱们都没请人家吃饭，要不，以后再找机会？"

金总一听，就对孙主任说："是这样吗，老孙？那你可是失礼啦，来的都是客嘛，哪儿能连顿饭都不留人家呀？人家埋怨你老孙我不管，我可不能让状元公说我未尽地主之谊。走吧，老柳，一起去，就是一顿便饭嘛，影响不了公平竞争。"

柳副总只好说："你们先去，我处理点事随后就到。"说完匆匆走了。

金总走到会议室门口，站住了等着，洪钧忙一边催着李龙伟、肖彬收拾好东西，一边带着菲比快步走向门口。周副总在一旁拍了洪钧后背一下，嘻嘻哈哈地开了句玩笑："你面子够大的呀，我还没来得及回请你呢，你倒先来蹭了我们金总一顿。"然后又冲金总解释着："他们请我们几个腐败了一次，唱了唱歌，洪总和刘小姐唱歌都够得上是专业水平。"周副总还对菲比挤了下眼睛，菲比正在纳闷周副总怎么这么没遮没拦地把被请去卡拉OK的事都说了，有些不知所措。

洪钧倒觉得很自然，周副总这样做恰恰显得很坦荡，没人能说什么，金总也不会在意。果然，金总用手指着洪钧和菲比说："你和刘小姐，状元公和赛……"说到半截突然打住了，哈哈笑了笑，摆着手说："不说不说了，再说就是胡说八道了。"

菲比还愣着，洪钧用手指轻轻推了推菲比的腰，让她往前走，菲比压低声音悄悄问洪钧："'赛'什么？"洪钧什么也没说，笑着往前走，走到韩湘面前时，他主动伸出手和韩湘握了一下，用眼睛对韩湘说了

第十四章

句:"谢谢。"韩湘又是笑着点了点头,洪钧相信他明白了自己的意思。

洪钧脚步轻快地和金总走出会议室,他的心情已经很久没这么好过了。十块钱一顿的普通员工餐,只有他知道得来的多不容易,也只有他知道这顿饭有多么大的价值。

第十五章

　　洪钧一行四个人刚从普发回到维西尔公司，洪钧就忙着打开笔记本电脑，上网处理电子邮件了。他很清楚，这天上午在普发取得的关键性突破，在公司里只有他们四个人关心，也只有他们为之高兴，上午发生的事肯定很快也会传到 ICE、科曼和其他参与投标的公司的耳朵里，但是在杰森和他的那些直接下属的眼睛里，这些都不算什么，他们在意的是洪钧今天似乎还没有开始工作，因为他还没有回复电子邮件。

　　洪钧看着屏幕上那一长串未读邮件，刚才的好心情就打了个五折，硬着头皮像愚公移山一样，搬着眼前这座 Email 大山。忽然他又有了那种感觉，他一定有一件很重要的事情要办，却又怎么也想不起来，他只好强迫自己不要再想了，估计等一下就会不经意地被什么东西提示出来。

　　有人急促地敲了两下门框，洪钧嘴里说着"请进"，一抬头看见是菲比。菲比的脸还是红扑扑的，洪钧印象中菲比从上午到现在好像都是这样像个熟透的苹果，是不是发烧了？洪钧又想，也可能是办公室的暖气开得太大，他瞥了一眼墙上的空调控制盘，正常呀，洪钧觉得奇怪，看来皮肤白嫩也有缺点，对脸红有放大作用。

　　菲比轻轻关上门，手里拿着一张纸，呼吸好像有些急促，胸脯一起一伏的，她大大的眼睛亮亮的，好像和红红的脸蛋一起放着光，洪钧不好意思再盯着看了，又转向电脑屏幕，问了一句："有事吗？"

　　菲比没有像平常那样在洪钧对面的椅子上坐下，而是绕过桌子，挨着洪钧身边站着，把那张纸摊在洪钧面前的笔记本键盘上，菲比的声音有些不自然，好像急着马上说完一样，她说："李龙伟和我商量的软件配置，给普发选的模块和用户数都列出来了，技术上没有问题，你看价格上、商务上还需要怎么处理。"

洪钧正觉得有些不对劲，但一看是最终的软件清单，也就不再多想，而是坐直了身子，仔细地一行行看着。

突然，菲比俯下身子，把头凑到洪钧旁边，飞快地在洪钧的右边脸颊上亲了一口，然后就像被弹开了一样，整个人又同样飞快地闪到了一边。

正在专心看着清单的洪钧，对这突然的一下"攻击"毫无准备，整个身体像被电击了一样，也一下子弹了起来，又重重地落在椅子上，惊魂未定地瞪大眼睛看着菲比。

菲比已经绕回到桌子前面，坐了下来，恢复了平静，像什么事也没发生一样，微笑着望着洪钧。

洪钧有些气恼，却又不便发作，等自己的呼吸变得平稳了，才指着菲比，一下子笑了出来，说："你怎么回事啊？我告你性骚扰啊。"

菲比被洪钧逗得大笑了起来，又马上夸张地捂住了嘴，不让声音发出来，但是手没有捂住的大眼睛已经笑得眯成了缝。等她笑得差不多了，菲比才说："切，我就骚扰你啦，你去告呀。"

洪钧已经恢复了常态，拿自己解嘲："咳，看我现在混的，全都反过来了，阴盛阳衰啊。"

菲比又笑了起来，说："你去告呀，我还是蓄谋已久的呢。"

洪钧拿起那张软件清单说："你跑来学荆轲刺秦王呐？拿来这张纸让我看，趁我不注意就行刺？"

菲比瞪大眼睛，连连点头说："对呀，学得不错吧？而且，他没成功，我成功了，嘻嘻。"

洪钧开始严肃起来，板着脸说："这可是在办公室，是在上班时间，有你这样的吗？"

菲比一听，也收住了笑容，调整了一下姿势，一本正经地说："别忘了，是你自己说的，做 sales 的没有下班的时候，所以上班下班一个样。"

洪钧一时没想出来怎么回答，下意识地抬起手，用手指擦着右脸刚才被菲比亲到的位置。菲比笑了，晃着脑袋说："不用擦，什么也没有。

第十五章

吃完午饭我特意没补口红。"

洪钧被她弄得又好气又好笑，看来她的确是蓄谋已久的。洪钧只好说："第一，谅你年幼无知，又是初犯，我就不再追究了；第二，你刚才的动作，在咱们同志之间，同一个战壕里的战友，也没什么不可以的，但不能代表别的意思啊。"

菲比根本不在乎洪钧怎么说，立刻嗤之以鼻地接了一句："切，看你一副道貌岸然的样子。我刚才那只是先给你一个下马威，我现在明确地通知你，你今天晚上要请我一起吃饭，我们应该好好谈谈。"

洪钧眼睛一亮，立刻记起来了他刚才一直在想的那件重要的事是什么，他忙从搭在椅子靠背上的西装的兜里掏出上午收来的一堆名片，一边在里面翻着，一边对菲比说："我真得谢谢你，你可真提醒我了，我晚上必须请人吃饭，但不能是你喽。"

菲比一听，气不打一处来，眼睛瞪了起来，说："你这不是故意欺负人吗？"又立刻平静了，问："你要请谁呀？我能问一下吗？"

洪钧向菲比解释："韩湘，金总的助理呀，吃饭的时候你们不是也打了招呼了吗？今天上午的两个意外收获，一个是请到了金总来听咱们的 seminar，另一个是发现了项目负责人的理想人选，就是韩湘。"

菲比只好说："是他呀，你要鼓动他来做项目负责人吗？他好像是对你印象挺好的，老冲你笑。那好吧，你直接约他吗？还是我来替你约？"

洪钧已经找到韩湘的名片，嘴上说着："这可得我自己来打，不敢劳您的大驾。"他拿起电话，发现菲比还一动不动地坐在椅子上，没有要出去的意思，就冲着门努了努嘴。

菲比歪着脖子看着房顶，说："我不走，你给韩湘打电话我怎么不可以听呀？我倒要看看你们是怎么约的。"

洪钧拿菲比没办法，摇了摇头，拨通了韩湘的手机，说："喂，你好，我是洪钧，维西尔公司的。"

韩湘在电话里说："哦，洪总啊，你好你好。"

洪钧说："韩助理，我心里清楚，是你向金总提议大家一起吃午饭的吧？我要谢谢你呀。"

韩湘回答："哎，不必客气，金总不是说了吗？地主之谊嘛。你们今天讲得很好啊，以后我要找机会多向你讨教啊。"

洪钧一听韩湘这么说，心里更有数了，看来他没看错人，韩湘不仅是个值得一交的人,而且韩湘也正有与他进一步结交的愿望。

洪钧立刻就势来了个顺杆儿爬,说:"好啊,选日不如撞日,既然说到这儿了,咱们就今天吧,晚上一起吃个饭?"

韩湘好像有些为难,想了想还是说:"哎呀,今天还真不巧。"

洪钧便问:"怎么?晚上有安排了?"刚说完,却看见对面的菲比得意地笑了,洪钧瞪了她一眼。

韩湘说:"是这样,晚上金总有个应酬,我得陪一下,只是意思意思,对方也不是什么重要人物,和金总也不太熟。"

洪钧一听,又来了精神,忙问:"那你那边大概几点能结束?"他抬眼看了下菲比,这回轮到菲比瞪了他一眼。

韩湘说:"不会晚过九点吧,金总不喜欢这种应酬的,他总说,还不如回家翻翻书看呢。"

洪钧立刻说:"那这样吧,晚上九点,咱们约个茶馆吧,你要是喜欢咖啡馆也行。估计你们就是在普发附近吃晚饭吧?那就在你们附近定个地方。"

韩湘说:"好的,我们普发大楼出来往东,十字路口再往南,有个咖啡馆,就那儿吧,九点,不见不散。"

洪钧一边重复着韩湘说的路线和位置,一边记在了桌上的便笺上,然后,对着电话也说了句不见不散,就放下了电话。

洪钧满意地长舒了一口气,像是自言自语地说:"哈哈,安排妥当,随心所愿。"抬起头,却意外地发现菲比正咬着嘴唇,眼圈红了,洪钧立刻不知所措,刚想说些什么,菲比已经站起来,说了句:"那你忙吧,我没事了。"就拉开门走了出去。

洪钧摇了摇头,他心想,他这么花费心思的普发项目,不正是她菲比的项目吗?菲比怎么一点儿都不领情?算了,不想了,还没把这些Email收拾完呢。

洪钧正埋头于左推右挡地处理着电子邮件,又有人敲门了,这次进来的是李龙伟。洪钧本以为他是因为当天上午的介绍会效果很好,兴奋不已再次来庆贺一下的,没想到李龙伟脸色凝重,一丝笑容都没有,洪钧心里一沉,刚才被败兴的电子邮件折腾得硕果仅存的一些好心情,这下全都无影无踪了。

洪钧看着李龙伟关上门,坐下来,没有首先说话,而是用眼光问询

第十五章

着李龙伟。李龙伟先叹了口气,过了一会儿才说:"Lucy 又犯病了,她刚才来电话,让我去上海给一个客户介绍产品。"

洪钧"嗯"了一声,他已经猜到了会是类似的事情。洪钧在外企做了这么多年,已经养成了遇事先了解清楚,慢下结论的习惯,尤其不会怒而兴师,不给自己留退路。他问李龙伟:"上海的项目大致是个什么情况?要你去做什么?"

李龙伟烦躁地说:"既不是大项目,也不是眼前的项目,我都怀疑压根儿就不是个项目。IBM 给这家客户做了个方案,里面推荐了咱们的软件,IBM 要给客户做个 seminar,拉咱们也派个人去,把几个模块介绍一下,就这么个烂差事。你说,这个 Lucy 有没有一点基本的 sense 呀?"

洪钧没有马上反应,而是接着问:"咱们上海的 sales 里,有谁负责这个项目的吗?"

李龙伟回答:"我问 Lucy 了,谁是这个项目的 sales,我好多了解些情况,她说她也不清楚。我刚才给上海的 Roger 打了电话,他说他下面的 sales 里没人跟过这个项目。你说这叫什么事?"

洪钧快达到他的克制力的极限了,他深吸了一口气再吐出来,又问了一句:"你提醒 Lucy 你现在忙普发的标书都已经忙不过来了吗?"

李龙伟也快火了,说:"我说啦,还剩六天,还有好多章节得赶出来呢。她说没关系,算上往返只需要两天就够了,不会影响。她是真不懂还是假不懂呀?咱们都快按小时倒计时了,一下子去掉两天,这不是釜底抽薪吗?"

洪钧其实一直就是在考虑这个问题:露西到底是真不懂还是假不懂,她这么做究竟是无意中来添乱,还是蓄意拆台。如果露西是无意之举,说明她的确分不清业务的轻重缓急,根本没有商业头脑,愚蠢之极;如果露西是有意为之,她也太嚣张了,连个更加合理一些的借口都懒得找,难道是有恃无恐?洪钧打定主意,暂且把露西看成那么笨,而不把她看成那么坏。

洪钧笑着对李龙伟说:"Lucy 估计是忙晕了,谁都向她要人要支持,也难为她了。不要紧,我和她讲一下就没事了,她可以找 Roger,Roger 派个 sales 去最合适,sales 应该可以做这种产品介绍的,还能趁机摸摸客户的情况。如果担心 IBM 现在不想让咱们的 sales 介入,Lucy 可以亲自去讲,还显得维西尔对 IBM 的项目有多重视呢,经理都亲自上阵了。"

李龙伟撇了下嘴，说："Lucy 去讲？你也太高看她了。她能做的事，连 Mary 都能做，我们能做的事，她一件都不能做。"

洪钧非常惊讶，他相信李龙伟的话并不夸张，那这个露西对公司有什么价值可言呢？洪钧立刻又想到更深的一层：露西应该也清楚这一点，所以她一定有危机感，这个岁数的女人本来就有危机感，加倍的危机感会让露西处处戒备，她可能敏感而好斗，洪钧告诫自己要小心了。

洪钧不露声色，轻描淡写地说："不管这些了，你接着全力忙普发的标书，我来和 Lucy 谈。如果她再催你，你就说是我坚决不批准你的出差申请。哦，对了，你不要再和她谈这件事了，由我一个人来和她沟通好一些。"

李龙伟点了点头，出去了。洪钧在想什么时候给露西打电话说这件事，露西刚和李龙伟通过电话，自己就一个电话追过去谈，显得自己太急了，而且露西会觉得李龙伟和自己的沟通太密切。洪钧决定明天早上再给露西打电话，可能一夜之间露西会自己改变主意，没准儿 IBM 和客户的活动都会突然延期甚至取消了呢？洪钧的经历告诉他，有些问题发生了，不要太急于采取行动，世事难料，有些问题来得快去得也快，有时候问题会自行解决掉的。

傍晚的时候，起风了。十八层本来并不算高，可是洪钧的小办公室位于写字楼的一个拐角位置，又面向西北，正好成了风口，大风夹带着沙尘拍打在楼外的墙面上，撞击到窗户上，鬼哭狼嚎一般地呼啸着。

洪钧差不多忙完了，觉得饿了，普发集团的那顿十块钱的工作餐，的确是精神作用大于物质效果。洪钧站起身，刚要出去解决自己的肚子问题，菲比正好拎着一个塑料袋把他堵了回来。

菲比把塑料袋放到桌子上，从里面往外掏着，嘴里说着："麦香鱼两个，苹果派一个，小心烫嘴，香草味的奶昔一大杯，就这些。现在有疯牛病，就没给你买巨无霸；现在有口蹄疫，就没给你买猪柳蛋；现在还有禽流感，就也没给你买麦香鸡；油炸食品会让你变得更加痴呆，就也没给你买薯条。所以，就这些，凑合吃吧。"

洪钧听着菲比唠叨着，知道她又已经把下午的不开心抛到脑后了，心想，看来菲比也是属于那种可以自己解决自己的问题。洪钧笑着说："行了，别摆摊儿了，我自己来吧。哎，龙伟他们吃了吗？"

菲比一边把已经空了的塑料袋捋了一下，打了一个结，扔到废纸篓

第十五章

里,一边说:"龙伟和肖彬出去吃了,说是去涮羊肉,回来还得挑灯夜战呢,要先补一补。"

洪钧把包着汉堡包的纸打开,两只手捏住汉堡,张开嘴正要去咬,又忽然想起了什么,停住了问:"哎,对了,你吃了吗?"

菲比一听,先是双手合十,作了个揖,又用手在胸前划了个十字,憋着笑说:"谢谢菩萨和玛丽亚,亏你还知道关心我一下,我太感动了。我才不吃这些垃圾食品呢,我呀,就吃了一瓶酸奶,嘻嘻,我减肥呢。"

洪钧就不再客气,他真饿了,咬了一大口汉堡包,嘴里嚼着,咕哝着说:"别介,你减什么肥呀,小孩子正是长身体的时候,再说,你也得有的可减呀。"

菲比仰头冲着天花板,说:"切,我乐意。谁让我面子不够,不配和你共进晚餐呢,就只能自己打发自己了。"

洪钧随口又问了一句:"那你晚上怎么安排?"

菲比立刻看着洪钧,兴奋地说:"咦,太阳从东面掉下去啦?要不,等你和韩湘谈完,你请我吃饭?"

洪钧摇着头说:"我就是随便问问,我和韩湘不定谈到什么时候呢。这样吧,等咱们把普发的合同赢下来,我请你吃饭。"

菲比的神情又黯淡了下来,她站起身,说:"你吃吧,我走了。"

洪钧在她背后喊了一句:"早点儿回家吧,别陪他们加班了。"菲比没有任何反应,头也不回地出去了。

风越刮越大,洪钧下了出租车,迎面一股凉风就呛进了他嘴里,他忙闭紧嘴,眯起眼睛,把风衣的领子竖起来,一只手压着被风吹起来的下摆,钻进了咖啡馆。

洪钧低着头扎进来,还没站住,就已经撞上了一个人的后背,洪钧连忙说了声对不起,抬起头,正好那个人也转过身来,原来正是韩湘,两个人都笑了起来,握了手,又同时说了句:"刚到?"就又笑了。

他们挑了个靠窗的位置坐了下来,洪钧要了杯咖啡,韩湘要了一杯立顿红茶。韩湘先开了口:"洪总,你今天让我开了眼了,我非常佩服你。"

洪钧笑着说:"我看咱们还是先把称呼改改,以后你我之间,你不要叫我洪总,我也不叫你韩助理。咱俩岁数差不多,老啊小啊地叫好像也别扭,咱们的名字又都是单字,要不这样,干脆连名带姓直接叫吧?"

韩湘就说:"好呀,就这么办吧。"

洪钧好奇地问:"你这个名字有意思,和八仙里面的韩湘子有什么关系吗?"

韩湘说:"那是因为我父母都是湖南人,我是生在北京的,估计他们给我起名字的时候正好想他们老家了,就给起了这么个名字。"

洪钧笑了,他就是要自然而然地尽快多了解一些韩湘的情况,又接着问:"那你就一直都在北京?大学也是在北京念的?"

韩湘说:"是啊,所以我也是一口北京腔儿啊。大学里学的是经管,在机关呀、企业里都干过几年,来普发不到三年,一直给金总当助理,瞎混呗。"

洪钧忙接了一句:"你这还叫瞎混?那我就得算是鬼混,净和鬼子瞎混了。"

韩湘也笑了起来,洪钧接着说:"我觉得你在普发前景挺不错啊,金总对你挺器重的。"

韩湘也很实在,并没有客套,说:"金总对我还行,可我也不能老当这个助理呀,也在看有没有机会。我刚才说佩服你,你知道我最佩服你什么吗?"

洪钧不好说什么,只能微笑着等着,韩湘接着说:"我就是最佩服你发现机会和抓住机会的能力。在普发这种大企业里面,有的时候机会就是转瞬即逝,要真想抓住机会不是件容易的事呀。哎,我就是好奇啊,你今天早上在走廊里跑过来对金总说的那些话,是事先就准备好的,还是看到金总临时想出来的?"

洪钧便客气地说:"咳,也不用事先准备,都是些大实话嘛。也是被逼出来的,因为我太想请金总也来听听了。"

韩湘说:"真的非常精彩。我后来还想过,你如果说些别的什么话,是不是也能把金总请动了,可想来想去想不出来。只有像你那样说,金总才会去,而且只要你那么一说,金总就会去。太精彩了,我就像看了场电影。金总对你的印象也很好啊。"

洪钧说:"金总肯定清楚,那只是些小聪明。像他那种地位的人,做重大决定的时候,是不会根据自己的印象来定的。"

韩湘喝了口红茶,说:"那倒是,不过你后来在会上讲的那些就更精彩了。实话告诉你啊,我后来看了看金总的记事本,你讲的那九条他一

第十五章

字不落全记下来了，还写了好多话，他就是去市里开会，本子上也很少记这么多东西的。"

洪钧在想办法把话题绕到韩湘身上去，他不是来听韩湘夸自己的，便说："说到这儿，我倒想问问你，金总对这个项目这么重视，你对这个项目怎么看？"

韩湘沉吟了一下，试探着说："嗯，我对这个项目还真接触得不多，他们下面为立项报上来的材料，我给金总看之前倒是都翻过，可是看得不细。总经理会上讨论这个项目的时候我也都在，就是竖着耳朵听了听，没太上心，都是柳副总主要发言，金总也主要是以听为主。"

洪钧听到这儿，心里直打鼓，看来俞威做柳副总的工作算是看准人了。洪钧在 ICE 的时候就和小谭拜访过柳副总，估计俞威一到 ICE 就从小谭手里把和柳副总的关系接了过去，并且迅速拉近，而柳副总在项目上的作用的确是举足轻重啊。

洪钧更加觉得形势紧迫，时间不等人，真想马上和韩湘彻底挑明，但他还是克制住了，这时候更急不得，只能因势利导、循循善诱了。洪钧用小勺搅动着杯子里的咖啡，像是不经意地问："你觉得在普发，对于你下一步来说，什么样的机会是好机会？"

韩湘天天在考虑的其实就是这个问题，这也是他现在最愿意和洪钧讨论的话题。虽然韩湘今天才认识洪钧，但他觉得好像和洪钧已经很亲近，他佩服洪钧的能力，也相信洪钧的为人。另外，他和洪钧没有任何利益瓜葛，他可以把洪钧当作普发的一名局外人，敞开来讨论。

韩湘略加思索，对洪钧说："我这个助理，可不是一般所说的秘书，说句大言不惭的话，我已经是普发的核心管理层最年轻的成员。但是，大多数人又只把我看作是金总的个人助理，我也始终处于金总的影子里面，没有独当一面地负责过任何业务。所以，我的位置看似很得意，前途无量，实际又很危险，因为完全依托在金总一个人身上，好像是靠着一棵大树，其实我自己一点儿根基都没有。金总早晚要退休，所以我不进则退，如果不能尽早利用金总的影响，把一块具体的业务抓在自己手里，掌握一个有实权的位子，等金总一退休，我充其量就是现在的孙主任那个样子，从金总的助理沦落为给整个管理层打杂的。我不是说想找机会向你讨教吗？其实我就是想让你帮我出出主意，看看下一步的方向到底在哪儿。"

洪钧全神贯注地听着，听到这儿笑着插了一句："什么讨教啊，随便聊嘛。对了，你有没有探过金总的意思？金总对你不错，估计他也会有所考虑，有所安排。"

韩湘说："你肯定也觉出来了，金总人很不错，所以我赶上给金总当助理是我的运气，其实，你今天赶上金总也是你的运气，如果碰上我见过的另外一些企业的老总，那帮没素质的家伙，真能把你晾在那儿。但是，我是这么想的，还是应该自己努力争取一下，而不是等着金总临走的时候安排。他们那辈儿人和咱们不一样，追求的东西也不一样，他觉得安排得挺好，可能我觉得并不好，所以，我可以请他帮我，但方向我要自己定，而不会请他替我安排。"

洪钧微笑着，目光直直地盯着韩湘，把韩湘都弄得有些不自然。洪钧现在已经非常欣赏韩湘了，他觉得韩湘很直率，而且韩湘有一种自强不息的进取心，大概人天生都会喜欢和自己相似的人，洪钧已经把韩湘当作自己的知心朋友了。起初，洪钧想的是如何打着帮助韩湘的旗号，使韩湘帮助自己赢得普发项目，现在已经发生了变化，他在考虑如何与韩湘一起做好普发项目，来真正地帮到韩湘。

自己要了解的已经差不多都了解到了，让韩湘表达的他也已经表达得再清楚不过了，洪钧觉得时机已经成熟，便说："韩湘，我听你说了这些，作为局外人，有个不太成熟的想法，你不妨听听。你有没有想过，普发现在正在搞的软件项目，会不会就是摆在你面前的一个机会呢？"

韩湘把茶杯挪到一边，坐直了身子，往前凑了凑，很有兴趣地说："你说说看，我很想听听你的看法。"

洪钧接着说："你刚才说得很对，要想在一个地方有所发展，必须抓住一块业务，这块业务要么是企业现有的核心业务，要么是企业未来的新兴业务。想把现有的核心业务抓到手里，难度很大。首先，核心业务已经掌握在别人手里，周副总掌握着市场和营销，柳副总掌握着人、财、物，生产和经营更是金总亲自参与，你很难争过来，而且，和你一样雄心勃勃的人恐怕大有人在，都盯着这些实权，另外，就算金总对你再器重，也不会贸然把你送上这么关键的岗位，他不放心。所以，你现在的策略应该是，首先寻找机会，来全面、深入地介入普发集团的核心业务，树立你新生代的代表人物的地位，同时积极寻找普发集团的新兴业务方向，并争取负责新兴业务，普发在转型，现在的新兴业务就是今后的核心

第十五章

业务,谁最早在普发拓展新业务,谁就有可能在今后的普发中成为核心。"

韩湘认真地听着,听得眼睛都开始放光了,他见洪钧停住了,忙追问:"你接着说,说说这个软件项目。"

洪钧又喝了口咖啡,笑了笑说:"你可一定不要把它看作只是买套软件,装到电脑上就完了,这是普发转型的很重要的一步。普发的人、财、物、产、供、销,所有业务都要涉及,没有用过软件的部门,这次就要用软件管起来;已经用了的,要统一移植到这次新买的软件上来。你可以在这个过程中,真正深入地了解普发所有的业务,让各个业务部门的人也都真正地了解你。未来的普发,主要的经营和管理流程都是依托在这套软件系统之上的,可以说,谁掌握了这套软件系统,谁就掌握了普发。而且,这次的软件项目,体现了最先进的管理理念,包含了最高的科技含量,规模最大,难度和复杂性也最高,普发这些年搞的项目里没有可以和它相提并论的,你就成了新普发的代表人物。我还相信,普发的新兴业务,一定比老业务更容易利用这套软件,而你也可以顺理成章地参与新兴业务,进而成为新兴业务的负责人。"

韩湘琢磨着洪钧的每句话,眉头皱了起来,问洪钧:"这样一步步走下去,的确很好,可这第一步怎么走呢?我能弄好这个软件项目吗?"

洪钧听韩湘这么问,心里暗暗松了口气,他刚才的一番苦口婆心,已经让韩湘动了心,韩湘现在关心的已经是"怎么去做",而不是"要不要做"了。洪钧一鼓作气,说:"依我看,普发的项目,就缺一个强有力的负责人,而你,正是最佳人选,简直是非你莫属。首先,这个负责人要有足够的权威,才可以在项目中调动所需要的资源,在关键时刻可以拍板,而你凭现在的地位、你和金总的密切关系,完全可以挟天子以令诸侯;其次,这次的项目涉及所有部门,牵涉各方利益,由直接负责某个部门的人来做负责人,都很难协调各种矛盾,所以虽然柳副总很积极,但因为他直接管着财务等部门,销售、总工办都可能怀疑他的公正。而你恰恰不隶属于任何业务部门,大家都会相信你可以一碗水端平;另外,你本身就是学经管的,负责企业管理软件的项目,也是名正言顺,你又最年轻,学习能力强。所以,你想想看,在普发那么多人里面,你能找出比你更合适的人来吗?"

韩湘已经被洪钧的这一席话弄得热血沸腾了,心里有股强烈的时不我待、舍我其谁的豪情在冲撞着,他激动地向洪钧伸出手来,两人的手

205

在桌子上方握在一起。韩湘说:"你的意思我全听懂了,我觉得句句在理。这次的软件项目就是个契机,我完全应该抓住这个契机,直接介入到普发的全面业务中,而且可以独当一面,用项目的成功来证明我自己,同时为掌握普发的新兴业务占据一个有利位置。我明天就去和金总谈,向他主动请战。金总给这个项目负责人起了个名字,叫项目总指挥,他们以前搞工程会战的时候弄的毛病,老像打仗似的,你们外企就喜欢叫什么总监,我请他派我来坐这个位置。"

洪钧微笑着,以为韩湘的话说完了,刚想把手收回来,没想到韩湘又紧紧地握着他的手说:"以后,我一定会经常向你讨教,你可必须帮我把这个项目搞成功啊。"

洪钧就以退为进地说:"那是肯定的,即使你们选了其他公司的软件,作为朋友,我也会尽力给你出出主意,毕竟经历过不少项目了。"

韩湘摇了摇头说:"你上午讲的那九条里,不就是一再强调人的因素比软件重要吗?我是在选合作伙伴,而不是在选软件,我相信你是我最好的合作伙伴。"

这次,洪钧没有急于把手收回来,而是把左手也抬了上来,放在两人一直握着的右手上,用力按了按。

洪钧和韩湘走出咖啡馆的时候,已经快十一点了,风一点没有变小的意思,呼呼地刮着。洪钧在咖啡馆外面的小街上拦了一辆出租车,把韩湘先送上了车,他一只手裹紧衣领,一只手在风中挥了挥。等车走远了,洪钧转过身,一边努力背对着风,一边向小街的两头张望寻找着空车。

忽然,他的目光定住了,就在他的正对面,小街的另一侧,两棵细长的已经被风刮弯了的小树中间,立着一个同样细长的身影,迎着风倔强地笔直站着。洪钧不相信自己的眼睛,又眯起眼睛仔细看,那人一动不动,洪钧看不清那人的脸,但觉得那人一直在死死地盯着自己。终于,洪钧看清了那人被风吹起的风衣的颜色,是紫红色,洪钧确信了自己第一眼的感觉,是菲比!

洪钧立刻向街对面跑过去,大风把他吹得差一点刹不住脚步,他几乎要撞到菲比才停了下来,现在鼻尖对着鼻尖,洪钧终于看清了菲比的脸。菲比满脸通红,洪钧想起来这一整天她的脸色都是这样红红的,他顾不上去想她之前的脸红是因为什么,他很清楚她现在的脸红是被风

第十五章

吹的、被冻的。

洪钧马上拉着菲比的胳膊转了个半圈，这样菲比就可以背对着风，而洪钧变成迎风站着了。菲比的眼睛终于可以完全睁开，一眨不眨地看着洪钧，笑了。

洪钧脑子里在想她是怎么找到这里的，他想起来下午和韩湘约定这家咖啡馆的时候菲比就在旁边听着。洪钧吃力地把嘴张开一道缝，问菲比："什么时候来的？"

菲比说："不到十点就到了，谁想到你们真聊这么久。"

洪钧吃力地说："怎么不进去？给我发短信也可以啊。"

菲比说："怕影响你嘛。"

洪钧大声问："怎么了？有什么急事吗？"

菲比刚一见到洪钧就变得亮亮的眼睛此刻又黯淡了下来，她过了一会儿才说："没事，想见你，想让你请我吃饭。"

洪钧哭笑不得，本想从鼻子里往外"哼"一声，结果被风呛了回去。他有些不耐烦地说："为什么非得今天啊？这么大风，改天不行吗？"

菲比咬着嘴唇，一个字也不说，只是轻轻摇了下头。

洪钧又问："别说是你生日啊，那也太俗了。"见菲比又摇了摇头，他又咧着嘴笑着补了一句："今天是'一二·九'，你要纪念学生运动吗？"

菲比没有笑，又摇了下头。

洪钧伸出手，拉着菲比的胳膊说："走吧，打车送你回家，有话上车说，风太大了。"

菲比没有动，洪钧又拽了一下，还是没有拽动，菲比死死钉在地上。洪钧看着菲比的脸，刚要大声喊出来，却一下子呆住了，借着被风吹得摇摇晃晃的路灯的微光，洪钧看见菲比的眼睛里两串大大的泪珠无声地淌了下来。

洪钧懵了，他在脑子里对自己说："完了"。洪钧最见不得女孩子在他面前流泪了，这是他的软肋，这是他的命门，菲比的眼泪一瞬间就把洪钧俘虏了。

洪钧的心一下子软了下来，他觉得面前的菲比是那么凄美，对他是那么真情。洪钧双手扶住菲比的肩头说："算啦，我算是死在你手里了。走吧，反正我刚才咖啡喝多了，一点儿也不困，干脆我陪你吃饭，陪你聊天，陪你一晚上。"

菲比笑了，眼泪却没有止住，仍然刷刷地流着。

洪钧也笑了，说："我手脏，你自己找东西把眼泪擦了，被风一吹皮肤该坏了。"

菲比使劲点了点头，把手伸进手包里掏着。洪钧侧过身和菲比并排站着，把手搭在菲比的肩头，搂着菲比，说了句："走吧。"

菲比和洪钧沿着小街向前面的十字路口走去，没走几步，菲比就把头歪过来，靠在了洪钧的肩膀上，洪钧的脖子有些僵硬，又过了一会儿，才放松下来，慢慢地把头也歪过来，和菲比的脑袋挨在了一起。

第十六章

　　刮了一夜的风在第二天早晨停了,多日的阴霾被大风吹得无影无踪,压在北京城上的灰蒙蒙的盖子终于不见了。洪钧几乎一夜没睡,筋疲力尽地进了办公室,抬起干涩的眼睛看了一眼窗外,不禁叫出声来,哇,真是难得一见的景色。天空蓝蓝的没有一丝杂质,视野开阔极了,办公室位于西北角的位置现在也有了优势,可以一直清晰地看到西面和北面的群山,洪钧甚至觉得自己看见了香山上的索道缆车,又一想,怎么可能呢?洪钧独自笑了笑,觉得心情非常舒畅。

　　他坐到椅子上,打开笔记本电脑,开始每天早上的例行功课,处理信箱里的电子邮件。很快,他的一番好心情就被一封电子邮件彻底破坏了。洪钧紧皱着眉头,努力压着胸中的火气,把这份电子邮件打印了出来,走到外面给自己倒了一杯水,然后扫视了一下外面的几张办公桌,又走到前台,问玛丽:"菲比还没到吗?"

　　玛丽立刻站起来,摇着头说:"还没到,也没打电话来,可能还在路上,应该快到了吧。"她看着洪钧铁青的脸,声音越来越小,最后都小得快听不见了。

　　洪钧看她这样,也没心情向她解释,而是硬硬地说了句:"等她来了,让她马上来见我。"说完就转身回去了,玛丽吓得呆呆地站了一会儿才又坐下。

　　洪钧回到办公室,强迫自己坐下来,但再也没有心思看电子邮件或做其他的事，就干脆双手抱在脑后，在椅子上仰着，眼睛直直地盯着门口，等着菲比的出现。

过了一阵，洪钧觉得快熬不住了，正要让玛丽打菲比的手机，他听见外面响起了急促的脚步声，脚步声停了一下，估计是玛丽叫住菲比说了什么，脚步声又响起来，直奔洪钧的办公室，很快，菲比出现在了门口。

菲比的脸色红润，亮亮地闪着光泽，一双大眼睛也亮亮的，看着洪钧，脸上露出的是昨晚在咖啡馆外终于见到洪钧时的那种微笑，甜蜜而满足。慢慢地，她的微笑僵住了，眼神也暗了下来，眉头也皱紧了，菲比看清了洪钧正像个凶神一样地瞪着自己，明白了他不是在开玩笑，菲比害怕了，她从来没有见过洪钧的这副样子。

菲比蹑手蹑脚地走近洪钧桌子对面的椅子，一只手摸到椅子靠背，慢慢地刚要坐上去，洪钧阴沉地说了一句："你干的好事！"菲比的重心刚放到椅子上，被洪钧这句闷雷一样的话吓了一大跳，差点摔在椅子上，她马上撑着椅子站直了，把滑到眼前的头发又捋到了耳朵后面，脸色苍白地望着洪钧。

要在平时，洪钧肯定被菲比的样子逗乐了，他的心也早就会软了下来，但洪钧强制自己继续板着脸，冷冷地瞪着菲比。过了一会儿，洪钧抓起刚打印出来的电子邮件扔给菲比，说："你自己看看！"

菲比忙接过那张纸看起来，觉得已经看完了就抬起头来，洪钧又恶狠狠地说："背面还有！这种垃圾，不配浪费我两张纸！"

菲比忙把纸翻过来，又继续看完，然后抬起头，气呼呼地说："这个Lucy怎么像条疯狗一样呀？她也太……"

洪钧毫不客气地打断菲比的话，说："你少说别人。我先问你，谁是你的经理？"

菲比怯生生地没敢回话，只是把手抬到胸前，悄悄地把食指伸出来向洪钧指了一下就又缩了回去。

洪钧被菲比的举动弄得心里暗笑，但脸上没有丝毫缓和，继续质问："我再问你，你英语怎么样？"

菲比有点被搞糊涂了，不知道洪钧是什么意思，只好说："凑合吧，不太好，也就够用吧。"

洪钧被菲比的话弄得火气又上来了，他大声问："够用？够怎么用？

第十六章

你能用英语打官司吗？你能用英语吵架、骂人吗？"

菲比更糊涂了，愣愣地摇了摇头。洪钧一下子爆发了出来，他指着菲比手上的纸，几乎是吼着说："那我问你，Lucy 让李龙伟去上海出差的事，轮得到你直接找 Lucy 说吗？你凭什么用 E-mail 和 Lucy 打仗，和她打这种笔墨官司？"

菲比明白过来了，满脸委屈，又急又气地说："我哪里和她打仗啦？我听李龙伟一说我当然着急啦，普发写标书这么紧张，哪还能去出差？"

洪钧听到菲比还在辩解，更生气了，说："轮得到你和她讲吗？李龙伟当时就告诉我了，我和 Lucy 讲一下就能解决的。"

菲比更委屈了，噘着嘴说："我怎么知道嘛？昨天晚上我听李龙伟一说就急了，你又在和韩湘谈事呢，我就赶忙给 Lucy 写了封 E-mail。"

洪钧也不由得生李龙伟的气，自己已经告诉他不用管了，自己会负责和露西沟通，这个李龙伟还和菲比唠叨什么呢？看来李龙伟对露西非常不满，总要找人倾诉，可偏偏找的是菲比。

洪钧拿起桌上的电话机，在空中挥舞了两下，又拿出手机，对菲比比划着，说："公司给每个人的桌上配的电话是干什么用的？公司每个月给你报销手机话费又是为了什么？嗯，为什么不打电话，为什么偏偏要用你词不达意、狗屁不通的英语来写这种白纸黑字的东西？"

洪钧话一出口也有些后悔了，他不该说什么"狗屁不通"的。他看着菲比的脸变红了，眼圈也红了起来，就赶紧缓和了一些，说："英语不是你的母语，是外语，你写出来的并不一定是你要表达的意思。同样，英语也不是 Lucy 的母语，对她也是外语，她理解的就更不一定是你要表达的意思。E-mail 本身就不是一种很好的沟通方式，不像电话，你说了第一句，就可以根据对方的反应来决定如何说第二句，但是你无法用 E-mail 来和对方进行实时的交流，你不知道人家看了你的第一段会怎么想，即使你知道了也晚了，因为你的第二段已经写上去发给人家了。所以，E-mail 最适合用来做什么？最适合用来下战书，用来发最后通牒。有些美国人把发电子邮件说成是'throw email'，'扔电子邮件'，这个'扔'字非常形象，就像两军对垒，互相往对方的战壕里扔手榴弹。"

菲比嘴里嘟囔着："我没有对她宣战呀，我就是想请她不要调李龙伟去上海，是 Lucy 她自己神经过敏，还写了这么一大通莫名其妙的东西。"

洪钧又开始不耐烦了，说："你怎么还不明白呀？你不要讲你本来是什么意思，你要看看 Lucy 把你的 E-mail 理解成了什么意思。你再看看她是什么时间给你回的 E-mail？"

菲比看了一眼手上的纸，笑着说："昨天夜里零点二十五分。那时候咱们正在喝永和豆浆呢。"

洪钧没好气地说："你少提那个。我敢断定，她昨晚上没干别的，全用来给你回这封 E-mail 了，你看她写了多少，对你的 E-mail 逐字逐句地辩解、反驳，她现在肯定正等着你或者我再找上门去和她接着打呢，她还专门 copy 给了 Jason 和 Roger，要让大家都来主持公道。这种你来我往的笔墨官司，是不是内耗？本来很容易解决的事情，让你一下子把矛盾挑起来，现在可就难办啦。"

菲比不知所措地说："谁知道 Lucy 现在就到了更年期啦。那你说怎么办呀？"

洪钧"哼"了一声说："怎么办？你惹的麻烦，还不是得我给你擦屁股。"

菲比的脸"腾"地全红了，好像连耳朵和脖子都红了，咬牙切齿地说："真不文明。"

洪钧也知道忙中出错又说了不该说的话，但也顾不上了，又补上一句："你记住，以后整个北京办公室的人都要记住，同一个办公室的，不许打内线电话，有话走过去当面说；找上海和广州维西尔的，尽量打电话，除非有文件要用 E-mail 发，否则尽量少用 E-mail；最后，发 E-mail 的时候，如果直接发给或是 copy 其他部门的人，包括给他们的经理以及 Jason，都必须事先让我过目。"最后，又没好气地说："没事了。"

菲比站起来，低声说："那我出去了。哎，今天晚上咱们去哪儿吃饭？"

洪钧挥了挥手，没有说话，菲比噘起嘴，失望地叹了一口气，转身走了，一出洪钧办公室的门，她的表情又恢复了常态。

洪钧正在盘算着怎么收拾现在的局面，暗自念叨着准备在电话里对露西的说辞，桌上的电话响了，洪钧接起来，是杰森的。杰森在电话里又让洪钧吃了一惊，他突然要在明天开经理层会议，洪钧必须跑到上海去。尽管洪钧再三说明仍无济于事，在杰森眼里，十个普发项目也不如他召开的会议重要，可能杰森根本就对洪钧扑在普发项目上不以为然，那是 sales 该做的事嘛。洪钧想起了杰森用来拒绝参加亚太区会议的理由，可是洪钧没有老婆，不能借口老婆生病而不去，洪钧忽然羡慕有个老婆的好处了。挂上电话，洪钧苦笑了一下，去上海也好，自己不是刚

第十六章

教训过菲比有话最好当面讲吗？现在好了，他可以当面和更年期提前的露西打交道了。

两天后的早晨，洪钧又是疲惫不堪地走进了自己的小办公室，他把自己摔在椅子里，连笔记本电脑都懒得打开，反正头一天晚上刚和杰森等人分手，谅他们一夜之间也搞不出什么新动作。洪钧用手撑着脑袋，养养神，头一天闪电般的上海之行眨眼就过去了，他又坐在了这间小办公室里，这种时空变幻，让他觉得有些糊涂了，究竟昨天是一场梦，还是现在还在梦里。

往常是打出租车上下班，昨天是把飞机当出租车打着上下班。洪钧坐的是早晨七点多的飞机，一切顺利，可是等他赶到维西尔上海位于南京西路上的办公室的时候，还是比十点钟晚了一些。不过洪钧很快就发现他并没有错过什么有价值的内容，因为杰森还在喋喋不休地大讲他当年在台湾的丰功伟绩，如何把一家公司的销售额在很短的时间里翻了很多倍。

洪钧到现在还想不出来昨天的会议究竟达成了什么成果，杰森等人都是神侃的高手，一直云里雾里的，弄得洪钧这个来自天子脚下的"侃爷"都不好意思开口了。慢慢的，洪钧觉得不对了，他发现自己成了众矢之的。会议的主要话题是讨论明年各个地区的销售任务，洪钧意识到其他人都很默契地要把他放到火堆上去烤，维西尔北京这么弱的团队、这么差的基础，大家都视而不见，非要让洪钧承担全公司销售指标的一半还要多，理由只有一个，维西尔北京现在有你洪钧了嘛。

洪钧没有辩解，他只是静静地听，他心里清楚，亚太区的科克还没有把明年中国区的指标分配到杰森头上，而洪钧关心的并不是维西尔北京在整个维西尔中国公司里承担的比例，而是维西尔北京要承担的销售指标的具体数值。上海的罗杰和广州的比尔一再给洪钧戴高帽，乍一听都是赞许和吹捧，可稍微琢磨一下就会发现里面充斥着冷嘲热讽。

向洪钧发难的领军人物当然是露西，菲比的那封电子邮件已经被特意打印出来放在了每个人的面前。让洪钧稍感意外的是劳拉，自忖和她往日无冤近日无仇啊，结果劳拉也专门准备出来了一份三个办公室在过去两个月里的费用花销对照表，洪钧负责的北京的确比上海和广州的人均费用高了不少。洪钧虽说没想到劳拉也跳了出来，但面对她的攻击心里却很坦然，洪钧没有超出他的权限审批任何一笔费用，至于每笔钱该不该花,该花多少,本来就应该他说了算。

除了洪钧,对所有这些都不表态的还有另一个人,就是杰森。在整个会议中洪钧最留意的就是杰森,杰森对其他人投向洪钧的明枪暗箭一概没有反应,既不支持也不反对。洪钧还发现,不仅是对他洪钧如此,杰森对其他人之间的分歧或争斗也都如此,他从不当着双方的面做裁判。洪钧一直琢磨着杰森的招数,直到他坐在回北京的晚班飞机上才一下子豁然开朗了。杰森就好像是一只手的手掌,而洪钧、罗杰、比尔、露西和劳拉就是那五根手指,手掌最希望看到的就是任意两根手指之间都在争斗,这样每根手指都会竭力依附于手掌以求获得手掌的支持,而手掌则会在私下对每根手指进行一对一的安抚和笼络,而不会在公开场合表示对某一根手指的好恶。洪钧坐在机舱里旁若无人的笑了起来,难怪"首长"和"手掌"听起来是一模一样的啊。

洪钧正闭着眼睛反思着头一天的上海之行,桌上的手机响了,洪钧拿起来看了眼来电显示,是从国外打来的,便下意识地用英语问候了一句。

手机里传出来的是浓浓的澳洲腔:"你好,我是科克,还好吗?"

洪钧愣了一下,自从在新加坡和科克那次长谈之后,他们之间就再没有过任何单独联系。手机的通话质量不太好,听着科克的澳洲腔就更觉吃力,洪钧刚想请科克打自己桌上的固定电话,又马上改了主意。科克可能是有意不打公司电话的,因为他不想经过前台的玛丽转接,洪钧想到这儿,更觉得科克是个很细心和稳健的人。

洪钧站起身关上了门,然后面带微笑热情地冲着手机说:"科克,我很好,好久没有联系了。"

科克笑着说:"是啊,因为你和我本来就不应该经常联系的嘛,尤其不应该私下里单独联系,否则我们的朋友杰森该不高兴了。呵呵。"

洪钧不好说什么,只得没话找话地问了一句:"你现在在哪里?悉尼还是新加坡?"

科克说:"悉尼。我昨天刚结束了一个很长的旅行,回到家的感觉很不错。我听说你昨天也是出差刚回来,所以给你打电话问候一下。"

洪钧本来是随口一问,对科克的回答并没在意,但科克提到的"听说"二字引起了洪钧的好奇,他会是听谁说的呢?看来科克对洪钧和维西尔中国公司的动向挺了解嘛。洪钧想着,说:"是,我昨天去上海了,杰森召集了一个经理层会议。"

第十六章

科克笑着说:"那一定是个很有意思的会议吧?"

洪钧也陪着笑了一下,说:"主要是讨论明年的业务计划,比如销售指标。"

科克沉吟了一声,接着说:"说说你的感觉,这是你头一次参加维西尔中国的这种会议吧?"

洪钧谨慎地回答:"是。而且是前天才通知我要开会的,我没有时间准备,所以主要是听,听杰森和其他人说。"

科克又笑了,说:"就像你上次在新加坡的时候那样,当了一个听众?"

洪钧对着电话笑了一声,但没再深谈。科克忽然直截了当地说:"我给你打电话,就是要对你说,不要把那些放在心上,不要灰心。我会支持你。"

洪钧心里一惊,嘴里已经说了出来:"你都知道了?"

科克笑着,轻松地说:"凡是我应该知道的,我都知道了。"

洪钧的大脑飞速地转着,他把昨天开会的所有人像走马灯一样地在脑子里过着,会是谁这么快就向科克报告了呢?他首先排除掉了自己和杰森两个人,会议室里当时在场的还有罗杰、比尔、露西和劳拉。那间会议室的隔音的确很不好,但堂堂的科克不会安插个什么小人物在外面偷听的,而且科克这么快就打了电话过来,肯定不是什么人无意中一点一点透露出去的,那要很久才可能传到科克耳朵里。

科克又说了一句:"你不用猜测在你们中间还有谁也是我的朋友。你放心,第一,这个人不知道我要和你联系;第二,将来我一定会告诉你这个人是谁,我不会让你觉得不舒服。"

洪钧又吃了一惊,这个科克开始让他暗自钦佩,但是,科克的手段和心计已经让洪钧觉得有些不舒服了。洪钧不能再多想,他得搭腔了,就转了个话题:"我现在所有的心思都在普发集团的项目上。"

科克很有兴趣地说:"好的,我正想听你说说普发的项目,可以给我多介绍一下吗?"

洪钧心想,还好,看来你科克总算还无法从别人的嘴里打听到普发的项目。洪钧便把普发的情况大致向科克说了说,虽然在普发项目上科克和亚太区都帮不上什么忙,但这种沟通总是很重要的。

科克没有插话,仔细地听完之后说:"我相信你的能力,尤其是你的判断。我要对你说的是,不要太急于证明你自己,我们还有时间,另外,

215

不要理睬那些人发出来的噪音。你知道吗？有一种很容易的做法就可以让他们都闭嘴。"

洪钧笑着说："我不知道。"他估计科克又要来个什么澳洲风格的幽默了。

科克很严肃，把一句话清清楚楚地送进了洪钧的耳朵里："当你变成他们的老板的时候，你会发现他们就全都闭嘴了。"

洪钧挂断手机以后，科克的这句话还在他的脑海里萦绕，挥之不去。实际上，在后来的很多天里，洪钧都常常想起这句话，他在想这是科克对自己的承诺还是诱惑呢？是给自己的压力还是动力呢？他想来想去还是觉得，其实都是一回事。

又过了两天，已经是十二月十四日了，将近一个月没日没夜的辛苦劳作，李龙伟总算带着投标小组在晚上完成了所有投标用的方案书。洪钧已经和杰森在电话里把投标用的价格定了下来，他觉得杰森这个老板也有可取之处，他要什么折扣政策杰森就给他什么折扣政策。

忙活了这段时间的结果，是洪钧找到了三家系统集成公司来代理维西尔在普发项目中投标，一家是范宇宙旗下的公司，但具体会是哪家还不知道，另外两家都是和维西尔以前合作过的，关系都不错，只是他们和普发的关系好像都一般。

洪钧最后一次在电脑上把标书的重点内容检查了一遍，就吩咐菲比可以发给那两家系统集成公司了，但叮嘱她现在还不能发给范宇宙。菲比之前早已把包括授权书等商务文件的正本做好送到那两家去了，洪钧也把该给范宇宙的这些商务文件压着不让她发。菲比用电子邮件把最后的投标方案书和价格清单给那两家发了过去，又打了电话确认收到之后，来向洪钧交差。

洪钧看了看表，快八点了。菲比有些着急，提醒洪钧："他们每家收到咱们的方案书，都还要花些时间和他们的其他部分整合一下，还要再打印、装订，弄出一式四份的正式标书，明天一早就得去交标书了，再晚的话，范宇宙那边该来不及了。"

洪钧轻松地说："不用急，反正他们谁都得熬个通宵，再等等。"

菲比还是不放心，问道："你还等什么呢？咱们该做的都做完了，现在也不会再有任何修改了，给他们也发过去呗？"

第十六章

　　洪钧说了句："我是怕他们修改。"看菲比还愣着，就只好解释说："我对那两家比较放心，但我对范宇宙不放心，他自己明确讲过他会用三家公司的名义分别投 ICE、科曼和咱们的产品，也就是说，他手里就会有这三家的方案书和报价，我没想从他那里打听 ICE 和科曼的方案和报价，但也得防着他把咱们的东西透露给 ICE 和科曼。"

　　菲比说："你要是这么不放心他们，当初干嘛要让他代理咱们的产品呢？那胖子多烦人呀，上次来我送他出去，电梯都来了他还拉着我手不放。"菲比说着就用左手使劲擦着右手的手背和手腕，好像范宇宙上次留下的痕迹还在似的。

　　洪钧听了，心里一阵别扭，觉得像看见自己心爱的东西被别人拿起来又放下了一样，就又在心里重重地向范宇宙的母亲的母亲打了招呼。洪钧接着菲比的话说："范宇宙有能量，他能在很短时间里和普发的人混得那么熟，咱们找的另外两家代理都比不上他。咱们做普发项目一直都是从正面做的，任何私下的暗地里的东西都没搞，不是普发里就没有人想搞，人家是不敢和咱们搞，这些都得靠范宇宙到时候具体操办了。"

　　菲比又问："那到底什么时候把标书给他们呀？总不能拖得太晚，最后人家都来不及了啊！"

　　洪钧说："只能尽量拖了，等一下先把技术方案给他们，即使他们把一些核心内容透露给 ICE 或是科曼，ICE 和科曼也来不及改他们的技术方案了，价格嘛，能多晚给就多晚给。"

　　洪钧刚说完，手机响了，洪钧看了眼号码，就挤了下眼睛对菲比说了句："喜欢你的人来了。"然后接通了手机，等里面的人问候完，就笑着说："老范，我还在公司呢。"菲比一听原来这个所谓"喜欢自己的人"竟是范宇宙，气得狠狠瞪了洪钧一眼。

　　范宇宙冲洪钧大声喊着，连坐在对面的菲比都能听得见："老洪，你真沉得住气呀，我这里等着你的标书呐，赶紧发过来我们好打印装订啊。"

　　洪钧笑着解释说："还差一点儿，就快好了，老范，你放心，一定耽误不了。他们最后弄好了我就马上送过去。"

　　范宇宙又说："还有啊，我上次不是给了你两家公司的名字吗？让你一家一份给我做好授权书的，你呀，再给我的泛舟系统集成有限公司也做一份授权书，我现在还没想好究竟用哪家来投你们的产品，我是一颗红心，三种准备啊。"

洪钧觉得有些意外，便说："你当初不是决定用泛舟来投ICE的吗？我看你不是一颗红心，你是有三颗红心，典型的三心二意。"

范宇宙好像根本不在乎洪钧对他的调侃，说："我还没想好，ICE和科曼也都是给我的这三家公司都做了一份授权书，我可能得在最后一分钟才能定啊。"

洪钧一听范宇宙不再确定用他自己的泛舟公司代理ICE的产品，隐隐觉得这是个好的信号，他不动声色地说："行啊，那我们就再做一套授权文件。这些文件都要原件正本，电子邮件、传真都不行啊，等一下我和标书一起给你们送过去吧。"

范宇宙沉吟了一下才说："哎呀，那也太折腾你了嘛，你何必亲自跑呢？我可以派个人去取一下就行了嘛。"

洪钧坚持："没事，我也该去你那里拜访的嘛。我本来就已经安排好了等一下去的，你的那两家公司的授权文件正本我们也要送过去的嘛。"

范宇宙看洪钧的样子是主意已定，就说："那好吧，你可要尽快赶过来啊，你要是过来晚了，明天我可只能投ICE和科曼啦。"

洪钧挂断手机，看着菲比，笑着说："李龙伟他们都撤了吧？"

菲比也笑了，说："刚才一下子就都没影了，这些天把他们几个累惨了。你知道吗？他们私下里管你叫什么？叫你'表叔'！因为你一见他们就说'标书'、'标书'，他们就说干脆认你当他们'表叔'得了，求你别催标书的事了。"

洪钧开心地笑了起来，对菲比说："哎，你今天晚上想不想和我再熬个通宵？"

菲比兴奋地说："想啊想啊，我早准备好了。"

洪钧又说："可是咱们这次熬通宵的地方你会不太喜欢，范宇宙会一直陪着咱们。你要是不愿意就算了。"

菲比噘着嘴，嘟囔着："早猜到了，你刚才在电话里不是已经定了吗？咳，我可真命苦啊。"

洪钧说："你先按刚才范宇宙讲的，给他的泛舟公司也做一套授权文件，然后把标书文件都存到一个移动硬盘里准备好，咱们十点钟出发。哎，对了，你去搞些吃的来吧。"

范宇宙在北京可以称得上是狡兔三窟了，洪钧和菲比按着他说的地

第十六章

址,又不停地用手机请他指示方向,总算摸到了他位于城西航天桥一带的一个办公地点。这是一座四层高的土里土气的小型写字楼,一看就是从国有企事业单位以前的那种老旧办公楼改装的。到了门口,保安早已经下班了,大门洞开,洪钧打量了一下,确信这楼里是没有电梯的,便拉着菲比的手,顺着楼梯爬上了四楼。

他俩沿着四楼的楼道,很容易地找到了范宇宙的那几间办公室,因为只有那里还灯火通明。等他们快走到门口了,洪钧想松开菲比的手,却被菲比紧紧攥着,洪钧扭过头瞪了菲比一眼,又朝门口努了努嘴,菲比才做了个鬼脸,松开了手。门口没有任何牌子,根本看不出是什么公司,洪钧敲了敲开着的门,范宇宙在里间答应了一声,很快走了出来。

洪钧一看到范宇宙,就觉得和他上次见到的那个相比好像换了个人。范宇宙穿的是件黑色的中式小棉袄,敞着怀,露出里面的毛衣,下面是条像绒裤似的运动裤,脚上蹬着一双厚厚的毛绒拖鞋,就像是住在四合院里的老北京,夜里刚到外面上了趟厕所回来。范宇宙张着大嘴笑着和洪钧握手,一眼看见菲比正站在洪钧的身后,就立刻抢上一步和菲比握着手,一直拉到沙发上请他们坐下才放开。

洪钧忽然感觉有些冷,起初以为是范宇宙的龌龊让自己打了个寒颤,但马上就明白了真正的原因,原来是这房间里太冷了。他扫了一眼房间里忙碌着的几个人,都是一身厚重的打扮,墙上挂着个空调,却还蒙着罩布,看来范宇宙是够精打细算的,要么当初买的只是夏天用的"单冷"空调,要么虽然是"冷暖"空调却舍不得开。洪钧看了眼菲比,菲比也正看着他,嘴唇好像抖了一下,他俩的风衣在坐车和爬楼梯的时候都一直拿在手里,实在不好意思都进了房间还特意把风衣穿上,洪钧便把风衣严严地捂在腿上,菲比也学着做了。

洪钧从菲比手里接过一个大信封,从里面取出订成三份的文件,递给了范宇宙,范宇宙一边招呼人倒茶,一边接过去看了看,又问:"授权书什么的都齐了。方案书呢?还有报价表呢?"

洪钧从菲比手里又接过一个移动硬盘,晃着对范宇宙说:"都在这里头,让人拷进去吧。"

范宇宙便站起身,说了句:"那咱们干脆上那屋吧,他们都在那里头忙活呢。"

洪钧和菲比跟着范宇宙来到了旁边的一个房间,映入眼帘的是一派热火朝天的繁忙景象。几个人守着几台电脑和几台打印机，桌子上摞着小山一样的 A4 纸，还摊着打孔机等装订工具。范宇宙对其中一个人说："哎，你帮这位小姐把他们维西尔的方案书导进去。"然后就拉过两张椅子和洪钧坐了下来。

范宇宙一脸得意，对洪钧说："ICE、科曼还有你们维西尔，这三家软件公司的标书都在我这间小屋里呢。那两家的已经都快打印完了，你看那不都开始装订了嘛，就剩你们的了。"

洪钧笑了笑，没说话，眼睛盯着菲比在旁边电脑上的操作。范宇宙又说："老洪，其实我知道你干嘛非拖到这么晚才来，你是信不过我，担心我把你们的东西传出去，对吧？"

洪钧又只是冲范宇宙笑了笑，还是没说话。范宇宙伸出手，把旁边一张桌子的抽屉一下子拉开，让洪钧往里看，洪钧探头看了一眼，里面放着各种花花绿绿、形状各异的手机，足有十来部。洪钧一时不明白范宇宙的意思，范宇宙咧开嘴笑着，说："这全是他们这帮人的手机，全让我给收了，关了机往这儿一放，谁也别想往外打，短信也别想发。你看这几台电脑，都没有网线，全都是不能上网的，公司里的电话我也把线给拔了，切断一切对外联络，呵呵。现在这儿只有我这一部手机能用，要不刚才你在路上打我公司电话没人接呢，线已经都给拔了。"

范宇宙越发得意起来，接着说："你们三家的标书我这儿都有，你怕泄密，我比你更怕。你担心你的东西让 ICE 或是科曼知道，我还更担心那几家投标的系统集成商把我的东西给搞走了呢。你想想，我要是把你的东西告诉了俞威，俞威肯定会调整他们的方案和报价，但他不会把调整后的东西再给我，只会在最后一分钟给他另外的几家代理商，因为他也不相信我呀。"

洪钧不想和范宇宙讨论这些，便又笑了笑，说："你打算怎么定你投标的价格呀？"

正好，和菲比一起忙着的那个人拿着一份打印好的表格走过来递给了范宇宙，洪钧看了一眼，是自己给范宇宙的维西尔软件产品报价表。范宇宙仔细地看着，又让人拿来一个计算器，托在手上算开了。过了一会儿，范宇宙抬起头对洪钧说："老洪，你们给我的这个价格倒还不离谱儿。我看这样吧，你这个价格我拿来做参考，再加上我这里要留出来的各种费用和利润，关键是考虑我的投标总价在所有投标的代理商里面排什么位置最

第十六章

好,不能最高,也没必要最低,咱们先争取中标再说。等普发定了我的标,也就定了你的软件,咱俩再最后敲定你给我的最终价格,怎么样?"

洪钧想都没想就说:"你到时候再来找我要的价格,肯定比我现在给你的价格还要更低吧?"

范宇宙一脸坦诚,但是把声音压得低低地说:"那是肯定的,不然我还去找你干嘛。我现在就算拼命杀你的价格,再杀也杀不下来,而且最后如果没中标还白费劲了。我大致算过,这个项目在签合同之前,还有以后的验收、付款,大概都需要留出多少钱来打点,我算的数应该比较靠谱儿,但到时候真正得给出去多少,这可谁也说不好,又不能打出太多富余量,不然投标的总价就太高了。所以我想和你来个君子协定,到时候咱们再仔细算你给我什么样的底价合适,好不好?"

洪钧很爽快地回答:"没问题,那就等中了标再谈。"

洪钧的干脆利索反而让范宇宙有些意外,便问了句:"那就这么定了?老洪,你就这么放心?"

洪钧笑了,拍了下范宇宙又宽又厚的肩膀,也悄声说:"老范,你给普发的卖价都定了,可你从我这儿拿的买价还没定,等中了标,你就必须买我们的软件交给普发,如果到时候我坚持今天这个价格不降价,你也只能接受,有什么损失都只能你自己扛了。既然你对我这么放心,我为什么要对你不放心呢?我可以答应你,只要你不搞破坏性的低价竞标,咱们用合理的价格中标以后,如果你那里发生了一些预想不到的费用,维西尔会和你共同承担。记住,我不会做让你日后骂我的事。"

范宇宙认真地听完洪钧说的每一个字,眼睛直直地盯着洪钧,过了足有半分钟,才用手也拍了下洪钧的肩膀,说:"老洪,你这人实在啊。"洪钧感觉放在自己肩上的,活像是一只熊掌。

范宇宙又补了一句:"还有,我不说你肯定心里也有数,到时候跟你要折扣的时候我可不会给你列个单子,上面写着送给谁多少钱、送给谁值多少钱的什么东西,我就会告诉你我整个的打点费用是多少。"

洪钧笑了,说:"我才不会管呢,钱也好,东西也好,都是你安排的,和我、和维西尔什么关系都没有,我们也根本不知情。你总共打点了多少钱,你自己最后赚了多少钱,我也都不关心。"

范宇宙也"嘿嘿"地笑了几声,用手在洪钧的大腿上拍了一下,眼睛已经瞄向菲比那边去了。

第十七章

　　凌晨四点多钟,所有的标书都已经完全做好,放进纸箱里密封起来,范宇宙也把他躲进另一个房间打印好的最终投标价格单放进信封里封好,只等着早晨开标的时候用了。

　　洪钧和菲比在四楼的楼梯口和范宇宙道了别,走下楼去。菲比一等到范宇宙的身影被楼梯挡住看不到了,便说了句:"冻死我了!"然后一下子扑到洪钧身上,差点把毫无准备的洪钧推下楼梯。

　　洪钧忙抓住楼梯扶手站稳了,把菲比搂在怀里,说:"冻坏了吧,我也没想到他们这儿像冰窖似的。"说着,又把手里的风衣搭在菲比肩上。

　　菲比把洪钧的风衣推还给他,边下楼边穿上自己的风衣,她把所有的扣子都系上了,还把腰带勒得紧紧的,又把领子竖起来,挡住耳朵。洪钧在旁边看着,又想起了那天在咖啡馆外面看见的菲比,禁不住伸手过去揽住了她的腰。

　　上了出租车,洪钧把头放在后座的头枕上仰着,菲比靠着洪钧的肩膀。两个人都一下子感觉疲倦极了,向司机说了菲比家的方位以后,好像都再也没有说话的力气,只有握在一起的两只手还互相摩挲着。

　　不久,车停在了一个立交桥下的十字路口,洪钧抬起眼睛向四周看了看,瞥见立交桥下背风的地方有几个夜宵摊,一群民工模样的人正围坐在几张小桌子旁边,有的干脆蹲在地上,一边吃喝一边高声说笑着。

　　洪钧晃了晃肩膀,把已经有些迷糊的菲比叫醒,菲比抬起头,嘟囔着：“到了吗？”

洪钧说：“还没呢。你看外面那帮民工，人家吃香的喝辣的，你看他们笑的，连我看着都感觉变得高兴了。”

菲比挣扎着转过脑袋，抬起眼皮看了一眼，就又把脑袋重重地垂在了洪钧的肩膀上，嘴里说：“那你也下去和他们笑去吧，我看你好像和他们挺亲的。”

洪钧用手轻轻拍了拍菲比的头，说：“你看人家，无忧无虑，无拘无束，哪儿像咱们，这么晚还没到家呢，每天都过得惊心动魄的，一点儿都高兴不起来。”

菲比的身子拱了拱，让自己更舒服些，咕哝了一句：“是你不高兴，我每天一见到你就特别高兴了。”

绿灯了，车子慢慢开动，洪钧把脸贴近车窗，想再仔细看看这帮令他羡慕不已的快乐的人。放在炉子上的锅掀着盖子，冒着热气，每个人手里端着的碗也都冒着热气，就连正在叫唤的民工们的嘴里也都丝丝地冒着热气，洪钧觉得浑身好像也暖和起来了。

上午九点刚过，才回家没几个小时的洪钧就被手机闹醒了，洪钧拿起手机看了一眼，是肖彬打来的，洪钧已经从迷糊中完全清醒过来，肖彬是被他派去普发的开标现场了解消息的。

洪钧一接通电话就问：“肖彬吗？怎么样？”

肖彬回答：“刚开完标，没几分钟就开完了，我差点儿来晚了，还算正好赶上。”

洪钧有些不耐烦，又问了一句：“几家的情况到底怎么样？”

肖彬忙说：“共来了九家投软件标的公司，其中三家投的咱们的产品，是嘉合系统、创兴伟业，还有泛舟公司。”

洪钧立刻问：“泛舟？你怎么确定泛舟投的是咱们的软件？”

肖彬解释着：“唱标的时候念的啊，投标商的名字是谁，投的主要软件产品是哪家的，投标价是多少。泛舟是投的咱们维西尔的软件。”

洪钧沉吟了一声，又接着问：“几家的投标价都怎么样？”

电话里传来一阵的窸窸窣窣声音，肖彬打开他刚才记下数据的纸片，念着：“按投标价从低往高排，嘉合系统排在第二，创兴伟业排在第三，前面是一家投科曼产品的公司，他们报的总价最便宜，泛舟公司排在第

第十七章

六,后三家就都是投 ICE 的了,也是价格最高的三家。"

洪钧径自喃喃地重复着:"二、三、六……"忽然回过神来,想起肖彬还在电话上呢,就赶紧说:"没有宣布有谁的标书被废标吧?挺好,二、三、六,咱们的阵势不错。没事了,你回公司吧。"

洪钧挂了电话,还在重复着"二、三、六",很快就又沉沉地睡着了。

接下来的几天,普发集团一直在热热闹闹地评标。在开标当天,韩湘就被金总直接点将,"空降"到专门成立的"普发集团现代企业管理示范工程领导小组"当了常务副组长,金总挂了个组长的虚名,由韩湘负责具体工作。开标当天的下午,韩湘就率领评标小组的十多个人,几辆车浩浩荡荡地开到京北小汤山的一个度假村开始封闭式的评标了。

评标小组分成两部分,一部分负责技术,一部分负责商务。负责技术的由姚工牵头,除了普发自己的人,还包括几个从外面请来的专家,北京这地方精英荟萃,那么多的高等院校和科研机构,"外脑"多的是。商务部分由韩湘本人牵头,人数也不多,都是普发自己的人。

普发忙活开了,洪钧这里倒平静了下来,甚至显得有些清闲了。洪钧给范宇宙打过一个电话,问他为什么最后一刻决定以泛舟公司的名义来投维西尔的软件,而没用泛舟来投 ICE。范宇宙打着哈哈,说自己其实没考虑那么多,最后关头慌乱之间就这么投了,反正三家公司都是他自己的公司,没什么区别。范宇宙倒是兴致勃勃地邀请洪钧一起吃个饭,说头一次给洪钧打电话就提过,结果洪钧没给面子,现在已经这么熟了应该可以了吧,最后还专门提到也请洪钧把菲比约上一起来,他这最后一句话让洪钧下决心再一次地推辞了。

洪钧几乎每天都会在晚上和姚工通一次电话,聊聊评标过程中出现的各种情况。姚工是真心希望洪钧和维西尔能赢得这个项目,因为他觉得这样才能保证项目获得成功。洪钧曾经都担心姚工的倾向性太明显,明显的倾向性反而会让他的影响力打折扣,但很快洪钧就放心了,姚工其实很老练甚至是狡猾。洪钧想,这大概和姚工喜欢历史有关吧,他看了那么多尔虞我诈的东西,虽然不齿,但也学到几分了。

洪钧没有主动给韩湘打过电话,倒是韩湘每隔一两天就会打过来一次,虽然韩湘每次都说洪钧可以随时和他联系,但洪钧还是想缓一缓,他不想让头一次操办这么大项目的韩湘感到洪钧在给他压力。

一个多星期以后,评标结束,评标小组也就结束了在度假村里的甜蜜舒适的日子,回到各自岗位上去了。

圣诞前夜,快下班的时候,洪钧放在办公桌上的手机响了起来,洪钧接起来,原来是韩湘又打来了。

洪钧刚问候了一声,韩湘已经直入正题:"洪钧,下午刚开了总经理会,主要商量了软件项目的事。"

洪钧的心跳立刻加快了,所有的神经都紧张起来,他立刻坐直身子,但语调仍然很平静:"哦,是嘛?有什么可以稍微透露一下的?"

韩湘的思路一向很严谨,表达也很周密,他不紧不慢地说:"我先汇报了评标的情况。是姚工整理的技术部分评标的结论,投你们维西尔的那三家和投ICE的那三家,技术部分都没什么问题,当然标书其实都是你们和ICE这些原厂商写的,投标商都是在上面加了个壳儿。你们两家的技术方案都写得很不错,ICE的在产品功能的说明上更清晰,你们的在项目实施方法和培训服务上都考虑得最全面,也把产品的特色和优势充分体现出来了。技术评分,投科曼产品的那三家都比较低,方案不怎么样,连我这个半路出家的外行都看出来了,他们的方案里居然还有不少内容用的是繁体字,估计是北京的人做了一部分,香港的人做了一部分,可是花不了几分钟就能整合好的东西怎么都没顾上呢?哎,对了,我的商务小组里有人说现在科曼正乱着呢,香港人和大陆人打起来了,是吗?"

洪钧先是"嘿嘿"笑了一下,没有顺着韩湘的问题接下去,他不想聊科曼的事,韩湘刚才说的他已经早从姚工那里知道了,但不好打断,更不能显出不耐烦,洪钧说:"科曼一直是这个德性。技术上还有什么结论?"

韩湘又言归正传,说:"结论就是刚才说的了,不过今天开会的时候,柳副总倒是很不客气地提了一条,他说他还是以前就提过的那个观点,科曼软件里的财务功能太弱,只能叫做会计软件,不能叫做财务软件,记账用还可以,但是成本管理和集团化科目汇总等几个方面的功能都太弱了。"

洪钧听到这些,心想这柳副总的态度很强硬啊,不知道他会如何攻击维西尔。

韩湘接着他的思路说:"商务部分,我以前都和你聊过了,今天主要

第十七章

是向金总汇报了一遍。投你们产品的三家排在二、三、六,投科曼的三家排在一、四、五,投 ICE 的三家价格都很高,排在七、八、九。你提过几次的范宇宙,很有意思,他不是用三家公司的名义分别投了你们三家的软件吗?他这三份标书的价格,分别排在第五、第六和第七,位置占得很不错啊。"

洪钧其实一直在琢磨范宇宙这个胖子的确是独具匠心,他投维西尔的价格,比维西尔的另外两家代理都高;他投科曼的价格,也比科曼的另外两家代理都高;ICE 采取的是高价竞标策略,而他投 ICE 的价格,却比 ICE 的另两家代理都低。

韩湘似乎知道洪钧在想什么,他说:"你是不是也觉得范宇宙这阵势布得不错?你听我说了下面的以后你就更得佩服这小子了。整个会上金总没怎么说话,更没表态,但他在开会之前专门和我交了底。"

洪钧的手机都快被他压到耳朵里去了,他不想漏掉一个字。韩湘这么沉稳地讲了半天,洪钧已经确信他这个电话不会带来什么坏消息,心情虽然轻松了一些,但仍然高度关注着普发决策层的一举一动,洪钧没出声,他生怕把韩湘引到别的话题上去。

韩湘有些神秘地说:"上午老板找我,说这些天净是找他提软件项目的事的,上边也有人给他递条子、打招呼,软件预算一千多万,整个项目大概三千万,全都盯上了。金总说他压力还挺大。"

洪钧的心又紧了起来,试探了一句:"金总得顶住呀,软件这种项目可不能拿来送人情啊。"

韩湘笑了,说:"我跟金总久了,我知道他心里有数。他告诉我,问题不大,这次的钱全是普发自己出,当初曾经想报到部委里面立个项,要些资金支持,现在一想幸亏没去弄,不然这事可就不能自己说了算了。自己的钱,自己的项目,金总的口气就硬了,方方面面的人打招呼来,也只能说是请关照一下,不敢明确提要求。金总也说了,这软件项目毕竟是个高科技的项目,也就你们几家能做,有些人看着眼馋,也只能恨自己手不够长,只不过盼着能分一杯羹就不错了。金总开玩笑说,要是普发想再盖个新楼可就没这么清静了,连垒猪圈的都敢托关系找上门来。"

洪钧心里一下子想起普发大楼的那个很不协调的台阶和大门,不知道是由什么水准的人凭关系承包到的项目,不觉暗笑起来。

韩湘肯定不知道洪钧在想别的,他顿了一下,语气低沉了一些,说:"不过,还是有好几家的确得关照一下,想办法从项目里切出一些不太关键的、他们又能做的,分给他们做一下,或者干脆就是让他们再倒一下手赚些钱,面子上过得去就算行啦。金总只是这么一提,具体的就得我来操办了,到时候你好好帮我拿拿主意。"

洪钧接口道:"这事得和将来中标的投标商来定,谁中了标成为总承包商,你就让他切出一些交给那几家关系户做就行了,我们这些软件厂商一般不会参与这些的。不过,如果中标价太低,总承包商恐怕就没有太多利润空间来做这些喽。"

韩湘立刻说:"就是啊,所以我们不打算让投标价格太低的那几家中标,不然的话,虽然我们招标选了个最便宜的,可他的价格压得太低,什么都操作不了,那些该照顾的他也无能为力,今后我们这个项目反而会遇到麻烦。所以我刚才说那个范宇宙精明啊,他报的价就很合适,估计他都留出这些空间了。"

洪钧试探了一句:"那看来 ICE 也很精明啊,他们的三家代理就都清一色报高价,最高的三家都是 ICE 的。"

韩湘不以为然地说:"我倒觉得他们的初衷不是这个,招标时公布的评标规则就是综合考评最高分的中标,而不是最低价的中标。ICE 就是看中了这一条,他们想把合同签得越大越好,所以,那三家的投标价高,很可能是因为 ICE 报的软件价格本身已经很高,而不是那三家给自己留出了足够的利润空间。另外,ICE 可能也是太自信了,觉得他们朝中有人啊。"

洪钧明知故问地来了一句:"你指的是?"

韩湘回答:"你肯定知道我指的是谁,柳副总呗。我给你打电话就为了说这个,我是想让你有个思想准备,这个项目有可能在短时间内定不下来。"

洪钧的料想得到了证实,他并不觉得意外,也没有失望,说:"嗯,你说,我听着呢。"

韩湘就干脆挑明了:"柳副总在下午的会上,明确谈了他的看法,他列了几条理由,结论就是应该选 ICE 的软件,至于在投了 ICE 产品的三家投标商里选谁,他说他没有意见,选哪家都可以,不过最后加了一句,说咱们普发总不能选最贵的吧,招了半天标结果招了个最贵的也太说不过去了,看来那个范宇宙也没少做柳副总的工作,范宇宙投 ICE 的不就

第十七章

正好排在第七嘛,比另两家投 ICE 的都便宜。"

洪钧有些着急,他尽量克制着自己,问道:"柳副总有没有说他对维西尔是什么意见?金总怎么表示的?"

韩湘回答道:"柳副总很有意思,他明确地表态说科曼的软件不行,又明确说 ICE 的好,可就是一句都没提你们维西尔。至于金总,我刚才不是说了吗?金总对什么也没表态。不过我心里有数,金总对你们维西尔,其实就是对你本人,印象非常好,我想其他几个人也都看出来了。"

洪钧也相信金总应该对自己印象不错,如果金总没有其他的考虑因素,主观上金总倾向于维西尔是意料之中的事。但洪钧也估计到了,这种大型项目的最后决策,金总一定要争取领导班子的一致通过,金总不仅不会出什么力排众议的风头,甚至只要决策层有一个人有不同意见,他也不会用少数服从多数的规矩来强行表决通过。这次的软件项目的确风险不小,金总又没有什么切身利益牵涉其中,他绝对犯不着由个人来承担责任。项目如果大获成功,自然是他一把手领导有方;项目一旦出了问题,也是整个领导班子集体做的决定,大家都没有经验嘛,不管怎样他金总都绝对安全,而且这个软件项目也没有什么不可迟延的时间表,意见暂时统一不下来,就先拖着吧。

洪钧这么想着,对韩湘说:"估计柳副总也是看出金总对我们维西尔印象好一些,所以他才闭口不提我们,反正他对 ICE 的倾向性已经很明确地表达了嘛。我感觉金总不会急于表态,他大概也不会急于搞表决,你刚才说得对,维西尔和 ICE 的这种胶着状况可能会让项目先拖一下。你和我都不用急,有时候双方争执不下,最后干脆都妥协,反而选了第三方,这种鹬蚌相争,渔翁得利的事我在项目里不止碰上一次了。好在这次科曼看来机会很小,柳副总又那么坚决地否定科曼,所以估计这次不会出现双方都退一步、结果选了科曼的情况。"

洪钧说到这里顿了一下,然后平静地对韩湘说:"韩湘,我的想法是,这种胶着的时候一定要沉得住气,以不变应万变。以我的感觉,这种情况下能最后获胜的原因,一定不是因为我们做对了什么,而是因为我们没做错什么。"

洪钧忽然觉得自己的话怎么像绕口令,正想再表达得清楚些,韩湘已经了然于胸,他说:"对,洪钧,我也是这么想的,咱们还是以静制动吧。我正想告诉你,好好过圣诞、过元旦,等明年再见分晓吧。"

洪钧刚挂了电话，菲比就进来了，她冲洪钧一笑，然后说："哎，今天你请我吃圣诞大餐吧。"

洪钧笑了，说："你怎么像要饭的似的？我不是说了嘛，等签了普发的合同，我再请你吃大餐，在此之前，只能是豆浆、稀粥的标准。"

菲比噘了嘴，说："那能不能等喝了豆浆、吃了油条以后，你带我去教堂看弥撒呀。"

洪钧拗不过去，只好说："好吧，先喝豆浆，再去教堂看看有没有施粥的再要碗粥喝。"菲比这才眉开眼笑了。

转眼过了元旦，新的一年开始了，这一年的春节来得早，一月底就又要过农历新年了。俞威本来希望在十二月底以前能够签下普发集团的合同，这样在他初到ICE的头一个季度里就能抱到个金蛋，足以让总部的皮特等人对他更加器重和信赖了。没想到项目不像他预期的那么顺利，一直拖过了年，他自己觉得非常气恼，尤其是皮特已经明显地流露出了不满，皮特原本指望普发这个大合同能够扭转他的亚太区不尽如人意的业绩呢。可是随着春节的临近，俞威的心情又好起来，他想开了，把普发留到新的一年里来签，对他其实是件更好的事。如果去年年底签了，去年的业绩虽然很不错，可今年的指标就会立刻水涨船高，俞威可不想立足未稳就让自己面临太艰巨的任务；另外，过早地签了普发，人们难免觉得他是捡了洪钧留下的便宜，一桩大大的功劳无形之中就会被打了折扣，所以俞威觉得现在这样挺好，把普发留到新的一年，留到他俞威执掌ICE的第一个全年。

晚上刚过六点，俞威就把小丁招呼过来，让他把自己送到了离亚运村不远的一家大酒店，今天是范宇宙做东，请俞威和普发的柳副总聚聚。俞威特意向小丁吩咐不用在这里等他，他完事后会自己打车回家。酒店三层有一家很气派的粤菜馆，俞威被领位小姐引到一个包间，已经看见范宇宙迎了上来。

两人说笑着坐下，没多久柳副总也到了，大家又是一通谈笑风生的寒暄。柳副总屁股刚放到椅子上就问："就咱们仨？怎么苏珊小姐没来呀？"

范宇宙陪着笑说："是我和俞总讲的，我说今天咱们吃完饭还有些活动，苏珊小姐在就不好办了，哈哈。"

第十七章

柳副总当然明白范宇宙所说的活动指的是什么，就用手指指点着范宇宙笑了笑。俞威在一旁说:"是啊，老范有安排，咱们只好客随主便啦。"

范宇宙笑着说:"俞总有眼光啊，发现了苏珊小姐这么能干的人才。"

俞威摆着手说:"我只是发现了苏珊的价值，让她把潜力发挥了出来，而咱们柳总才是真正懂得欣赏苏珊的人呐。"

范宇宙事先定好的菜都摆上来了，三个人便觥筹交错地忙了起来。

正在边吃边聊，范宇宙的手机响了起来，他向柳副总欠了欠身，就跑出去接电话。柳副总嘟囔了一句:"什么要紧事？连吃饭都顾不上，还要跑出去接？"

俞威顾不上理这些，他趁着范宇宙不在旁边，忙说:"事情已经办好了，您女儿在英国的学费就不用操心了。您让她专心学习，争取明年考上牛津、剑桥什么的。"

柳副总一边夹着菜，一边头也不抬地说:"其实真没这个必要，我就是送她出去学一年英语，没打算让她在那儿念大学，她妈放不下心。"

俞威没有再接着柳副总的话说，而是直截了当地问:"估计过年前普发定不下来了吧？"

柳副总仍旧不看俞威，而是端详着盘子里的菜说:"估计够呛，金总还没表态呢，其实当初他真是没打算太多介入这个项目，就是想让我来定的，可是上次听了维西尔的介绍，他就变得对这个项目来了兴趣。他上礼拜又和我私下聊了聊，想做我的工作，我还是那个态度。金总肯定是倾向他们维西尔的，但我感觉他只是对他们有些好感，但没什么特别的考虑，我想拖一拖他就不会坚持了，好感能当饭吃呀？咱们还是前一阵的思路，静观其变。"

俞威接了一句:"那就春节以后再说吧。"

柳副总却说:"明天上午又是这个月的例会，金总估计还会把这个议题拿出来。看吧，也许他明天就不再坚持了呢。"

俞威刚要说什么，一个服务员忽然推开门进来了，范宇宙正站在门外不远对手机嚷着，冷不防他的一句话已经从门口飘进了包间:"你要是安排不好，坏了事，小心我撕了你。"范宇宙立刻注意到门开了，便马上转过身，一边露出笑脸，一边挂断电话走了回来。俞威和柳副总虽然觉得有些奇怪，但也都没有在意。

时间已经过了九点，这顿饭都已经吃了将近三个小时，再好的朋友

231

也有聊累了的时候，何况这三位谁又真正把谁当朋友呢？柳副总剔着牙，一句话不说，只顾养着神，俞威笑着看了看范宇宙，范宇宙便从自己的西装内兜里拿出了两张房卡，一张塞进了柳副总的手里，一张递给俞威，柳副总睁开眼，问了句："这是？"

范宇宙笑着对柳副总说："时间还早，着急回家干嘛？上去休息休息吧。"他又转头对俞威说："你们两个房间不挨着，我专门让他们开的是不在同一层楼的，省得咱们几个人好像集体活动似的太扎眼。"

柳副总直接把房卡放进兜里，然后站起身来，俞威和范宇宙也就跟着离开桌子，俞威笑着拍了拍范宇宙的肩膀，说："哎，老范，今天的又是从哪里请来的人才呀？"

范宇宙刚说了句："她们说是学生……"，就被柳副总打断了，柳副总瞥了一眼俞威说："老俞你怎么一点神秘感都不要呀？"

俞威忙陪着笑说："我又错了，那就留着您亲自探索吧。"说完三个人已经都笑了起来。

范宇宙在前面领着，三个人来到三楼的电梯间，守在电梯口的领位小姐替他们按了向下的按钮，俞威刚要伸手过去改按向上的按钮，被范宇宙用眼神制止住了。等进了电梯，俞威便问："刚才干嘛不直接上去？"

范宇宙笑呵呵地说："那小姐就守着电梯，咱们停在几层她都可以看得清清楚楚，我觉得别扭。"

电梯停在一楼大堂，范宇宙领着他俩又进了另一部电梯，接着先后按了两个楼层的按钮。电梯第一次停下来，俞威冲范宇宙和柳副总晃了晃手里的房卡，笑着说："老范你照顾柳总吧，我先去了啊，完事以后咱们在大堂再聚？"

柳副总挥了挥手，说："不用了吧，就在这儿分手吧，等一下就不再聚了，明天要是有进展我给你电话。"

俞威便没说什么，出了电梯，回身冲柳副总笑着招手，直到电梯门关上。

范宇宙和柳副总接着坐电梯又上了几层，然后出电梯走到一间客房门口，柳副总掏出房卡，范宇宙忙接过来开了门。门口墙上插卡取电的槽里已经插了一张房卡，廊灯、卫生间的灯都大亮着，显然房间里已经有了人。

范宇宙把门关上，拉着柳副总往里面走了几步，就看见在客房的大

第十七章

床上靠着床沿坐着个女孩儿，一身很平常的穿着，一套羽绒服搭在床旁边的沙发上。窗帘已经严严地拉上，只开了一个床头灯，还被女孩儿把亮度调得很暗，电视开着，房间里显得昏暗，又有些暧昧。

刚才在看电视的女孩儿一看他们进来，连忙站了起来，范宇宙正好打开了镜子上的灯，房间里顿时亮了起来，柳副总的眼睛也一下子亮了，直到现在他才看清站在他面前的是一个非常苗条漂亮的女孩儿。

柳副总眼里瞬间闪过的亮光没有逃过范宇宙的眼睛，范宇宙笑着说："怎么样？那你们二位就聊聊吧，我就不在这儿掺和了。"说完就往门口走。

柳副总也跟到门口，对范宇宙小声说："你别管我了，完事以后我打你电话。"

范宇宙特意对柳副总叮嘱着："您别关手机啊，有什么事我可以给您打手机。"拉开门又补了一句："也别调成静音或是振动啊。"柳副总又是点头又是摆手，等范宇宙的后脚跟刚走出房间就急不可耐地在他身后关上了门。

范宇宙站在门外，嘴里不出声地骂了一句，抬手看了眼手表，准确地记下了时间，然后沿着走廊向电梯间走去。

范宇宙下到大堂，走到一扇写着"员工通道"的门前，推开门走了进去，找到消防楼梯，往上走到两层之间的拐角，站住了。他看了眼手表，才过了三分钟，他有些紧张，更有些不耐烦，便不顾身上的西装，一屁股坐在了楼梯上。又过了两分钟，范宇宙咬了咬嘴唇，掏出了手机，拨了柳副总的手机号码。

手机的铃声已经响了三下，柳副总还没接，范宇宙觉得更加烦躁，心想肯定是已经洗上鸳鸯浴了。范宇宙倔强地等着，让铃声一直响，终于，手机接通了，传来柳副总烦躁的声音："怎么啦？"范宇宙果然听见了莲蓬头哗哗喷水的声音。

范宇宙立刻用急促的音调说："我是老范，出事了。听说一帮便衣刚进大堂，要上电梯了，肯定是来查房的，您赶紧走。"范宇宙紧接着说："您别管老俞，我这就给他打……"他还没说完，柳副总已经"啪"的一声挂了电话。范宇宙暗笑，自己的小心真是多余，居然还担心柳副总会通知俞威，看来这柳副总才顾不上多此一举呢。

范宇宙从楼梯上站起来，沿着原路走回大堂，缩在一个拐角后面等着。很快，他就看见柳副总脚步匆匆，却又故作镇定地走出电梯，穿过大堂，出门上了一辆出租车走了。范宇宙又看了眼手表，才过了两分多钟。

范宇宙心里更加紧张，他紧贴着墙站着，拨通了一个手机号码，压低嗓音说："小马，安排好了吧？小心我撕你。"

手机里传来小马的声音："大哥，安排好了，他们就在外面的车里呢。"

范宇宙的心一下子放松下来，他又看了眼手表，然后对手机说："好，事儿成了大半了。小马，你听好，再过五分钟，你给车里那几个打电话，让他们上去。俞威就是再能磨蹭，也已经该干上了。记住房号，1405。"最后狠狠地问了一句："听见没有？"

小马利索地说："放心，大哥。"

范宇宙把手机揣进西服兜里，从拐角里走出来，站在离总台不远的地方魂不守舍地翻着赠阅栏里面的杂志。过了一会儿，他从眼角瞥见三个穿着皮夹克的人推着酒店的旋转门进了大堂，大步冲向了电梯间。范宇宙忙看了眼手表，正好过了五分钟多一点。范宇宙扔下手里的杂志，快步走到了酒店门外，停在不远处的一辆黑色的奥迪A6迅速开了过来，范宇宙拉开门钻了进去，小马也不等他发话，就立刻加油开走了。

范宇宙长舒了几口气，等自己的心跳恢复正常了才说话："这仨片儿警办事靠谱儿吧？"

小马笑着说："您放心，大哥。一听说是抓卖淫嫖娼的，都特踊跃。"

范宇宙忙说："可别闹大发了啊。"

小马便说："您不是说就吓唬一下吗？这对他们就是小菜儿，他们知道分寸。"

范宇宙就不再说话，又掏出手机拨了柳副总的号码。柳副总的手机通了，从杂音能听得出应该还在出租车上，但柳副总并不说话。

范宇宙心想，这柳副总还真小心，便说："是我，我这里什么事都没有，我说话您听着就行了。我打听了，是他们这家酒店的人前几天把公安局给惹了，警察这是专门找他们酒店的麻烦来了，不是冲着咱们，您放心。"

柳副总还是一声不吭，范宇宙就接着说："我没来得及通知那谁，就是一起吃饭的那个，他可能没走成，我也不敢给他打手机。您接完这个电话，就把手机关了，回家也把家里电话拔了吧。您一定不能接他的电话，谁知道他旁边是不是正站着警察呢？"

第十七章

柳副总仍然没反应,范宇宙又叮嘱了一句:"您放心,不是冲着咱们来的,您就当什么都没发生一样,该怎么着还怎么着。"

范宇宙说完了,注意听着手机那边的动静,又是像刚才一样"啪"的一声,柳副总已经挂了手机。范宇宙立刻又拨回去,听到一个女人冷冰冰的声音:"您拨的用户已关机,请稍候再拨。"范宇宙这才放心地笑了。

小马在旁边注意到范宇宙的脸色好了起来,就问:"大哥,这次您出气了吧?"

范宇宙鼻子"哼"了一声,说:"我哪儿有闲功夫找他出气?我这全是为了普发那个标,老这么僵着,得拖到什么时候?我看这下子应该能定了。"

柳副总回到家里,真按照范宇宙的叮嘱,立刻把几个房间里的电话线都拔了下来,老婆觉得奇怪,问他是怎么回事,柳副总嘟囔着说是这几天有人追着他让他帮忙办事,他不想在家里还被他们骚扰到,干脆拔了电话清静。老婆提了一句说要是女儿从英国打来电话接不到怎么办,柳副总没好气地回答说她可以打你的手机嘛,老婆便不再吱声了。

柳副总一夜没睡。他一直在想,俞威到底出事没有呢?听范宇宙的意思,看来是出事了。只是俞威一个人出事了,还是酒店里也有其他人卷进去了?起码自己和范宇宙都平安无事嘛,没准真是只有俞威出了事。如果真像范宇宙说的那样,这警察不是专门冲他们来的,那事情倒是简单了,无非是虚惊一场,只可惜坏了他和那个学生妹的好事。可是那么大的酒店,怎么警察就会那么容易地找到俞威的房间,而他和范宇宙却都能侥幸躲过呢?如果警察真是要通过找酒店客人的麻烦,来找酒店麻烦的话,警察肯定得不到酒店的积极协助,也察看不到监控录像什么的,怎么俞威就会那么倒霉的被抓住了呢?

柳副总想着想着身上都出汗了,他感觉俞威是让人给盯上了。会是什么人呢?范宇宙?不会吧?他们之间哪儿会有这种过节呀,生意人当然免不了互相算计,但总还是狼狈为奸的时候多嘛,而且怎么想也想不出范宇宙这么做能得到什么好处啊。如果真是有人盯上了俞威,是会就此罢手呢,还是会一而再、再而三?柳副总觉得脖子后面冒凉气了,如果有人还想继续对俞威下手,自己可得和俞威离得越远越好啊。如果这事真是俞威的对头干的,自己要是仍然和俞威绑得这么紧,他柳副总不就把俞威的对头也变成了他自己的对头了嘛。

柳副总接着想，越想越不敢想，越不敢想却又越放不下。俞威会不会把他柳副总、范宇宙也给抖落出来呢？按说不会，俞威又不是共产党的干部，他不会有党委纪委找他麻烦，要只是个人的事其实没什么大不了的，用不着检举揭发别人来立功赎罪，反而是如果又牵出其他人其他事，性质可就变了，从个体变成团伙，从丑事变成案件了。可是，俞威的丑事会不会传出去呢？很可能，那就更得赶紧和俞威划清界限了，人言可畏呀。

柳副总想到了第二天要开的会，想到了他在软件项目上的表态，看来他要变一变，应该重新表一次态了。

柳副总正似睡非睡，老婆的手机响了，在英国的女儿像平常一样在临睡前给她妈打来了电话。柳副总睁眼看了看，北京的天已经亮了。对了，女儿的学费怎么办呢？虽然那只是他和俞威之间的一个托辞、一个名目而已，可女儿的学费的确是笔不小的开销。柳副总转念一想，这有什么可操心的，换掉俞威，还有其他的公司顶上来嘛，即使这个项目不行，以后还有别的项目嘛，只要他柳副总在这个位置上，正像俞威那句话说的，女儿的学费应该不用他操心的。

第十八章

俞威也是一夜没睡。当三个人冲进他的房间的时候,他真被吓傻了,等他被架着下到大堂,又被塞进一辆切诺基里,他的双腿都是软的,俞威坐在后座,被两个人夹着,脑子才开始恢复了运转。车一开动,他注意到周围没有其他车是和他们一起的,便觉得有些奇怪,怎么没把那个女孩儿也一起带走?好像不是什么大规模行动,倒像是几个人专门冲着他来的。范宇宙和柳副总呢?俞威扫了一眼酒店门前停着的一排车,但还没来得及看清,切诺基已经开到了街上。俞威觉得刚才瞥见了几辆像是奥迪A6停在门口,可不知道里面有没有范宇宙的那辆。

车上的几个人一直没说话,脸色都显得很轻松。车开了不远,就停在了一座小楼的门口,这时候俞威的腿脚已经又可以听他使唤了,他便自己下了车,跟着人家进了小楼,俞威看见了楼门口挂着的牌子,他知道自己是被带到了一个派出所。

四个人走进一间值班室,其中一个人随手指着一把椅子,冲俞威努了努嘴,俞威便很听话地走过去坐下,心里稍微安定了一些,因为他印象中警察都是让坏人蹲着的,自己居然可以有坐着的待遇。另一个人一路上手里一直拿着俞威的手包还有手机,这时候也把手包和手机往一张桌子上一扔,便端起一个不锈钢的水杯走到旁边沏茶去了。第三个人就是刚才开车的那个,他走到远处一个角落里拿出手机拨了个电话,只说了句:"行了,没事儿了。"就挂断了。

俞威心跳得像打鼓一样，忽然感觉自己口干舌燥，又想喝水，又想抽烟，可是都不敢开口提出来，只好忍着。那三个人谁都不理他，各自收拾停当就围坐在电视机前面，一边胡乱换台一边聊着什么。俞威的脑子里紧张地想着自己会被问到什么样的问题，自己应该如何回答。他的手包里名片、身份证一应俱全，手机上号码簿也一目了然，所以俞威知道关于他是谁这个问题还是如实回答的好。

刚想到这儿，俞威的手机响了起来，俞威一动也不敢动，看着那几个警察。其中一个走过去把桌上响着的手机拿起来，并没有接听，只是由着铃声一直响着，然后看着来电显示的信息说："琳达苏，怎么这么怪的名字？"他说完这句话，铃声也停了。

那个警察刚把手机放回桌上，没想到手机又响了起来，这次是收到了个短信。他就又把手机拿在手里，按了个键开始大声念着："你在哪里？做什么呢？怎么不理我？我想你了。"接着又说："还是这个琳达苏。"他斜着眼看着俞威说："这位是你的情儿吧？你也真够忙的了，好好反省反省吧。"

俞威估计现在差不多十点了，知道琳达不会再打电话或发短信过来，因为这是他和琳达约好的，十点以后她不可以主动找俞威，只能俞威找她，不然万一接起电话或是打开短信的是俞威的老婆呢？俞威现在顾不上想琳达的事，他忙着冲那个警察点着头，开始"反省"自己。

俞威觉得他们一定会问他："你知道我们为什么带你上这儿来吗？"他从电影电视上看到的都是这样。俞威盘算着怎么回答这个问题，想着想着他不禁心里苦笑了一下，他可以老实回答他干了什么，但是他实在无法回答他干了谁，因为他对那个女孩儿一无所知。俞威犹豫了半天，还没想好自己应不应该承认嫖娼，因为他连那个女孩儿是不是"娼"都不清楚。他有一点想明白了，就是他不能把范宇宙和柳副总说出来，可是那个女孩儿是从哪儿来的呢？俞威本想说他和那个女孩儿是偷情，他和她一见钟情，可是按说应该先"见"再"钟情"再来酒店开房，可他和她的第一次见怎么会已经是在酒店的客房里呢？俞威担心不说出范宇宙就说不清那个女孩儿的来历，他更担心说出范宇宙这事儿就闹大了。俞威最愁的就是这一点，同时他还是奇怪他们为什么没把那个女孩儿一起带来，难道他们对那个女孩儿是谁不感兴趣？

俞威一直这么紧张地想着，感觉自己到了崩溃的边缘。忽然，看电

第十八章

视的那三个人里有个人冲他这边嚷了一句："哎，叫你呢。"

俞威浑身哆嗦了一下，低着头可怜巴巴地说了一句："我错了，我交罚款。"

俞威原本预备着迎接对方的大声呵斥，没想到等来的却是一阵笑声，那个人笑累了才又说："会打拖拉机吗？三缺一，你过来凑一手。"

俞威以为自己听错了，扭过头抬起眼皮看过去，看见那三个人已经离开电视，围坐在一个破旧的茶几旁边，冲他喊话的人两只手里各拿着一副扑克牌，俞威这才相信了自己的耳朵。他的屁股从椅子上抬起来，哈着腰走了过去，那个人用脚把茶几旁边的一把椅子往前勾了勾，俞威便知道那是自己的位子了。

俞威坐下来，先堆起笑容朝自己的对家点了点头，又朝两边的人笑了笑，然后勤快地洗着牌。开始轮流抓牌了，俞威的心慢慢地放了下来，他觉得这次应该不算什么大事，直到这时，他才开始集中精力地考虑一个重要的问题："这是谁干的呢？"

这个重要的问题具有相当高的难度，第一步推理很简单，这个害他的人应该是和他有仇的人，可是再往下推理就举步维艰了。俞威相信和他有仇的人应该不少，商场上、职场上、情场上哪能没有发生过节的，可是他实在理不出个头绪都有哪些人和他有仇。俞威这个人，既想不起都有什么人曾经帮过他，也记不清都有什么人曾经被他坑过，俞威记得清清楚楚的只有坑过他的人。俞威发现这样杂乱无章地想效率太低，便改变策略，从自己认识的人里面一个个地筛。

他想到了范宇宙，觉得应该不会是他。难道是因为上次合智集团不买 UNIX 机器的事？按道理不会呀，合智可能最后还是不得不买几台 UNIX 机器的呀，那就还会是他范宇宙的生意嘛，只是生意来得晚了些、小了些。但也说不定，如果范宇宙和他俞威一样都是睚眦必报的人呢？得留神查一查。

俞威还想到了自己的老婆，会是她吗？看这几个警察没有再为难他的意思，不想把事情搞大而给他带来更多麻烦，似乎害他的人只是想给他一个教训，从这个动机来看倒有些像是他老婆的作为。刚才那个警察不是也让他好好反省反省吗？说这话的立场也的确像她老婆的立场，可是俞威很怀疑他老婆的能力，她应该没这些本事吧。

俞威脑子里都在想这些，手上的牌出得有多臭就可想而知了，他的临时搭档不时大声地指责甚至谩骂，三番五次地把俞威的思绪拉回到牌桌上来，可是俞威的表现没有一丝好转，最后他的对家忍无可忍，把牌"啪"的一声摔在茶几上，俞威被吓醒了，旁边的两个人笑着解劝着。

也不知道后来过了多久，俞威一直陪着他们三个打"拖拉机"，再后来，派出所里有人走动，一早来上班的人已经陆陆续续地来了。俞威偷偷瞥了眼墙上的石英钟，已经是早上七点多了。昨晚上开车的那个人站起来，把俞威的手包和手机拿过来扔在他怀里，对他说："走吧，别在这儿赖着了。"

俞威喜出望外，忙站起来欠着身子，心想，谁想在这儿赖着了。那个人又朝俞威说："你的那些烂事，你老婆都懒得管，我们更懒得管，走吧。"

俞威走出派出所，早晨的阳光刺得他两眼都睁不开，他上了辆出租车，对司机说了他家的地址，就拿出手机开始拨号。先打柳副总的手机，关机，再打柳副总家里，没人接，俞威紧张了，难道柳副总也被抓了？不可能啊，酒店和派出所都只有他一个人啊，难道柳副总被带到别的派出所去了？俞威马上又打范宇宙的手机，关机，再打范宇宙家里，没人接，俞威更慌了。他拼命让已经疲惫不堪的大脑继续运转，但还是想不出所以然，俞威只好宽慰自己，他们可能都正在上班的路上。俞威查看着手机，看见了琳达昨晚打来的那个未接电话和那条短信，但俞威现在没心思搭理她。

俞威坚持着回到了家，老婆不在，已经上班去了，俞威看见房间里各处摆着的老婆的照片，好像都正在对自己奇怪地笑着，他又想起了那个警察最后说的那句话，"你老婆都懒得管"，他怎么知道我老婆懒得管？俞威觉得那句话意味深长，看来老婆的嫌疑是越来越大了，难道她真有这么大的本事？难道兔子急了真会咬人？

俞威硬撑着，不让自己躺下，挺到八点半，站着给柳副总的办公室打了电话，占线，俞威放了心，柳副总已经像平常一样开始工作了。俞威又给范宇宙的几个办公地点中的一个打了电话，一个女孩接起来说范总今天不在这边，他刚才来电话说他今天在那边，俞威完全放心了，他也懒得再给"那边"打电话找范宇宙。他想，看来昨晚人家两个都平安无事，只有他自己倒了霉，这次的恶心事只能暂且埋在心里，慢慢查访吧。

第十八章

俞威立刻被疲倦彻底淹没了，他倒在床上，不到一分钟就沉沉睡去，他根本没想起来柳副总昨晚提到的那句话，今天上午普发集团又有一次总经理例会。

快到中午的时候，正在自己的办公室里忙着的洪钧，接到了韩湘打来的电话。

韩湘第一句话就说："有个好消息，还有个坏消息，你想先听哪个？"

洪钧笑着说："当然先听好的呀，如果先听坏的，万一被吓死了，好消息都还没听到，那也太可惜了。"

韩湘也笑了，说："那就先说好的？"

洪钧说："嗯，我听着呢。"

韩湘停了一会儿才一字一顿地说："你们中标了！"

洪钧一时没反应过来，虽然他天天都盼着普发有好消息传来，但他根本没想到会这样毫无预兆地喜从天降，他下意识地问："普发定了吗？什么时候？"

韩湘笑了起来，说："你没想到吧？我也没想到，咱们不都以为得拖过春节了嘛。今天上午的例会上定的。"

洪钧开始激动起来，但他尽量表现得很平静，又接着问："怎么这么顺利？有什么特别原因吗？"

韩湘说："例会上金总照例把软件项目的事提出来，问问大家有什么新的考虑、新的意见。柳副总说他这些天又搜集了一些维西尔公司的情况，仔细琢磨了一下，还专门和几个专家聊了聊，觉得虽然维西尔的产品不能说是最好的，但是维西尔提交的项目实施计划和技术支持方案都非常周密，他说没有所谓最好的产品，只有最适合的产品，所以建议在选型的时候也要把这点考虑进来。金总是多聪明的人啊，立刻知道柳副总的态度转了，便马上说柳副总的意见很重要，要求大家充分考虑柳副总的建议，然后就提议表决，结果全票一致通过，定了你们维西尔的软件。我们的评标规则里面不是有'集团领导评议'这一项吗？占十分呢，把这十分加到之前已经评出来的技术分和商务分上，范宇宙的泛舟公司就中标了，当然也就是你们维西尔的软件中标了。你说，这是不是个好消息？"

洪钧立刻表示："好消息，大好消息，来之不易啊。"又问了一句："哎，柳副总是怎么转过弯子来的？金总做他工作了吗？"

韩湘回答："这还不清楚，我觉得金总对柳副总的大转弯儿也有些意外。"

洪钧不打算在电话里就这个疑问深究下去，这个疑问有可能将来会水落石出，有可能就一直是个谜了。洪钧笑着又问："你不是还要搭配个坏消息吗？"

韩湘笑着说："呵呵，我就是那么一说，吓唬吓唬你。我的意思是，项目定了以后，你和我的关系可能就要稍微变变了。我认为你是个好的合作伙伴，所以在签合同之前，咱们密切合作，都想让普发选定维西尔，以后签了合同，咱们就是甲乙双方了，虽说不是两军对垒，但也不是在一个战壕里喽。"

洪钧没笑，他一本正经地说："韩湘，我明白你的意思，可是我还得说，签合同以后咱们仍然还是合作伙伴，你可别想把我从战壕里推出去。以后咱们的关系是和现在不同了，因为是绑得更紧了，而且，是名正言顺了。"

韩湘一听就说："好像之前咱们是在背地里偷偷摸摸似的。对了，我下午就会把中标通知书传真给范宇宙，让他尽快来谈合同，如果有什么需要你做做他工作的，我会找你，另外，你那边的产品和人手也可以开始准备了。"

洪钧笑了，说："这倒是我刚才忘了说的，咱们的关系还真发生了一个变化，就是中间夹了个范宇宙，他是总承包商，我是分包商，他从我这里买软件再卖给你。不过你放心，除了商务上经他手走一趟之外，其他方面我都会和你直接合作。"

洪钧挂上电话之后，在椅子上再也坐不住了，他站起来走到窗前，看着远处依稀可辨的西山，想着应该把这个好消息第一个告诉谁。

他想好以后就走回桌旁，取出一摞名片在里面翻着，然后抽出一张，照着上面的号码拨着。

电话通了，洪钧用英语说："你好，科克，我是Jim。"

电话里传来科克的笑声，他说："你好，Jim，如果我没记错的话，这可是你第一次给我打电话。"

洪钧也笑着说："是的，我很想和你一起分享一个好消息，我相信你听了会高兴的。"

第十八章

科克立刻说:"是吗?好啊,请告诉我。"

洪钧说:"我刚得到消息,我们赢得了普发集团的项目。"

电话里没有声音,科克没说话,洪钧有些意外,他刚怀疑是不是电话断了,才听到科克变得低沉的声音:"Jim,我听到这个消息,我不是高兴。"他停了一下就转而大笑着说:"我是非常高兴,无比高兴,极度高兴!"

洪钧这才明白科克又在闹着玩儿了,他也被科克的情绪感染起来。科克接着说:"我知道你能做到的,我坚信你能做到。Jim,祝贺你,你太棒了。"

洪钧客气了一下:"谢谢。这是团队的努力,整个团队都很出色。"

科克说:"我同意,但我也知道,是你让这个团队变得与以前完全不一样了。你可以告诉我这个合同有多大吗?"

洪钧回答:"我现在还不清楚,普发集团刚刚确定了一家投了我们的产品的总承包商中标,我们要和这家总承包商洽谈最后的软件合同,到那时候才会知道准确的金额,但是我相信,这个合同一定会是维西尔在中国签过的最大的合同。"

科克兴奋地说:"太棒了。Jim,我希望能有机会尽早去北京拜访这家客户,我更希望能尽早和你在北京见面。"

洪钧随口表示了一下:"欢迎你,到时候我会去机场接你。"

洪钧向科克报喜之后,拉开门走出自己的小办公室,他要把这个好消息告诉他的那些兵们。可是公司里静悄悄的,洪钧四处看了看,一个人都没有,洪钧刚觉得奇怪,才想起大家一定都出去吃午饭了。

洪钧在公司门口,围着前台绕着圈子,他太高兴了。忽然,他抬头看见墙上挂着的一个小白板,上面写着同事之间的一些留言,洪钧立刻有了主意。他用板擦把白板认真地擦干净,然后用红色的水笔在白板上工工整整地写了六个大大的字:"我们赢了普发!"接着在字的下面画了一张猪脸,大大的耳朵耷拉着,大嘴咧开笑着,又给猪脸画了个小帽子,在帽子上写了"Jim"三个字母。画完了,洪钧退后一步仔细观察了几眼,又凑上去给猪脸补了几笔,才满意地走回自己的办公室,把门关上,然后竖着耳朵留意听着外面的动静。

好像过了很久,洪钧才听到有人说着话从楼道里走进公司,然后说话声停住了,安静了几秒钟之后就有女孩儿的声音尖叫了起来,伴随着男声跟着起哄，然后又都开始叽叽喳喳的大声说笑着，这样重复着好像先后进来了两三拨人，公司里已经是一派欢笑声了。

洪钧脸上微微露出一丝笑容，听见一阵脚步声离自己的办公室门口越来越近，然后门被一下子推开了，都没顾得上敲一下，菲比头一个进了洪钧的办公室，后面跟着其他人，小办公室只能再站下几个人，另外的只好挤在门口。洪钧看见菲比举着那个小白板，白板上已经画满了大大小小、各种造型的猪脸，每张猪脸共同的特点就是都和它们的主人一样开心地笑着。紧挨着洪钧画的猪脸的旁边是个打着蝴蝶结的猪脸，带着的帽子上写着"菲比"，洪钧又把白板上的猪脸挨个看过去，找到了"Larry"、"肖彬"、"Harry"、"Vincent"、"武权"、"Mary"和"Helen"。

洪钧满意地笑了，他数出一共有九张猪脸，他的整个团队都到齐了。

东三环外面，离农展馆不远，有家不错的法国菜馆。在二楼挨着窗子的一张小桌旁边，菲比一边用一个精巧的小叉子挑着蜗牛壳里的肉，一边朝对面的洪钧说："外面的露台多好，要是在夏天，咱们应该在露台上吃，是不是特有情调？"

洪钧说："看来这顿大餐请你吃早了，应该等到夏天再请。"

菲比晃着脑袋说："想得美，你想说话不算数呀，你自己说的，等普发合同签了就请我吃大餐的。"

洪钧笑着说："六只蜗牛都快进你肚子了，还堵不上你的嘴呀？这不是请你吃着呢吗？我这人没什么优点，就一条，说话算数。"

菲比正把嘴凑上去咬住小叉子上的蜗牛肉，顾不上说话，只能点了点头。洪钧接着说："看来你只记住了吃大餐这一项，我当初还说过一句话，现在不是也兑现了吗？"

菲比一边嘴里嚼着，一边歪着脑袋想着，直到把蜗牛肉咽了下去，还是没想起来，她用餐巾擦了下嘴，问道："什么呀？我怎么想不起来啦。"然后又立刻义正词严地补了一句："你不许趁着我忘了就耍赖呀，老实说是什么。"

洪钧用叉子拨弄着面前小盘子里的一块鹅肝，觉得太肥腻了，正想着究竟吃不吃掉它，嘴上说："十月份我第一次和你谈普发项目的时候，我说过三个月以后普发就会选定咱们的，你算算我说的准不准。"

菲比右手刚拿起刀子，便又放下，掰着手指头数了起来："十一月、

第十八章

十二月、一月，嗯，当时是十月下旬，现在是一月底，就算三个月吧。哎，你当时怎么知道的呢？反正你说的时候我根本不信。"

洪钧笑着说："别说你不信，当时我也不信。我是怕你没信心，给你打气的，其实也是给我自己打气。这次还算有些运气吧，真在三个月里面拿下了，要不然可能真得拖到夏天才能请你吃了。"

菲比在面包上蘸了点橄榄油，随口问了句："这地方你以前老来吧？"

洪钧点了下头，说："不止一次了。"

菲比低着头，看着手上的面包说："也和她来过吧？"

洪钧一时没反应过来，问："谁呀？"

菲比撇了撇嘴，露出讽刺的笑容，说："认识的女孩子太多了也难办啊，数都数不过来了吧？我鄙视你。"她看见洪钧还是一脸惶惑的样子，便气呼呼地提醒了一句："你们 ICE 的那个。"

洪钧这才明白菲比指的是琳达，不禁有些尴尬，嘟囔了一句："你也知道了？"

菲比又撇了下嘴，更加讽刺地对洪钧说："哼，圈子里谁不知道呀？那么轰轰烈烈的一场。"

洪钧不理睬菲比话里带的刺，把鹅肝叉起来放进嘴里。

菲比继续摆弄着手里的面包，把面包撕成一块块的，又问了一句："你还想她吗？"

洪钧往后靠在椅背上，淡淡地回答："有时候会'想起'，但不是'想'。"

菲比轻轻叹了口气说："唉，男人是不是都这么薄情寡义的呀？"

洪钧不理她，喝了一口高脚杯里的红葡萄酒。

菲比又凑近桌子，冲洪钧嬉皮笑脸地说："哎，人家都说兔子不吃窝边草，你怎么好像专吃窝边草呀？"

洪钧笑了笑，说了句："因为我这只兔子眼睛近视，只看得见窝边的草。"

菲比立刻接上说："那我呢？这次怎么会看上我了？你窝边的草也不止我一棵呀。"

洪钧装出严肃的样子，没好气地说："因为这次我眼睛瞎了。"

菲比的脸一下子红了，气得抓起吃蜗牛用的小叉子，向洪钧做了个扎过来的动作。洪钧却一本正经地一字一顿地接了一句："因为，爱情是盲目的。"说完，他就浑身哆嗦了几下，又说："酸死了，太肉麻了。"

菲比一下子笑了起来，说了句："真受不了你。"

洪钧没有笑,而是认真地说:"我其实一直在想这件事,今天还想和你说呢,你别当窝边草了。"

菲比愣住了,问道:"你什么意思啊?"

洪钧抬头看着菲比的眼睛,说:"换家公司吧,别在维西尔做了,好不好?"

菲比的眼睛瞪了起来:"你干嘛要撵我走?干嘛要我离开你?"

洪钧说:"你不是也觉得兔子吃窝边草不好吗?咱们这么小的公司,你和我这种关系,咱俩会觉得别扭,其他人也会觉得别扭,还是不在一家公司的好。"

菲比不以为然,噘着嘴说:"和我在一起让你觉得别扭啦?我不觉得别扭,我就想上班的时候也能看见你。"

洪钧尽量耐心地说:"你可最好想好了,如果你非要上班的时候能看见我,我就不再让你在下班以后看见我。你选吧,还非要一起上班不可,咱们就只能做普通同事。"

菲比一点儿不在乎,大大咧咧地说:"你自己说的,sales 没有下班的时候,所以我只要在上班的时候能看到你就行了,反正你没有下班的时候,哈哈。"

洪钧有些不耐烦了,他板着脸说:"我和你说正经的呢,你还是换家公司吧,你要死活不愿意,那我就只好自己换公司了。"

菲比的眼神黯淡下来,脸上也没了笑容,垂着眼皮说:"行啦,我明白你的意思。哪能让你再换公司呀,还是得我来做牺牲啊。"

洪钧一看她这样,心又软了,便安慰说:"这应该是件好事呀,我不想和你一直在一家公司里打工,就说明我是认真的嘛,想和你一直在一起嘛。"

菲比叹了口气,过了一会儿才幽幽地说:"咳,我也没指望那么多,我只想多和你在一起,哪怕多一分钟也好,谁知道能有多久。你要非让我走,那我就走呗,只是以后两个人各忙各的,谁知道你还会不会喜欢我。"

洪钧笑了,逗菲比说:"好啊,原来你不愿意换公司,是要留在维西尔监视我呀?"

菲比笑了,说:"切,美得你。我才懒得监视你呢,我还不知道你?谁监视得住你呀?"

洪钧没再说什么,开始吃刚端上来的鳕鱼。

第十八章

　　菲比安静了一会儿，就又说："哎，你说我应该换一家什么样的公司呀？"

　　洪钧放下刀叉，看来他是要深入讨论这个问题了，果然，洪钧说："我正想和你商量呢。我倒是觉得，换什么样的公司无所谓，也好定，但是首先应该想想，是不是干脆也换个别的工作，好不好？"

　　菲比又愣住了，她盯着洪钧说："怎么？你不想让我再做 sales 啦？你觉得我做 sales 不合适吗？"

　　洪钧回答："不是不合适，是我自己觉得，你还是换个别的工作，可能更好。"

　　菲比就立刻问："比如说？"

　　洪钧想了想说："比如，做做行政、搞搞培训，或者协调联络什么的。做销售压力太大，我也不想让你吃苦受累地四处跑。"

　　菲比明白洪钧是在心疼自己、体贴自己，心里觉得暖洋洋的，可是她没想到这么快洪钧已经开始安排自己的命运，有些接受不了，便说："可是我挺喜欢做 sales 的呀，难是挺难的，可是做成一个项目的时候多有成就感呀，就像这次赢了普发的单子，我开心死了，而且，我也喜欢和各种各样的人打交道。"

　　这次轮到洪钧话里带刺地说："是喜欢和各种各样的男人打交道吧？"说完就坏笑起来。

　　菲比的眉毛竖了起来，手上又举起了那把小叉子，说："你说什么呐你？道歉！"

　　洪钧不理她，接着说："比如范宇宙？"

　　菲比有些真生气了，她瞪着眼睛说："不许你再提他，弄得我什么食欲都没有啦。"

　　洪钧却认真地说："你看，你还不让我提他，可是如果你还留在维西尔做 sales，你就得经常和他打交道，现在又签了普发，你以后想躲他都躲不掉。就算你到别的地方做 sales，范宇宙这样的人圈子里太多了，我可不想让这种人整天缠着你。"

　　菲比立刻顶了一句："真是大男子主义，你是不是从心里瞧不起女孩子做销售？"

　　洪钧有些急了，他气冲冲地说："我不是在说别的女孩子，我就是在说你。"

菲比一听，心里又暖洋洋的，好像全身都觉得暖暖的、软软的，如果不是隔着桌子，她真想倒在洪钧的怀里，她知道洪钧多么在乎自己了，可是嘴上又不能立刻服输，便嘟囔着说："可是我这种性格，真不喜欢天天坐在办公室里，我就想每天都能出去跑。"

洪钧立刻没好气地来了一句："那你还是趁早练练吧，将来没准还得天天坐在家里呢。"

菲比一下子愣住了，"全职太太"？难道洪钧真已经想到那么远的将来了吗？菲比立刻感受到了比赢得普发项目更大的成就感和满足感。菲比想，其实自己不就是一直想发现一个好男人，抓住他，再管住他，让他管好自己的一辈子吗？既然自己的心思都要放在管住这个男人上面，所以至于如何管好自己，本来就是应该交给这个男人来做的嘛。

菲比想到这里，便低下头说："好啦，我听你的就是了，那你得负责帮我找一个让我满意的工作才行。"

春节过后刚上班没两天，洪钧开着自己的帕萨特行驶在机场高速上，他是去接初次来北京的科克的。洪钧经过一番琢磨之后，才决定开自己的车去接。维西尔北京还没有属于公司的车，本想打辆出租车去，但显然不够正式和隆重；又想从给科克定好的酒店包一辆车去接，但会显得只是酒店去接自己的客人，而不是洪钧去接自己的老板的老板，似乎又没有体现自己的人情味儿。洪钧坐在自己的帕萨特上，感觉用这车去接科克没问题，车的档次很合适，科克和杰森坐在后排也不会觉得拥挤。

正月初七，春节长假的最后一天的一大早，洪钧忽然接到了科克打来的电话，他正在新加坡的樟宜机场，等着登机飞上海。洪钧有些意外，他没想到科克会在假期里还打电话来，更没想到科克会突然飞去上海，他和杰森有什么重要的事要在正月初八上班的头一天谈呢？

洪钧有些预感，这预感说不上好还是不好，只是觉得来得有些突然。科克的口气很轻松，甚至有些懒洋洋的，告诉洪钧他计划在两天后，也就是正月初九的晚上飞到北京。科克开玩笑说洪钧最好能兑现他的诺言，因为洪钧说过要去机场接他的。洪钧笑着说没问题，他一定去，他不会让初来乍到的科克在北京迷路的。

洪钧问科克计划在北京停留几天，以便洪钧安排他在北京的行程，科克仍然懒洋洋地说大概一个星期吧。这又让洪钧觉得奇怪，科克在上

第十八章

海只停留两天，在北京却要住一个星期，而且好像还可以看情况再延长些。这让洪钧为难了，春节刚过，很多单位在正月十五之前都还不可能安排什么正经事呢。洪钧试探着告诉科克，他这次来得仓促，可能来不及为他安排拜访客户和合作伙伴公司，因为不少公司都还没有真正开始上班。科克在电话里打着哈哈说，没有关系，这次来北京就是来拜访洪钧的，他想请洪钧陪着他去爬长城。洪钧搞不清科克这番话里的真真假假，但有一点他相信，科克这次是冲着他来的，这让他隐隐地有些期盼，心里也激动起来。

这两天洪钧没什么心思干活，反正刚过春节也没什么活可干，洪钧一直在猜想上海正在发生着什么，科克会和杰森谈什么呢？他们之间会达成什么结果呢？洪钧这时候真希望自己在维西尔上海公司能有个什么朋友可以向自己通报一些信息，洪钧有些后悔没有尽早在维西尔上海建立自己的关系。

洪钧一路想着，已经开进了首都机场的地下停车场。他把车停好后来到国内航班的到港大厅，信息屏上显示着从上海飞来北京的国航 CA1516 航班将会正点到达。等着接机的人好像比往日少，大厅居然显得有些空旷，洪钧一边溜达着一边接着动他的脑子。

洪钧琢磨了两天，心里已经大致有了思想准备，他估计科克会要求杰森把自己提升为维西尔中国公司的销售总监，成为在维西尔中国公司仅次于杰森的二号人物，这也是洪钧当初离开 ICE 的时候为自己设想的职位，来了短短三个多月能拿到这个职位，洪钧感到了一丝宽慰，自己当初迫不得已选择了被 ICE 开掉，到今天终于得到了回报。

洪钧估计杰森会和科克一起来北京，杰森是应该全程陪同他的老板的首次中国之行的。洪钧本以为杰森这两天会给自己来个电话，但杰森没有任何动静，洪钧明白杰森一定是心里有怨气，他一定是宁愿自己主动提拔洪钧，而不愿意在科克的提名甚至压力下才这么做。

广播里提醒 CA1516 航班已经到达，洪钧往前凑了凑，站到接机人群的最前排，他估计坐头等舱的科克和杰森应该很快出来，杰森按级别是应该坐商务舱的，但是当他陪同科克坐同一个航班的时候，也可以坐头等舱。

洪钧伸着脖子向里面的托运行李提取区张望着，真巧，CA1516 航班的托运行李传送带正对着洪钧站着的地方，洪钧一眼看见了科克。科克和洪钧在新加坡见到的时候没什么变化，没穿任何冬季的衣服，西装上衣还被脱下来搭在手推行李车的扶手上，只穿着件衬衫。洪钧想，如果科克的托运行李里没有大衣一类的衣服的话，看来在去爬长城之前得先和他去买些御寒的衣服了。

洪钧发现科克是一个人，杰森不在旁边，杰森怎么会不来呢？洪钧想到了杰森经常是不按常理出牌的，看来杰森这次是气坏了，他一定是故意不来北京，以此来表现和发泄他对科克和洪钧的不满。洪钧的心里有些打鼓，杰森这样把矛盾挑明了，日后洪钧和他怎么相处呢？难道这种效果正是科克想看到的？

科克已经从传送带上搬了一个巨大的旅行箱放到了行李车上，然后推着车缓步向外面走来。洪钧冲科克招着手，科克很快就看到了，推着行李车的右手没有离开扶手，而是把手指向上抬了抬，算是打了招呼。

科克一脸笑容走到洪钧面前，首先向洪钧伸出了手，洪钧握住科克的手，还没来得及问候，科克已经开口说："Jim，我是专门来北京当面向你宣布一个消息的，你已经是维西尔中国公司的总经理了。"

洪钧愣住了，一时没想到应该如何回答，只是觉得自己的手心里出汗了，他正要从科克手里抽回手来，科克却更紧地握住洪钧的手并摇了摇，冲洪钧眨了下眼睛说："Jim，顺便提醒你，你以后可以坐商务舱了。"

《圈子圈套》中英文单词对照

英文	中文
meeting	会议
Marketing Manager	市场部经理
marketing	市场推广
E-mail	电子邮件
message	消息
office romance	办公室恋情
file	文件
office	办公室
briefing	简要汇报
report	汇报
traffic	交通
UNIX	一种多用户的计算机操作系统
reception	这里指公司的前台接待员
cashier	出纳员
channel	信息渠道
case	项目，案例
global company	全球化大公司
detail	细节
headquarters	公司总部
play game	这里指做手脚，搞小动作
take risk	冒风险
trust	相信
bad idea	坏主意
Brooks Brothers	皮鞋的品牌
Windows	微软公司的视窗操作系统

cancel	取消
announce	宣布
fire	解雇，炒鱿鱼
terminate	终止
sales	销售员
make sure	确认，确信
team	团队
team leader	团队负责人
back office	指公司的财务、人事、行政等部门
title	头衔
package	这里指薪酬待遇
professional	指具有专业水准
base salary	基本工资
process	手续，流程
reference check	向证明人了解情况
check	调查核实
offer letter	指聘用信
EXCEL	指微软公司办公软件生成的表格文件
presentation	介绍
demo	演示
fax	传真
Bye bye	再见
first lady	第一夫人
seminar	研讨会
sense	这里指常识
copy	这里指抄送